网络资源下的学术研究

——以丁玲研究为例

许　馨　著

合肥工业大学出版社

前　言

美国未来学家约翰·奈斯比特说:"趋势就像是奔腾的马,顺着它们奔跑的方向来驾驭就比较容易。"无疑,以知识经济为显著特征的信息社会,已经成为社会发展的一种无法抗拒的趋势。我们今天所处的时代被人们称为"信息社会",在这个社会里,网络信息铺天盖地涌入人们的生活,网络信息速度之快,数量之多让人眼花缭乱,应接不暇。信息资源的真实状况及开发利用程度,已经成为衡量一个国家经济、文化、科技以及综合国力的重要指标。高校乃科技创新之处所,人才培养之基地,教研人员怎样才能顺应这个趋势,快速地查找信息和有序地整理信息为自己的教学科研服务?信息资源及信息检索在这一过程中更显示其重要的作用。

我在高校图书馆工作已多年。在平时工作中,接触的多为教师和科研人员。资源的快捷获取方式,确使教研人员为之兴奋、欣喜。我们被这个时代驱赶着,被逼迫着以新的方式接受新的技术以及由此而产生的新的产品。但是,由于各种原因,教师的信息水平参差不齐,尤其是从事社会科学研究的工作者们,还有相当的一部分人没能很好地掌握利用网络信息资源为自己的教学科研服务,他们仍沿用原始的方法完成资料查询工作;另外,高校学生中真正掌握检索技能的也为数不多,信息素质的良莠不齐,影响了网络信息资源的充分利用,正是因为这样,我在工作中萌发了撰写这本书的念头。

本书以现代文学作家丁玲为主题展开研究,通过信息检索、信息整理、得出结论等步骤,展示完成这一主题的科研过程。

丁玲在中国文学史上有着别人不可替代的重要位置,她那“历经沧桑,受冤30年却依然赤诚纯善”的一生,在中国现代文学史上具有典型的代表意义。本书以“丁玲研究”为主题来进行资料检索,并不是要把“丁玲研究”推向深入,而是为了显示一个完整的研究过程,给读者提供了一个直观的、可视的查询输入和结果输出的界面,以及相对应的研究结果,为研究者检索资料提供一条清晰的路径,这将对中国现代文学史上的每一个作家研究都会提供一定的帮助,所以书中的检索模式及检索策略,同样适用于现代文学史中其他作家的研究。

安徽省高校图书馆,在电子资源馆藏中,基本上都拥有万方数据、超星数字图书馆、清华同方三大数据系统的电子资源,本书也以这三大电子资源库中的资源为主,进行主要章节的检索。本书第一章、第二章介绍网络资源的现状和利用,用谷歌、百度两大搜索引擎工具进行宽泛的主题定位,确定检索线索;第三章至第十章结合丁玲研究线索,具体使用三大数据库的有关功能和技巧进行资料检索,在检索技术上采用全文索引检索技术;书中第六章增加数据库提供的“同义词功能”检索的运用,涉及智能检索技术;第九章资料相对薄弱,是因为作家丁玲在建国初期至新时期前这段时间被打成右派,处于命运的谷底，她的创作被迫停止，研究出现断层；最后一章则介绍安徽省高校图书馆共享资源数据库中部分功能和使用技巧。

本书写作过程中所有参考文献均有电子版，突出了网络资源的利用。书中所涉及的检索方法和技巧都是最基础的、最常用的，是将使用者的技能置于“0”的起跑线上，达到普及性传递的目的。

本书在撰写的过程中参考了大量的图书、论文，对其作者在此表示感谢。在撰写过程中得到程志刚先生的大力支持和帮助，这里也致以诚挚的谢意。

本书为2008年度安徽省高校人文社会科学基金项目（2008sk326）的科研成果。

许　馨

2008年8月

目　录

第一章 网络资源的现状和利用

第一节 网络资源的现状

21世纪的发展与创新正在发生着重大而深刻的历史性变革，信息化程度已经成为衡量一个企业、一个地区，乃至一个国家发展水平和竞争实力的重要标志。数码技术和互联网的发展，使“信息内容”以数字的形式在瞬间、在不同的载体和空间范围内传递转移。“信息内容”在当今的信息经济时代已经成为极其重要的战略资源。[1]

随着信息科技的进步和互联网的日益普及，人类正在进行着信息史上一项巨大的工程，将现实世界现有的信息，诸如报纸、期刊、书籍、专利文献、图片等，都放到网络上去，同时也不停地在网络上生产出数不胜数的新信息。整个网络正在建造成一个前所未有的超级大型数据库，互联网络已经形成巨大的信息资源交流与承载空间。网络环境下，信息的传递和反馈快速灵敏，具有动态性和实时性的特点。信息在网络中的流动非常迅速，电子流取代纸张和邮政的物流，加上无线电和卫星通讯技术的充分运用，上传到网上的任何信息资源，都只需要短短的数秒钟就能传递到世界的每一个角落。网络的共享性与开放性使得人人都可以在互联网上索取和存放信息，所以我们这里所讨论的网络资源指的是信息活动中各种要素的总称，它包含了信息相关的人员、设备、技术和资金等各种资源。

在互联网发展的初期，网络相对较少，信息查询比较容易，然而伴随着互联网爆炸式的发展，网络资源铺天盖地涌进人们的生活，这对网络资源的利用起到了空前的推广和普及作用，从而促进我国互联网发展进入到加速发展的历史阶段。据权威性机构中国互联网络发展中心（CNNIC）一年发布两次的《第 20 次中国互联网络发展状况统计报告》数据显示，截至 2007 年 6 月，我国网站总数为 131 万个，半年内增加了 47 万。其中增长速度最快的 CN 域名下的网站，目前已达到 81 万个，年增长率高达 137.5%。这表明我国中文信息资源有了突飞猛进的发展。另外中国互联网信息中心在京发布了我国无线互联网（WAP）领域的第一个发展报告。报告显示：截至 2007 年 3 月底，我国 WAP 用户数约为3 900 万人，具有独立域名的 WAP 站点数量约为 6.5 万个，WAP 网页数量约为 2.6 亿，网页字节数约 800GB。[2] 从人们的使用率来看，网络资源已渗透到社会各个角落，我们的生活离不开它，学习离不开它，国家经济离不开它，各个事物的发展离不开它，自然，一个国家的学术研究就更离不开它。学术研究离不开资源，从苏美尔人的黏土写字板时代至今，人类至少已经“出版”了3 200万本书、7.5 亿篇文章、2 500万首歌、5 亿幅图画、50 万部电影、300 万个视频短片和电视节目，还有1 000亿个网页。所有这些东西都分布在世界各地的图书馆和档案馆。[3] 千百年来，研究者们通过对信息的获取、再研究推动着整个社会、整个人类向前发展，他们对学术信息的获取迄今已经历了图书馆时代、搜索引擎时代、Web 2.0 时代，在这三个时代中的任何一个时代，他们都是依靠资源进行自己的学术研究，拓宽视野，让自己在所研究的领域中向前迈进，然而寻找资源的过程占据了大部分时间。据美国国家科学基金会（National Science Foundation，NSF）统计，一个科研人员花费在查找和消化科技资料上的时间需占全部科研时间的 51%，计划思考占 8%，实验研究占 32%，书面总结占 9%。由上述统计数字可以看出，科研人员花费在科技出版物上的时间为全部科研时间的 60%。[4] 那么，在现在网络信息资源有了突飞猛进的发展的时期，我们是怎样利用这些资源进行学术研究的呢？

第二节　网络资源的利用

风靡全球的因特网是全球规模最大的信息源基地，因特网上的信息像原子裂变般迅速膨胀，它几乎涵盖了人类知识的所有领域，面对如此众多的网络信息资源，人们欣喜兴奋，但欣喜之余，不禁感到困惑和茫然，只能是望洋兴叹。大多数上网的人没有利用好网络上面的巨大资源，搞学术研究的人也不例外。资源对管理和科研工作者来说极其重要，怎样才能帮助他们搜寻到自己所需要的资源，准确、有效、快速地利用网络信息资源呢？在这种情况下，网络搜索引擎应运而生。搜索引擎是一种可以从各类网站中浏览和检索信息的工具，它成了科学研究者寻找网上资源的重要手段。现在互联网上大大小小的搜索引擎有几百个之多，而且每个都声称自己是最好的，要是随便抓起来就用，只会是事倍功半，甚至越搜索越糊涂。有些信息没有经过严格编辑和整理，良莠不齐；各种不良和无用的信息大量充斥在网络上，形成了一个纷繁复杂的信息世界，且充斥着仿造、复制现象。学术科研过程中，网络资源对于检索来说虽然有益，但要达到真正的学术求真的要求，需要自始至终地对信息有个评价的过程。所以我们在进行科研活动之前一定要为检索资料选择最恰当的搜索工具。那么，什么样的搜索引擎才称得上恰当呢？我们一般按照快速、准确、易用、强劲几个标准来判断。各个搜索引擎都为我们提供一些方法来帮助我们精确查询内容，使之符合我们的要求。不同的搜索引擎，提供查找的技巧和实现的方法各有不同，这里不能对所有的搜索引擎一一介绍，只对谷歌、百度及有关的信息技术为什么能为本书内容研究所用做简单阐述，具体使用方法及有关技巧在以下的章节中结合“丁玲研究”实例做具体阐述。

一、Google(谷歌)

1. Google 的优势

谷歌搜索引擎是世界上最大的搜索引擎,它提供了最便捷的网上信息查询方法。通过对 30 多亿个网页进行整理,可为世界各地的用户提供适需的搜索结果,而且搜索时间通常不到半秒。现在,Google 每天需要提供 2 亿次查询服务。Google 的高搜索速度一方面归功于高效的搜索算法,另一方面则归于将数以千计的低成本计算机联到一起,制造出了一部超高速搜索引擎。

Google 富于创新的搜索技术和典雅的用户界面设计,以及高级的 Page Rank(tm)(网页级别)技术,使其从当今的第一代搜索引擎中脱颖而出。Google 这项专利的技术可确保始终将最重要的搜索结果首先呈现给用户。网页级别可对网页的重要性进行客观的分析的技术原理是:用于计算网页级别的公式包含 5 亿个变量和 20 多亿个项。网页级别利用巨大的网络链接结构对网页进行组织整理。实质上,当从网页 A 链接到网页 B 时,Google 就认为"网页 A 投了网页 B 一票"。Google 还对投票的网页进行分析,重要的网页所投出的票就会有更高的权重,并且有助于提高其他网页的重要性。Google 复杂的自动搜索方法可以避免任何人为感情因素。与其他搜索引擎不同,Google 的结构设计确保了它绝对诚实公正,任何人都无法用钱换取较高的排名。Google 可以诚实、客观,并且方便地帮您在网上找到有价值的资料。[5]

重要的、高质量的网页会获得较高的网页级别。Google 在排列其搜索结果时,不仅会考虑每个网页的级别,还会将网页级别与完善的文本匹配技术结合在一起,为您找到最重要、最有用的网页。Google 所关注的远不只是关键词在网页上出现的次数,它还对该网页的内容(以及该网页所链接的内容)进行全面检查,从而确定该网页是否满足用户的查询要求,因为如果不能满足用户的查询要求，网页级别再高也毫无意义。

网上信息浩如烟海，获取有用的信息难于大海捞针，所以需要一种优异的搜索服务，将网上繁杂的内容整理成为可随时使用的信息。如果缺乏强有力的搜索工具，那么想在网络上寻找一个特定网站，其难度将不亚于在一个没有卡片目录、藏书方法完全随机的图书馆内寻找一本书。Google 能依据网络自身结构，清理混沌信息，缜密组织资源。Google 目录中收录了 10 亿多个网址，这在同类搜索引擎中是首屈一指的。这些网站的内容涉猎广泛，无所不有。正因为如此，保证了检索的速度和质量，做到又快又好。[6] Google 不仅能搜索出包含所有关键词的结果，而且只返回包含所有关键词的网页，并且还对网页关键词的接近度进行分析。与大多数其他搜索引擎的又一区别是：Google 按照关键词的接近度确定搜索结果的先后次序，优先考虑关键词较为接近的结果，这样可以为您节省时间，而无需在无关的结果中徘徊。[7]

2. Google 的有关特点介绍

(1)手气不错(tm)：Google 的网页下方有“手气不错(tm)”按钮，它会直接带您进入最符合搜索条件的网站，省时节力。

(2)网页快照：Google 储存网页的快照，当存有网页的服务器出现故障时您仍可浏览该网页的内容。如果找不到服务器，Google 储存的网页快照也可救急。网页快照中查找资料要比在实际网页中快得多。

3. Google 的学术搜索

Google 学术搜索(http://scholar.google.com/schhp? hl=zh－CN)提供了可广泛搜索学术文献的简便方法。您可以从一个位置搜索众多学科和资料来源：来自学术著作出版商、专业性社团、预印本、各大学及其他学术组织的经同行评论的文章、论文、图书、摘要和文章。Google 学术搜索可帮助您在整个学术领域中确定相关性最强的研究。

Google 学术搜索的每一个搜索结果都代表一组学术研究成果,其中可能包含一篇或多篇相关文章,甚至是同一篇文章的多个版本。例如,某项搜索结果可以包含与一项研究成果相关的一组文章,其中有文章的预印版本、学术会议上宣读的版本、期刊上发表的版本以及编入选集的版本等等。将这些文章组合在一起,可以更为准确地衡量研究工作的影响力,并且更好地展现某一领域内的各项研究成果。每一搜索结果都提供了文章标题、作者以及出版信息等编目信息。一组编目数据,都与整组文章相关联,而会尽最大努力推举最具代表性的一篇。这些编目数据来自于该组文章中的信息以及其他学术著作对这些文章的引用情况。开发学术搜索的杰出工程师 Anurag 说:学术搜索的最大价值不在于你总能看到某篇文章的全文,而是在于它把一个问题放到世界学术领域的索引中比较、检验并过滤出最相关的文章。也就是帮你找出在该领域最相关、最有价值的文章。虽然有些文章你需要付费才能看到全部内容,但至少能通过学术搜索的"被引用次数"让你知道哪些文章是最有价值的,这总比一无所知好。你知道了哪些是最相关的信息,你就可以多去了解,否则你什么都做不了。通过这个全球"被引用次数"功能,研究者可以容易地找到世界范围内他的同行。中文学术搜索的重要性在于:发布 Google 中文学术搜索之后,中文已成为索引量第二大的语种(仅在英文之后)。[8]

4. Google 工具栏

Google 工具栏是一个相当成熟的软件,它有很多的集成功能。通过 Google 工具栏,用户无需打开 Google 主页便可以在工具条内输入关键词进行搜索,Google 的工具栏本身提供了几个自定义按钮,比如图片搜索、新闻搜索、手气不错等等。在搜索上,最有用的是它的自定义按钮功能。在这里我们介绍的是跟学术研究相关度较大的两个技巧。

(1)自定义按钮

按钮自定义的功能非常强大,几乎可以将所有的搜索网页都增加上去,甚至能将百度搜索也整合在一起。通过这项功能,我们可以利用 Google 工具栏定做自己的搜索大全,按照自己的思路和研究线索,准确随意地搜索。

(2)网络书签

网络书签是一个技术上很简单,实际应用很广泛的网络服务,主要用于解决 IE 收藏夹无法在不同电脑之间同步更新的问题。只要在任何一台电脑下载 Google 工具条,并使用 Google 账户在工具条上登录,然后,在访问任何一个网页的时候,点击工具条上的蓝色星形符号,即可将此页加入 Google 网络书签中。更好的添加方法是点"书签"——"为此页添加书签",然后会出现一个"添加书签"的对话框,我们可以手动将该网址的分类填写进去,分类可填写多个词,每个词之间使用逗号分隔。接下来,不管你在哪台计算机上,只要用自己的账号登录,就可同步显示自己的网络书签,其显示方式和 IE 收藏夹非常相似。不同的是,Google 工具栏的书签功能可以把你访问过的网页、查询过的信息存入 Google 服务器。Google 网络书签还有"导入 IE 收藏夹"的功能,可以将原先保存在 IE 收藏夹里的书签方便地迁移到 Google 书签中。Google 是世界第一大搜索引擎。

二、Baidu(百度)

百度(www. baidu. com)是全球最大的中文搜索引擎,中国第一搜索门户。百度全球中文搜索联盟则是中国最大的搜索联盟,到目前已经有包括各媒体网站、行业网站、地方信息港等 4 000余家网站加盟,因此 95%的中国网民进行互联网搜索时都会看到百度提供的结果,百度及百度全球中文搜索联盟每日提供数千万次查询服务,在行业和客户中备受瞩目。[9]

1. 百度的信誉

百度搜索作为全球第一中文搜索门户，巨大的搜索流量、快速的搜索速度、庞杂的搜索结果、科学的设计、人性化的管理，都得到了客户的广泛认可。最大搜索的流量就是搜索效果的保证，同时，随着百度技术平台的不断升级，以及持续迅猛的流量增长，更多的企业选择了百度这个具有更高推广价值的服务平台。[10]（附图一）

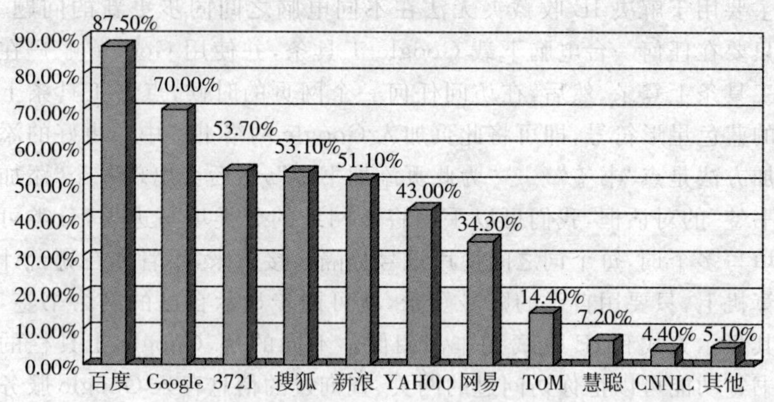

图一

经《中国电脑教育报》万人评测以及 I Research、Alexa 等第三方权威机构研究表明，百度在中文搜索市场居绝对领先地位，每日有超过100 000 000人次访问百度和查找信息，平均每个中国网民每天使用 1 次百度。[11]（附图二）

国内咨询公司 I Research 的调查报告表明，在网民使用过的和最常使用的搜索引擎两项评比中，百度都高居榜首。特别是在使用最广的搜索引擎中，百度的份额已经超过了一半。这说明了网民对百度的认识程度非常高。[12]（附图三）

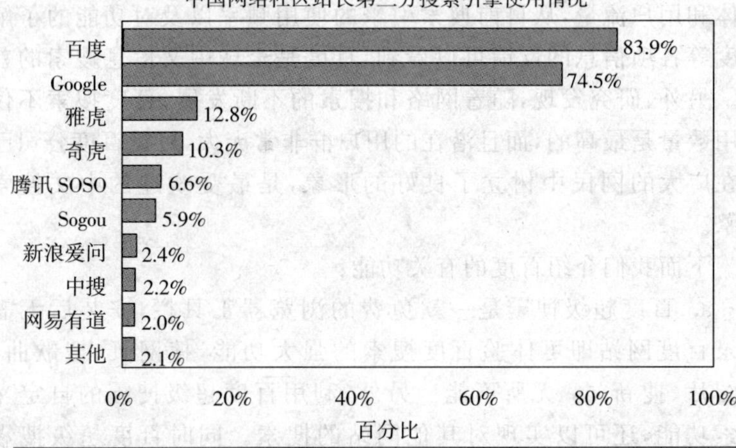

图二

中国网络社区站长第三方搜索引擎使用情况
百度 83.9%
Google 74.5%
雅虎 12.8%
奇虎 10.3%
腾讯 SOSO 6.6%
Sogou 5.9%
新浪爱问 2.4%
中搜 2.2%
网易有道 2.0%
其他 2.1%
0%
20%
40%
60%
80%
100%
百分比
样本描述: N=1494; 由康盛创想(Comsenz)和 I Research 艾瑞联合发起，与多家网站合作，于 2007 年 9 月通过网上调研获得
@2007.10 I Research lnc.
www.iresearch.con.cn

速度快 81.3%
搜索结果多 77.8%
搜索结果准确 52.2%
查询简便 39.1%
没有广告 35.3%
涵盖广、分类细致 32.1%
时效性强 30.9%
真实 24.0%
其他 0.3%
0%
10%
20%
30%
40%
50%
60%
70%
80%
90%

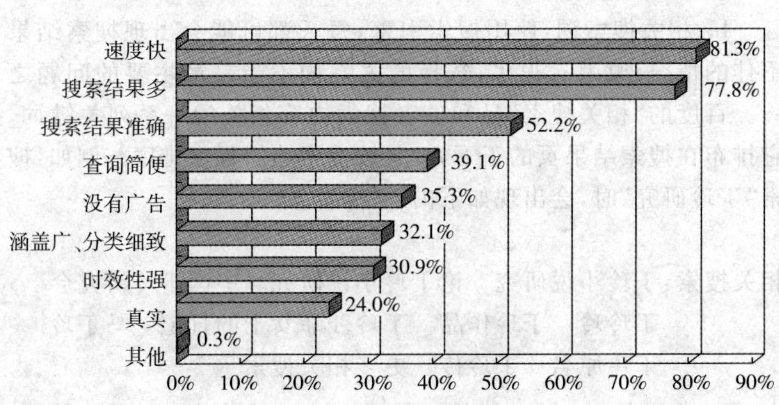

图三

相对于近期纷纷产生的其他搜索引擎，百度具有稳定的客户群体和用户流量，从目前搜索引擎的使用频率以及对功能的了解程度等各项信息的反馈可以看到，百度是全球中文信息搜索的首选。另外，研究发现，随着网络和搜索的不断发展，百度搜索不仅使用数量是最高的，而且潜在的用户群非常庞大，可见百度公司已经在广大的网民中树立了良好的形象，是最受欢迎的中文搜索引擎。

下面我们介绍百度的有关功能：

a. 百度超级搜霸是一款免费的浏览器工具栏，安装后无需登录百度网站即可体验百度搜索的强大功能，搜网页、搜歌曲、搜图片、搜新闻，无所不能！另外，利用百度超级搜霸的自定义搜索功能，还可以实现对其他网站的搜索。同时百度超级搜霸还拥有 IE 首页保护、广告拦截、上网伴侣等多种功能，访问任何网页时均可享受百度超级搜霸带来的便利，为你带来完美的上网体验。所以百度的流量的上升应该是证实了百度所创造出来的正确指令。

b. 相关搜索词：使用搜索引擎，每天都可能会出现搜索结果不佳的情况，原因有很多，选择的关键词不当是最主要的问题之一。百度的“相关搜索”是和读者搜索内容相关的一系列关键词。它排布在搜索结果页的正下方，并按搜索热门程度排序。例如：搜索“丁玲研究”时，会出现如下内容：

相关搜索：丁玲小说研究　论丁玲小说研究　中国丁玲研究会
丁玲玲　丁玲作品　丁玲莎菲女士的日记　马丁玲
丁玲原名　丁玲传　更多相关搜索 >>

当您找不到想要的信息时，不妨参考一下百度为您提供的“相关搜索”，这样搜索会变得更加得心应手。

c. Office 的全文搜索。怎样找到 Word 等形式的专业文档资料？很多有价值的资料，在互联网上并非以普通的网页形式出现，而是以 Word、PowerPoint、PDF 等文档格式存在。百度支持对 Office 文档（包括 Word、Excel、PowerPoint）、Adobe PDF 文档、RTF 文档的全文搜索。方法很简单，在搜索的关键词后面加一个"file type："文档类型限定。"file type："后可以跟以下文件格式：DOC、XLS、PPT、PDF、RTF、ALL。其中，ALL 包含所有文件类型。

您也可以直接登录百度文档搜索（http：//file. baidu. com），直接搜索各类专业文档。

百度作为全球最大的中文搜索引擎，在中文互联网领域拥有天然的优势，支持搜索超过 10 亿的中文网页，总能让读者找到世界上最新最全的中文信息。您也许很难预想到 10 亿是个什么概念，可以这样理解：看完百度收录的所有网页，需要整整1 500年。另外，百度拥有全球第一的网页分析技术、世界上独一无二的"中文分词"技术及全球最完善的反垃圾网页技术与流程，应用百度，您能够真实体验到准确无误的搜索快感。它对中国人的搜索需求和搜索行为更理解。百度具有全、新、快、准的特点，因此，能帮读者准确定位，想你所想，给你所要。

三、官方网站评价

下面我们再来看一组信息：

2007 年第二期互联网网站排名流量分析报告（附图四）。

2007 年第二期中国网站排名流量分析报告

2007 Websites Traffic Analyze Report　2007 年 12 月

2007 年底，中国互联网协会针对 18 个行业进行分析后，推出了第二期网站流量分析报告，从用户访问行为入手，深入地分析了各项指标的综合数据。

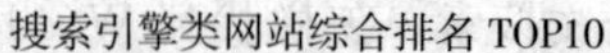

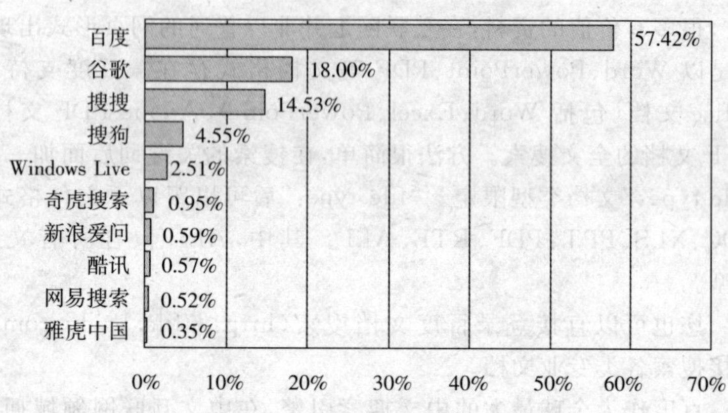

图四

百度的综合排名第一位，占全部搜索引擎类网站抽样总访问量的57.42%；谷歌的综合排名第二位，占全部搜索引擎类网站抽样总访问量的18%。百度领跑搜索引擎类网站流量排名，显著高于其他搜索引擎类网站。搜索引擎类网站还以各项指标的市场水平对比分析，分别从同类网站的访问率、忠实率、依赖率、贡献率等八项数据说明百度、谷歌的品牌优势及可信赖度。[13]

以上我们对Google、Baidu的情况作了有关介绍，这里我还要向读者介绍能让学术研究者节时省力的Firefox火狐浏览器。

Firefox是由开源基金组织Mozila研发的产品，是一个自由的、开放源码的浏览器，适用于Windows、Linux和MacOS X平台，它体积小、速度快，还有其他一些高级特征，主要特性有：标签式浏览，使上网冲浪更快；可以禁止弹出式窗口；自定制工具栏；扩展管理；更好的搜索特性；快速而方便的侧栏等等。其中，对学术研究直接提供便利的是RSS bak mark书签功能及比IE方便的书签管理器，还有强大的下载管理器。学术研究者们在进行一项学术研究的过程中,可以用火狐浏览器的一些开放源代码软件,更好地为自己科研服务。

火狐浏览器(Firefox 浏览器)是一种区别于 IE 浏览器的新型浏览器,除了具有网页浏览器的功能之外,Firefox 浏览器还包括更多特色功能,如集成 Google 工具栏功能,并且整合多种搜索引擎,实现更方便的信息检索等。火狐浏览器(也称为火狐狸浏览器)不仅支持 Web 标准,而且其安全功能也是一流的,可阻止恶意软件,避免浏览器被修改;同时由于 Firefox 浏览器软件小巧,占用电脑系统资源较少,可实现更快浏览。

第三节 Web 2.0

进入 21 世纪之后,一个不仅"可读",而且"可写"和"可交互"的新型 Web 服务逐渐浮出水面,由"全民上网"变身为"全民织网",[14] 被人们称之为"Web 2.0"的时代来临了。以 Web 2.0 理念为核心的 Blog、Wiki、RSS、SNS 等网络信息服务大行其道,深受用户欢迎,日渐成为当前网络信息服务的主流趋势,形成了信息史上第三次信息技术发展浪潮。

Web 2.0 时代的特征是以用户为中心,开放、互动,真正做到信息共建,资源共享。下面我们介绍 Web 2.0 的几种主要工具。

1. RSS

RSS 的定义:RSS 是一种用于网上新闻频道、网志和其他 Web 内容的数据规范,起源于网景通讯公司的推送技术,将订户订阅的内容回递传送的通讯协同格式。

RSS 的流行趋势:2004 年在美国呈现出爆炸式的增长;2005 年在中国据看天下不完全推算,目前国内的 RSS 用户数在 20 万左右(其中看天下 RSS 阅读器占据相当的市场份额,其余除新浪点点通外主要为国外 RSS 阅读器的汉化产品)。此外,国内的

RSS 内容提供商数目也还不是很多，目前由看天下整理的中文 RSS 地址目录中显示大约有 500 家网站提供了 RSS 内容。[15]

RSS 的功能：简单地说，就是选择性地聚合信息。

RSS 的用途：订阅博客，可以任意订阅自己感兴趣的各类博客；订阅新闻，可以订阅天下自己想知道的新闻；此外还可以订阅天气预报、商品信息等等。总之，用户通过 RSS 订阅，可从网站上获得最新的自己需要的信息，在省时节力的情况下进行阅读。使用 RSS 的第一步，是安装一个 RSS 阅览器，通过它可以读取规范格式文档。目前 RSS 阅读器有在线的 RSS 阅读器和离线的 RSS 阅读器两种，分别以 Google Reader、Bloglines、抓虾和周博通、GreatNews、看天下为代表。实现 RSS 订阅，认准主“RSS”或“RDF”图标，在网上这些图标以橘红色为多，也有其他颜色，用户点击 RSS 图标或文字后，即可进入一个 RSS 文件页面。用户将地址栏里以 .rss，.xml，.rdf 为后缀的 URL 地址复制，再到 RSS 阅读器中去订阅，按提示步骤操作就可以了。

RSS 功能对学术研究者来说帮助很大，关键词定制针对某一主题关键词搜索结果的动态更新与推送能够基本实现。而分类订阅的方式，对于更加专注于某个专题的用户来说可能过于宽泛，还不能完全满足个性化的需求。首先，科研人员利用 RSS 进行信息聚合。RSS 的使用，使信息资源更便于收集与利用，专业学术网站、学术研究型博客、学术性网摘站点、开放存取期刊等都通过 RSS 发布最新资源消息。图书馆按体系划分，进行合理的组织，产生了大量数据（RSS Feed），这些数据就成为一种重要的网络学术资源，知识管理部门对这些信息资源进行搜集、整理、积累后，为科研人员从海量的信息中快速获取较为全面的动态信息，从而有效地跟踪相关学科最新发展，尤其在一些专业学术网站，一些日志、网摘的学术性很强，内容一般聚焦在某一主题领域，所收集的信息相对集中，这也体现了 RSS“过滤器”的功能。

RSS技术就是互联网上最新技术的杰出代表,是新闻出版、信息发布、互动交流领域新技术中的奇葩。

2. Blog(博客)

博客的定义:Blog的全名应该是Web log,中文意思是"网络日志",后来缩写为Blog,而博客(Blogger)就是写Blog的人。从理解上讲,博客是"一种表达个人思想、网络链接、内容,按照时间顺序排列,并且不断更新的出版方式"。简单地说,博客是一类人,这类人习惯于在网上写日记。[16]博客的流行趋势:据中国互联网信息中心调查,2006年,网民注册的博客空间已经超过3 300万个。截至2006年8月底,中国的博客达到1 748.5万,其中活跃博客769.4万;博客空间量达到3 374.7万个,人均注册博客空间1.93个;……中国网民中,超过60%的人浏览过博客,博客读者达到7 556.5万人,其中,经常阅读博客的活跃读者5 470.9万人。"博客"已然成为互联网上最大的热点应用之一。[17]

博客的功能:各种版本的RSS/ATOM发布、分类、留言、评论、回溯引用、站内搜索等功能。

博客的用途:以日记体的形式宣泄心情,抒发情感,时事评论,进行交流等等。

博客的种类:

(1)普通博客:Blog中最简单的形式,由一个人单独完成。作者发表自己的日志,梳理自己的人生,也可以收藏特定的话题的相关资源,发表自己的评论。一位网友设计了自己的饮食博客,里面收藏了全国各大餐厅酒楼的联系方式,还把一些精美的饮食拍成图片传到了博客里面,很像一本网络形式的饮食杂志,吸引了大量的网友。

(2)群组博客:基于原始博客的简单变形,由一些好友共同完成博客日志,作者工作忙碌时,博客内容也不会因此陈旧,因为其他朋友可以协助你完成博客的更新,你也能够编辑群组朋友的日志。群组成员可以独立写作博客，也可以共同完成同一个话题的讨论。群组博客是互动性高、参与性强、内容风格多样化的博客形式。

(3)社区博客：如同天涯社区一样的博客形式，由一些网友自发或者某些行业的研究人员组建。它是以论坛形式存在的博客群组，博客群组中可以建立多种不同内容的主题，大家可以任意发表留言，网友也可以发表自己的帖子。http://dalong.ycblog.com 就是属于这种类型的博客。

(4)广告博客：一般是各种企业在互联网上建立的博客主题，主要发布公司的产品、图片、宣传资料等，免费、方便的上传系统为用户提供了高效优质的宣传平台。

(5)图书馆式博客：这一类博客在互联网上越来越多，许多网友都将自己喜欢的小说或者新闻资料转贴在自己的博客里，这样的博客既可以作为资料的储藏室，又可以作为知识结构的蓝图。[18]

博客与学术：博客是图文资料的展示平台，它的表现形式多种多样，对学术研究起到积极的促进作用。怎样才能让学术研究者们获得即时发布的信息？这就可以采用博客的技术，通过 RSS 订阅有关网页，根据自己的信息需求，有选择地订阅相应的博客，大大满足自己个性化需求。学术性博客针对某一领域的科学研究，会围绕主题，直抒其怀，聚合各家学术观点，做到百家争鸣，百花齐放。

如“蓝天白云”网站的博客栏目的分类中设有“学术”园地，博客的内容涉及学术研究、学术思考、学术讨论、学术论坛、学术活动、学术教育、学术随笔、杂评杂议等内容，意在追踪并发现重要科技动态信息，及时地评论报道。我们常用的学术博客还有：

图林博客（图书馆学术交流群），落花轩学术博客［哲学（康德）、文学评论、藏书等］，三车精舍（文学、藏书等），春觉斋［哲学

(儒家与道家),自由主义,中国近现代思想与现代化、藏书等],自我批判(哲学,人学,古希腊,藏书等),大粽子的博客(中国国学思考),五代十国研究(五代十国历史研究,学术论文集散地),中国邪教观察博客(邪教观察)。

博客给了大众发言权,给了大众和名人一样的话语权和表达权。从来没有哪一种技术能像博客这样简单易行,为寻求资源的人及时交流信息,聚集起热门话题,为信息的交互打开方便之门。[19]

本章推荐网址

美国科学基金会	http://www.nsf.gov
Google 网站导航	http://daohang.google.cn
Google 图书搜索	http://books.google.cn
百度网站导航	http://site.baidu.com
百度文档搜索	http://file.baidu.com
中国互联网络信息中心	http://www.cnnic.net
百度搜索	http://www.baidu.com
百度国学搜索	http://guoxue.baidu.com
百度图书搜索	http://book.baidu.com
中国知识产权网	http://www.cnipr.com
广州大龙	http://blog.sina.com.cn/u/477e01b1010001dh
雅虎知识堂	http://ks.cn.yahoo.com/question/1406080900044.html

注释:

[1] 万方数据首页"关于我们":总裁致辞
http://www.wanfangdata.com.cn/ [2008—02—26 日]

[2] CNNIC：无线互联网产业步入快速增长 http://www.netvnet.cn/shownews.asp? id=363 [2007—05—16]

[3] 转引自：周详：扫描这本书：数字图书馆和搜索技术的版权困境 http://www.libnet.sh.cn/sztsg/detail.asp? id=1047 [2006—12—4]

[4] 美国科学基金会 http://www.nsf.gov [2007—11—12]

[5] 关于 Google 的技术 www.linkthink.cn/oversea/google/shuoming.htm [2008—01—09]

[6] Google 搜索的特点 www.linkthink.cn/oversea/google/shuoming.htm [2008—01—09]

[7] Google 搜索引擎 遵从关键词的相对位置 http://www.egeee.com/News_5_7.html [2008—01—10]

[8] Google 杰出工程师谈学术搜索 http://blog.csdn.net/ramacess/archive/2007/06/10/1646709.aspx [2006—02—22]

[9] 百度首页 火爆地带 产品优势 http://www.baidu.com/guding/ys.html [2008—04—28]

[10] 百度首页 火爆地带 产品优势 http://www.baidu.com/guding/ys.html [2008—04—28]

[11] 中国网络社区站长第三方搜索引擎使用情况 http://www.iresearch.com.cn/Report/Graph.asp? id=9681 [2008—02—13]

[12] 百度首页 火爆地带 产品优势 http://www.baidu.com/guding/ys.html [2008—04—28]

[13] 2007 年第二期中国网站排名流量分析报告 http://www.chinarank.org.cn [2008—02—10]

[14] 范并思，胡小青．图书馆 2.0：构建新的图书馆服务．大学图书馆学报，2006，(1)

[15] RSS 技术简介及其在中国的现状和未来 http://www.cnblogs.com/dnuace/archive [2005—05—15]

[16] 什么是博客？ http://baike.baidu.com/view/560.htm [2008—03—30]

[17] 中国互联网络信息中心中国互联网协会政策与资源工作委员会博客研究组．2006 年中国博客调查报告 http://www.cnnic.net，cn/upload-

files/pdf/2006/9/28/182836.pdf

[18] 广州大龙 博客的种类 http://blog.sina.com.cn/u/477e01b1010001dh

[19] 图书馆2.0工作室．图书馆2.0:升级你的服务．北京:北京图书馆出版社 2008

第二章 利用网络资源进行丁玲研究

利用 Google 和 Baidu 进行主题定位

在第一章里我们介绍了网络资源的概况，以及我们下面所要涉及的网络资源的技术及技巧。这一章里我们结合具体例子，展示网络资源在科研过程中的应用。我们将研究的目光锁定在中国现代文学史中，在这里我们每一个人都真诚地、认真地进行着自己的探索和研究，都在发掘着现代文学的价值和意义，同时也在不自觉中把丁玲置于中国现代女性作家之首，那是由于丁玲坎坷的命运及巨大的贡献决定了她在中国现当代文学史上重中之重的地位。在中国新文学史上，丁玲是一颗璀璨的明星。在上个世纪二三十年代即因小说《莎菲女士的日记》，奠定了她在中国现代文学史上的地位，这部小说当时被誉为“五四”以来女性白话小说的巅峰作品。[1]丁玲首先是一个革命者，其次才是作家。她像鲁迅和高尔基一样，主张文学的使命感和社会责任感。但是丁玲又不同于一般的革命作家，她的作品重视艺术性、真实性和人性的刻画。丁玲为“五四”以后的革命文学、女性解放文学树立了一座丰碑。

瞿秋白当年见到丁玲时对她的评价“飞蛾扑火，非死不止”。丁玲一生历尽坎坷，无论是在群魔乱舞的魍魉世界，还是在沉冤莫白的风雪人间，她始终像一只扑火的飞蛾，向着光明振翅飞翔，至死不渝。[2]

2004 年 10 月 12 日是中国现代著名女作家丁玲百年诞辰纪念日。“我们永远怀念那个“五四”时期写出‘莎菲’的叛逆的丁玲，也怀念那个豪爽侠义满腔热血投身革命的丁玲，更怀念那个历尽沧桑受冤30年却依然赤诚纯善的丁玲……”[3]以至于今天，她辞世后二十年来对于她的评论从未停止过。那么，加速发展的网络资源对丁玲研究的贡献如何呢？

现在我们以“丁玲研究”为实例，展现网络资源为科研服务的过程。

首先，为网络资源利用做好准备。在自己使用的电脑桌面上下载Google工具栏；下载并安装火狐浏览器；注册Google工具栏中Gmail网络邮箱。在火狐浏览器的自定义功能中进行随意链接。现在我们的目标明确，能用有关“丁玲”这样有区分性的关键词，就可以决定Google和Baidu两大通用的搜索引擎为本章的主要检索工具，这样容易浏览到一个宽泛的主题。

将“丁玲研究”中的“丁玲”作为关键词输入Google检索项，选择网页，网页显示：约有504 000项符合丁玲的查询结果，根据Google网页级别的功能，我们选取前10项结果，以下是第1—10项(搜索用时0.03秒)。检索时间：2008—02—11。

【文化人物】丁玲：四段婚姻 一个真实的女人—文化—人民网

编辑的话：今天是丁玲女士逝世二十周年的日子。文学，爱情和政治是丁玲一生的三个主题。在生命的最后时刻，丁玲牵挂的唯有爱情。她对丈夫陈明说：你再亲亲我，我是爱你 ...

culture. people. com. cn/GB/46103/46106/4163270. html—53k—网页快照—类似网页

时代书城：丁玲作品集

新中国成立后，丁玲先后担任文艺界多个重要领导职务，并在繁忙的工作之余，发表了大量小说，散文和评论文章。1955年和1957年被错误地定为“丁玲、陈企霞反党小集团” ...

www. mypcera. com/BOOK/xian/lu/dingling/index. html—5k—网页快照—类似网页

丁玲

1955 年末,丁玲无端被打为“丁陈反党集团”的首犯。1957 年反右扩大化中,丁玲和冯雪峰被打成右派反党集团,我也被戴上右派帽子,开除党籍,撤销级别。...

cn. netor. com/m/=2396—24k—网页快照—类似网页

丁玲专辑

丁玲(1904～1986),现、当代女作家。原名蒋冰之,笔名彬芷、从喧等,湖南临澧人。在长沙等地上中学时,受到“五四”思潮的影响。1923 年进共产党创办的上海大学中文系 ...

www. white—collar. net/01—author/d/07—dingling/ding_ling. html—6k—网页快照—类似网页

二十世纪中国著名女作家传

在母亲的影响下,丁玲很小就能背诵唐诗。寡母孤儿的处境极其艰辛。...在陈老师的启发下,丁玲阅读了《新青年》、胡适的《尝试集》和郭沫若的《女神》等进步书刊。...

www. white—collar. net/wx_wxf/wxf02/nzjpz/nzjs11. html—58k—网页快照—类似网页

丁玲

丁玲 . 难忘丁玲谈读书——邓友梅致苗得雨 · 丁玲的爱情之旅/黄昌勇 · 丁玲寓所觅踪/杨光裕 · 宋庆龄与丁玲的情谊 · 凭“欲望”和“冲动”写作/了然 ...

www. oklink. net/zjzj/dingling/index. htm—4k—网页快照—类似网页

感动中国的作家:丁玲

讲《莎菲女士的日记》,新学生会像他们的师哥师姐一样,眼睛总是亮亮的,第一次看到丁玲的这张照片就再没有忘记过,恐怕永远也不会忘记了。不是记忆力的问题,而是对于 ...

news. xinhuanet. com/book/2004－03/24/content_1381454. htm－26k－网页快照－类似网页

丁玲－Wikipedia

《太阳照在桑干河上》是丁玲代表作品之一，曾获斯大林文艺奖金。夏志清的《中国现代小说史》对她的评价并不高，“三十年代丁玲的声望，仅次于茅盾、老舍、巴金诸人，我 ...”

zh. wikipedia. org/丁玲－24k－网页快照－类似网页

丁玲的小说

丁玲(1904—1986)原名蒋伟，字冰之。中国现代文学史上最著名的女作家之一。1927 年开始发表小说，以《梦珂》、《莎菲女士的日记》受到文坛瞩目。1955 年以前出版的作品 ...

www. ccnt. com. cn/literature/wenxue/xiaoshuo/dingling. htm－10k－网页快照－类似网页

相关搜索：丁玲照片　丁玲简介　丁玲作品　丁玲毛泽东　丁玲研究
评论丁玲　丁玲小说研究　论丁玲的悲剧　沈从文与丁玲
丁玲生平

在同一窗口将 Google 切换成 Baidu，搜索引擎，进入首页，将“丁玲”作为关键词输入 Baidu 检索项，选择“网页”，使用百度，找到相关网页约 637 000 篇，用时 0. 001 秒。根据百度全、新、快、准的特点，我们也取前 10 项。检索日期：2008－02－11

丁玲_百度百科

丁玲一生著作丰富，有些作品被译成多种文字，在世界各国流传，产生了广泛的影响。有《丁玲文集》五卷。晚年的丁玲被...丁玲也是渴望征服男性的。胡也频在性格上类似于苇弟,也曾自称是丁玲的弟弟。莎菲可以说是丁玲的自画像。丁玲在...

baike. baidu. com/view/9035. htm 44K 2008－2－26－百度快照

丁玲简历－中国台湾网

丁玲(1904－1986),原名蒋冰之,湖南临澧人。一生富于传奇色彩。早期追求个性人生,最终走向共产党领导的革命事业。其文学...1955 年,作为"丁玲反党集团"的主要人物遭到批判,随即被流放到北大荒长达 8 年,之后又被投入北京秦城监狱。5 年后出狱...

www. chinataiwan. org/lshshj/200601/t200601 ... 24K 2007－11－1－百度快照

丁玲

难忘丁玲谈读书——邓友梅致苗得雨丁玲的爱情之旅/黄昌勇丁玲寓所觅踪/杨光裕宋庆龄与丁玲的情谊凭"欲望"和"冲动"写作/了然丁玲到延安后的思想波澜/朱鸿召寻找丁玲作品选三八节有感莎菲女士的日记夜我在霞村...

www. oklink. net/zjzj/dingling/ 3K 2002－11－24－百度快照

www. oklink. net 上的更多结果

传记:《沈从文与丁玲》

传记:《沈从文与丁玲》序言沈从文、丁玲,作为中国 20 世纪两位著名作家,他们各自的成就和人生道路,本身都可视为独立的巨大存在,有各自的风景。他们即使从不相识,他们即使没有恩怨沧桑,他们的生活仍然可以在历史舞台上不减其丰富色彩...

culture. people. com. cn/GB/40472/44571/ 20K 2006－2－23－百度快照

中国新世纪读书网—>丁玲

丁玲(1904～1986)现、当代女作家。原名蒋冰之,笔名彬芷、从喧等。湖南临澧人。在长沙等地上中学时，受到...1955 年和 1957 年被错误地定为“丁玲、陈企霞反党小集团”和“丁玲、冯雪峰右派反党集团”主要成员，1958 年又受到...

www. cnread. net/cnread1/mjfc/d/dingling/ 7K 2007—10—6—百度快照

www. cnread. net 上的更多结果

丁玲文选

丁玲寓所觅踪 宋庆龄与丁玲的情谊 凭“欲望”和“冲动”写作 丁玲到延安后的思想波澜 寻找丁玲 难忘丁玲谈读书 丁玲的爱情之旅 发表评论 | 其他读者评论 亦凡公益图书馆(shuku. net) 亦凡公益图书馆(shuku. net)设计版权所有，挪用...

www. shuku. net/novels/mingjwx/ ... /dinl. html 2K 2001—3—19—百度快照

www. shuku. net 上的更多结果

沈从文与丁玲_读书频道_新浪网

胡也频在认识沈从文之后没几天，便把丁玲带到了“窄而霉小斋”。沈从文的面前，就这样出现了一个陌生、新奇的女子...沈从文还和丁玲谈到她的工作，谈到《北斗》。丁玲所表露出来的政治热情和性格刚强处，同样使他感到她的变化。对左翼...

book. sina. com. cn/nzt/cha/1109579621_shenc ... 62K 2007—9—7—百度快照

book. sina. com. cn 上的更多结果

丁玲

张僖当日下午旁听党委会，发现在丁玲问题上大家争论相当激烈。有的委员说丁玲善于用小恩小惠拉拢青年人。随后，文章叙述了张僖在农场的见闻及丁玲和张僖的谈话，其中没有一个字说丁玲好，似乎张僖听到的全是说丁玲的坏话。且不说这些...

cn. netor. com/m/box200005/m2396. asp? BoardI ... 23K 2008—2—15—百度快照

缅怀丁玲:展出遗物 首发纪念邮票

2004 年 10 月 12 日,“丁玲诞辰 100 周年”个性化邮票首发式在临澧县博物馆举行,这是中国邮政局特为丁玲诞辰百年庆祝活动...在展出的 30 多件遗物中,有丁玲用过的桌椅,写作的手稿,晚年阅读用的放大镜,陈明为丁玲治病用过的注射器等。丁玲...

www.csonline.com.cn/hxml/hxml2/t20041013_... 26K 2004－10－13－百度快照

www.csonline.com.cn 上的更多结果

丁玲诞辰百周年纪念 >> 首页

在张家界追寻丁玲先生的身... 丁玲深爱北大荒 陪丁玲同志回故园 陪丁玲同志返故园 发现丁玲 沈醉向丁玲请罪 ...丁玲双语学校:局长论坛 丁玲双语学校:政府寄语 丁玲双语学校:校长答疑 丁玲双语学校:九鼎承诺 丁玲博物馆 丁玲大...

www.dingling.org/indexdl.asp 54K 2008－2－22－百度快照

www.dingling.org 上的更多结果

相关搜索: 丁玲 三八节有感　丁玲作品　马丁玲　丁玲小说　丁玲研究

丁玲简介　丁玲小说研究　毛泽东 丁玲　丁玲 女性形象

更多相关搜索 >>

我们将所显示的当前页第 1－10 项加为书签。将我们加入书签的 Google 和 Baidu 两个网页打开,在网页的下方都提供有相关检索,经过对相关页面浏览,扩大了检索面,我们将两个搜索引擎的相关检索所提到的重复检索项“丁玲简介”、“丁玲作品”、“丁玲研究”、“丁玲小说研究”、“毛泽东丁玲”、“论丁玲的悲剧”、“评论丁玲”、“丁玲女性形象”作为搜索资料的几大方面,经分析、归纳、总结得出对丁玲的研究应分为“丁玲的生平思想”、“丁玲的文学创作”、“新时期的丁玲研究”三大方面，确定了“丁玲研究”细致的检索线索：生平简历、早期创作、左联时期的创作、抗战时期的创作、延安时期的创作、土改时期的创作、十七年、文革时期的创作研究、新时期丁玲研究。

本章推荐网址

星浪网	http://www.sina.com.cn
人民网	http://culture.people.com.cn
丁玲 site	http://www.dingling.org
中国青少年新世纪读书网	http://www.cnread.net
中国台湾网	http://www.chinataiwan.org
中华人民共和国文化部	http://www.ccnt.gov.cn
新华网	http://news.xinhuanet.com
netor 网	http://cn.netor.com
榕树下	http://www.rongshuxia.com
百度百科	http://baike.baidu.com

注释：

[1] 赫赫鹤影 婉转坚韧，纪念丁玲 http://www.sanw.net/show/? id=398 [2006-03-02]

[2] 飞蛾扑火 丁玲百年——纪念作家丁玲百年诞辰 http://www.009bbs.com/html/16/311.htm [2008-02-23]

[3] 转引自：赫赫鹤影 婉转坚韧，纪念丁玲 http://www.sanw.net/show/? id=398 [2006-03-02]

第三章 丁玲生平简历

第一节 相关网络资源介绍

超星数字图书馆

1. 简介:超星中文电子图书是北京市超星电子技术公司与中国国家图书馆合作的产物,1998 年 7 月开始提供网上免费阅览。超星中文电子图书内容丰富、范围广泛。目前国家图书馆的超星在线图书馆共有 38 个大类,分别是:

哲学图书馆、民族学图书馆、政治图书馆、法律图书馆、军事图书馆、经济学图书馆、经济计划与管理图书馆、产业经济图书馆、财政金融图书馆、教育图书馆、体育图书馆、语言文字图书馆、文学图书馆、世界史图书馆、中国史图书馆、文史资料图书馆、传记图书馆、地理图书馆、数学图书馆、力学图书馆、物理图书馆、化学图书馆、天文学和地球科学图书馆、生物科学图书馆、医学图书馆、中医图书馆、农业科学图书馆、工业技术图书馆、计算机图书馆、建筑图书馆、交通运输图书馆、航空航天图书馆、环境保护图书馆、国家档案文献库、古代文献图书馆、辞典图书馆、年鉴图书馆、期刊图书馆。目前网上的图书资料已达 10 余万册,并且以每天 10 万页的速度增加。

2. 下载超星阅览器时,要下载最新版本,目前已到 4.0 版本。最新版以前的旧版本均不能保证图书的正常下载。

3. 关于阅读器和注册机的问题:超星数字图书馆在下载图书的时候,必须要同时下载阅览器和注册器。注册器中有用户名、密码和机器码，其中用户名和密码由读者自己提供，而机器码则是由超星随机提供的。在校园网上下载超星图书的同时，请同时下载注册机和阅览器。回家后先运行注册机并安装阅读器，运行注册机时请使用当时下载该书的相同用户名，图书就能打开，否则将无法打开图书。

具体检索方法放在后面的应用中详细介绍。

第二节 丁玲生平

在本节中首先将“丁玲生平年表”确定为检索词。

在 Google 首页和 Baidu 首页检索框输入“丁玲生平年表”，显示：

Google：约有 29,400 项符合丁玲生平的查询结果，以下是第1—10 项(搜索用时 0.02 秒)。

Baidu：使用百度，找到相关网页约 4,840 篇，用时 0.048 秒。

我们将两大搜索引擎搜索结果的前几项，也是相关度较大的几项作为研究资料。

坎坷人生路

丁玲生平 (1904—1986)　丁玲，原名蒋伟，字冰之，1904 年农历 9 月 4 日生于湖南省临澧县一个没落的封建世家。父亲蒋浴岚，秀才，后留学日本学习法律，是一个挥金如土的 ...

school. btvu. org/yyrj/mjmz/dingling/kkrsl/kkrsl. htm－13k－网页快照－类似网页

女作家丁玲生平与创作展开幕

丁玲生平与创作展收集了丁玲大量的生平资料，通过“‘莎菲’时代的叛逆”、“左联时期的斗士”、“雄壮队伍中的‘号兵’”、“繁荣社会主义文学的带头人”、“在逆境的日子”...

hs. ewen. cc/jiaoyu/history/bkview. asp? bkid=72233&cid=161273-17k-网页快照-类似网页

有关丁玲生平的几个问题—陈明访谈录(闻亮)

中国丁玲研究会的一些学者还为此召开了一次座谈会。这些批评意见是中肯的,使我们感到了读者对本刊的关心,也使我们看到了工作的某些不足。本刊记者最近就有关丁玲生平 ...

www2. xcu. edu. cn/zhongwen/lunwen/27363. html-13k-网页快照-类似网页

丁玲研究资料

丁玲生平资料丁玲谈自己的创作丁玲研究论文选编(一)(1929—1948)(二)(1949—1981)(三)(港台·海外部分)丁玲著作年表丁玲著作。

book. hzu. edu. cn/book. htm? 169720-10k-网页快照-类似网页

小说-沈从文与丁玲-世事三十年

据袁良骏编写的《丁玲生平年表》,丁玲在1949年7月重返北京城,这时她刚刚从莫斯科归来,在那里,她的这部新作已经被翻译成俄文,她为此撰写了俄译本前言。两年后,举世瞩目的斯大林文艺奖金,将第一次授予一个中国作家的作品。她,许许多多的...

www. xiaoshuo. com/readbook/00157251_7069. html 37K 2007-11-1-百度快照

飞蛾扑火

丁玲百年 2004年10月12日,是中国现代著名女作家丁玲百年诞辰纪念日。我们永远怀念那个"五四"时期写出"莎菲"的叛逆的丁玲,也怀念那个豪爽侠义满腔热血投身革命的丁玲,更怀念那个历尽沧桑受冤30年却依然赤诚纯善的丁玲…… * * 生平著作年表 * * ...

www. 009bbs. com/html/16/311. htm 6K 2006-10-11-百度快照

丁玲 1904－1986

图书丁玲 1904－1986 的详细信息丁玲 1904－1986 作者:出版:...全文下载 全文目录丁玲 1904－1986 出身一个破落豪门外婆随口订...

book. hzu. edu. cn/book. htm? 11188 3K 2008－2－25－百度快照

通过对以上 7 项检索结果进行阅读分析，去伪存真，进一步将“丁玲的身世”、“丁玲的家庭”作为检索词进行深入检索，输入“丁玲生世”，显示：

Google：约有 213,000 项符合丁玲的身世的查询结果，以下是第 1－10 项（搜索用时 0.07 秒）。

Baidu：使用百度，找到相关网页 155 篇，用时 0.001 秒。

从两种搜索结果中选取以下项目作为研究资料：

情爱丁玲:惊世女子骇俗恋－时代网

情爱丁玲:惊世女子骇俗恋:杨桂欣著:文化艺术出版社:纪实文学:文学:图书:85 折优惠:定价 30:快递送货上门，货到付款.

www. vsvt. com/book688610. html－27k－网页快照－类似网页

丁玲—太阳照在桑干河上—39 光明还只是远景

丁玲－太阳照在桑干河上－39 光明还只是远景. ... 第三个老头也说:“江世荣的地，咱们是拿到手了。只是他还是村长，还有人怕他，得听他话，咱们这回还得把他村长闹掉。”...

www. millionbook. net/mj/d/dingling/tyzz/040. htm－12k－网页快照－类似网页

丁玲:四段难忘的情感经历(图) | 贵人网 | 影响 INFLUENCE

1904 年，丁玲生于湖南临澧县一个没落的封建望族家庭。四岁的时候，父亲病逝，母亲被迫带着两个孩子回到娘家。丁玲舅舅的儿子成了丁玲亲密的玩伴，于是外婆给他们订 ...

www. noblechinese. com/guiren－news2/info/19388－1. htm－36k－网页快照－类似网页

输入“丁玲的家庭”，显示：

Google：约有 289,000 项符合丁玲的家庭的查询结果(搜索用时 0. 32 秒)。

Baidu：使用百度，找到相关网页约 131,000 篇，用时 0. 048 秒。

从两种搜索结果中选取以下项目作为研究资料：

丁玲生命中四次婚恋－婚姻家庭－上网第一站

1904 年，一个女婴诞生在湖南临澧县的一个破落家庭里，她就是杰出的女作家丁玲。四岁的时候，父亲挥霍光了家财，潇洒地离开了尘世，母亲被迫带着两个孩子投奔外婆。...

www. 1zan. com/hunyin/8/2006/124017. html－18k－网页快照－类似网页

丁玲的爱情之旅－婚姻家庭－上网第一站

现代著名女作家丁玲一生两度入狱、几番沉浮的坎坷经历常令人扼腕欷歔，而伴随作家一生，给她带来欢欣与愁苦、幸福与磨难的四次婚恋情感历程也值得我们去追思… ...

www. 1zan. com/hunyin/8/2006/124018. html－22k－网页快照－类似网页

丁玲之母：尊重女儿自己的选择[湖南名人网]

为此，家庭内闹了一场纠纷。最终，丁玲摆脱了包办婚约和其他纠缠，放弃了即将拿到手的毕业文凭，于 1922 年春天来到上海，在这里接受了中国共产党的教育。...

www. hnmrw. net/zwmry/Html/200_4682. html－30k－网页快照－类似网页

丁玲传_中学_语文_教育

1904 年农历 9 月 4 日，湖南临澧农村里一家名门望族诞生了一位千金小姐。

她，二十三年后叫丁玲，出世的时候，家庭正走下坡路。祖父做过大官，留下值得炫耀的财产和威风，拥有 ...

www. teachercn. com/Zxyw/Zwsb/2006－2/2/20060108165752563. html－11k－网页快照－类似网页

丁玲在延安时期的女性意识—读《三八节有感》

丁玲的《三八节有感》，从妇女解放与延安的家庭结构、妇女解放与民族革命的矛盾两方面，来分析当时延安妇女的性别压抑，从而使我们对丁玲的女性意识有一个更深刻的认识....

scholar. ilib. cn/Abstract. aspx? A＝ccsfxyxb200505022－类似网页

陈明：守护丁玲作品和人品_新闻中心_新浪网

丁玲作品中的女主人公，个性意识都较强，陈明说这跟丁玲小时候受到的家庭影响很有关。丁玲小的时候，她的母亲就给她讲秋瑾的故事，也讲法兰西革命女杰罗兰夫人的事迹 ...

news. sina. com. cn/c/cul/2006－09－11/152510979943. shtml－66k－网页快照－类似网页

丁玲_百度百科

丁玲也是渴望征服男性的。胡也频在性格上类似于苇弟，也曾自称是丁玲的弟弟。莎菲可以说是丁玲的自画像，丁玲在这个形象的塑造中，寄予的是自己蔑视世俗礼教与成规、勇于追求自我的叛逆精神。《阿毛姑娘》的主人公是一个乡下姑娘，家庭...

baike. baidu. com/view/9035. htm 44K 2008－2－26－百度快照

丁玲的四段感情：最纪念的是也频 最怀念的是雪峰

丁玲的情感世界充满了传奇色彩，她一生中经历了四段情感历程，记录了这位女作家的欢欣与愁苦、幸福与磨难。充满温暖的初恋：1904 年，丁玲生于湖南临澧县一个没落的封建望族家庭。丁玲 4 岁的时候，外婆给丁玲与其表哥订了娃娃亲。丁玲读书后...

www. jfdaily. com/gb/jfxww/xlbk/bkwz/node41 ... 13K 2008－2－22－百度快照

丁玲

1904 年出生于破落官僚家庭，早年曾在长沙上中学。1927 年开始发表小说，以《莎菲女士日记》轰动全国。1930 年参加中国左翼...在中国现代文学史上，丁玲曾是最有名气的女作家之一。毛泽东赋诗相赠盛赞她"纤笔一枝谁与似，三千毛瑟精兵"。在...

www. htrwh. com/LSYZ/LSYZ_show. asp? Nid＝454 22K 2008－2－19－百度快照

丁玲的母亲余曼贞 >> 中国母亲教育网｜母亲教育｜家庭教育

1979 年，当备受磨难的著名作家丁玲以 75 岁的高龄再次握笔重现于文坛时，人们深深地震惊于她的坚毅与顽强。然而，又有...华裔女孩贺梅正式离开美国领养家庭。中新网 7 月 22 日电 据美国《明报》报道，在田纳西州最高法院 1 月 23 日裁定…… 卢勤:...

mqjy. ecjtu. jx. cn/Article/mjkt/MRJJ/200709 ... 34K 2007－9－7－百度快照

坚韧的人生－蜗牛－网易博客

年幼丧父，坚强的母亲还清了所有父亲欠的债后，带着丁玲孤独离家。从此，丁玲跟随她的亦师亦友的母亲走上了寻求革命的道路。童年的灰色记忆，让丁玲知道了封建家庭的黑暗，所以她迫切地希望找到一条拯救民众的路。从湖南到上海，丁玲结识了...

blue－o－snail. blog. 163. com/blog/static/159 ... 15K 2007－11－18－百度快照

我们将每次关键词输入后搜索到的结果的前二十项存为书签页，随后打开书签页的界面，将光标落在任何项的标题上，屏幕都会出现一个提示：按住 CTRL，并单击鼠标以跟踪链接，同时提示本条记录所在的网址。这样我们就可以对有关信息进行浏览，留下相关度较大的记录，进行比较研究。这里还要说的是在每一个打开的网页下方都会出现相关的引申提示，如“相关内容”、“有关推荐”、“ 参考资料”等栏目，这些提示中有利用价值很高的相关链接，在本章搜索到的【文化人物】丁玲：四段婚姻“一个真实的女人”的引申阅读中的“告诉你一个真实的丁玲”和相关新闻中“丁玲是一部厚重的书”两篇很有价值的资料。通过对所获资料的分析研究，得出“丁玲生平简历”的研究结果，附本章后。

第三节 丁玲著作

在本节中首先将“丁玲著作年表”确定为关键词。

在 Google 首页和 Baidu 首页检索框输入“丁玲著作年表”，显示：

Google：约有 74，200 项符合丁玲著作年表的查询结果（搜索用时 0.28 秒）。

Baidu：使用百度，找到相关网页约 1，630 篇，用时 0.001 秒。

我们将两大搜索引擎搜索结果的靠前几项，也是相关度较大的几项作为研究资料：

丁玲著作书目

首页 纪念活动 丁玲简介 丁玲年表 著作书目丁玲语萃 众说丁玲．著作书目 ...《丁玲论创作》，（评论集）1985 年 3 月初版上海文艺出版社．《文学天才意味着什么》...

www. wxg. org. cn/exhibition/zhuanti/dingling/dl_shumu. htm－13k－网页快照－类似网页

丁玲研究资料

丁玲著作年表　丁玲著作目录附录一　收入合集或其他著作中的作品目录附录二　散见报刊上的作品目录　丁玲研究资料目录索引（一）　丁玲研究

专著目录索引(二)其他著作中的丁玲 ...

book. hzu. edu. cn/book. htm? 169720－10k－网页快照－类似网页

荫森(美)《丁玲在西北》,广州新闻研究社,1938 年 5 月初版。天行编《丁玲在西北》华中图书公司 1938 年初版。袁良骏编《丁玲著作年表》,人民文学出版社,1980 年 8 月 ...

zhidao. baidu. com/question/2401496. html? fr＝qrl－22k－网页快照－类似网页

婉转坚韧,纪念丁玲|中国散文网

该网站可能含有恶意软件,有可能会危害您的电脑。丁玲一生历尽坎坷,无论是在群魔乱舞的魍魉世界,还是在沉冤莫白的风雪人间,她始终像一只扑火的飞蛾,向着光明振翅飞翔,至死不渝。* * 生平著作年表 · 丁玲生平简介 ...

www. sanw. net/show/? id＝398－类似网页

万科周刊——论坛

嗣后,应天津人民出版社之约,我着手编著《丁玲著作年表》、《丁玲研究资料》,并陆续发表、出版。其间,发掘丁玲未得结集文章 80 余篇,仿鲁迅《集外集》体例,编成《丁玲集外文选》,由人民文学出版社出版。一来二去,我这位并不年轻的青年...

www. vankeweekly. com/vankebbs/printpage. as ... 22K 2008－1－10－百度快照

华夏文化－丁玲:从文小姐到武将军

丁玲著作年表　1927 年 12 月,丁玲的第一篇短篇小说《梦珂》在《小说月报》上发表。翌年 2 月,又发表了她的早期代表作《莎菲女士的日记》。此后,连续发表了《暑假中》、《阿毛姑娘》、《自杀日记》、《庆云里中的一间小屋》等十几篇...

gb. cri. cn/3601/2004/10/25/1266@338312_11. htm 33K 2007－5－31－百度快照

文章_文学频道_中国西部文化网
2004 年 10 月 12 日是中国现代著名女作家丁玲百年诞辰纪念日。我们永远怀念那个“五四”时期写出“莎菲”的叛逆的丁玲，也怀念那个豪爽侠义满腔热血投身革命的丁玲，更怀念那个历尽沧桑受冤 30 年却依然赤诚纯善的丁玲…… * * 生平著作年表 丁...
www.wmcn.com/Html/litcultural/111857788.html 31K 2008－2－10－百度快照

对丁玲生平及著作年表，学术研究者们争议较少，没有学术观点上的分歧，所以我们在这一章里只运用了 Google 和 Baidu 搜索引擎检索资料就可以了，对无争议或争议较少的问题，检索时，要注意到主题内容宽泛的问题，这样便于全面掌握材料，以防遗漏。另外，我们从“丁玲研究资料”(http://book.hzu.edu.cn/book.htm)网页中搜到丁玲研究著作《我母亲的生平》、《丁玲集外文选》、《女作家丁玲》、《胡也频》、《太阳照在桑干河上》、《母亲》、《一个人的一生》、《我的创作经验》、《我在霞村的时候》等，我们选择其中的《我母亲的生平》、《女作家丁玲》、《胡也频》、《丁玲短篇小说选·后记》、《鲁迅先生与我》、《一个人的一生》、《我母亲的生平》等作为我们本章的研究资料。

第四节　本章研究结果

丁玲出生在一个没落的蒋姓官僚地主家庭。出生后，取名叫蒋冰之。她出生在这个世代为官的豪门望族，家产很大，银钱很多，到了 20 世纪 30 年代，还有 200 多间的门院，连远近亲戚在内，还有3 000左右人口，丁玲的祖父，曾做过很大的官。丁玲的父亲蒋浴岚，是一个很风趣的世家子弟，有些贵公子和名士气，聪明、慷慨、洒脱、有才华。他十几岁就中秀才，留学日本，学习法律。他不仅思想不俗，人品也好。特别是他具有一种艺术才能，生性喜欢美丽的东西、热闹的事情，还会陶器雕刻的手艺。他自己经常生病，所以又学习了《本草纲目》等医书，成了医生，开了药铺，行医散药，造福乡里。这个封建大家庭还经常好向外挑战，或任性购物。鸦片战争以后，中国吸毒的人渐多，蒋浴岚也染上吸毒的恶习，挥金如土，身体多病，意志消沉，一无所有，终究堕落成一个“败家子”。1908 年，他刚 30 岁出头，就过早地离开了人间。他留给妻子的“遗产”，除了无限的悲苦和还不清的债务以外，还有一个 4 岁的女孩（即丁玲）和一个“遗腹子”。在半封建半殖民地的旧中国，妇女在社会的最底层呻吟，孤儿寡母更是挣扎在世态炎凉的无底深渊。往后，这个蒋氏封建世家，就逐步走向败落了，虽然还有那么多人，但是差不多无一人读书，几乎都在酒色中完结了一生。

蒋浴岚是名副其实的官僚地主家庭的大少爷。他的侠气和浪漫性格，对童年时代的丁玲影响很大。

丁玲的母亲姓余，闺名曼贞。因为她受到新文化的影响，向往妇女解放，甚至羡慕唐朝武则天时代女人可以考官做事，所以曾立下胜过须眉之志，因而蒋浴岚去世后，她改名蒋胜眉，字慕唐。蒋慕唐原为湖南省常德县一个书香门第的闺秀，从小接触纸砚，随着哥哥弟弟们学画、写诗、吹箫、下棋、看小说，对“女子无才便是德”的封建礼教的藩篱进行突破，慢慢萌发了民主革命思想。所以，在丈夫死后，蒋慕唐决心摆脱孤儿寡妇的悲惨境况，走自立道路。1909 年，丁玲 5 岁的时候，慕唐说通族伯兄弟，卖掉家产，带上弱女幼子，回故里常德娘家寄住。她决心走一条自立的道路。离别蒋家的时候，这位年轻寡妇不禁涌起生离死别的凄楚情。直到 1941 年，蒋慕唐还这样描述当时离开家园的凄凉情景：“我清检正屋锁闭，托人照看，即携子女，一肩行李，凄然别此伤心之地，一路悲悲切切，奔返故里（常德）。”[1] 幼小的丁玲就这样随着悲伤的寡母离开了那个封建大家庭，并且从此以后，就过着一种寄人篱下的凄苦流浪生活。可见，丁玲虽然出生在一个有钱的封建大家庭，但从小就没有过上奢侈豪华的生活，而且幼小的时候就过早地领略了人生的苦味，纯洁的心灵就蒙上了一层阴影，懂得了人间的哀愁。她稍大以后，进一步体察到人生道路的险恶炎凉，在那茫茫的生活海洋里，她犹如萍飘蓬转，漂泊的生涯使她尝尽了人间的辛酸。

蒋慕唐是一个富有刚毅性格的女性。她一面承担抚育子女的重任，一面刻苦求学。

1910 年，蒋慕唐 30 岁，报考了湖南常德女子师范学校，这是常德第一所女子学堂速成师范学校。入学后，她不但放开骨折畸变的小脚，而且忍着剧痛和歧视在广场上跑步出操。就在蒋慕唐在常德女子师范读书的时候，遇见了女革命家向警予，并结为忘年交。6 岁的丁玲这时也随母亲进了常德女子师范学校附设的幼稚班。蒋慕唐就在这时，将女儿名字“蒋冰之”改为“蒋玮”。

丁玲幼年丧父，背井离乡，寄人篱下；少年时代又失去了唯一的弟弟，亲人生离死别的悲伤，她都感受到了。这些家庭的变故，在丁玲幼小的心灵上，过早地蒙上一层阴影，留下道道伤痕。又因为母亲的启蒙教育，环境的影响，她自幼就爱上了文学。

但是，丁玲成长为国内外享有盛誉的著名女作家，还应归功于伟大时代的哺育。丁玲所生长的时代，恰逢腐败黑暗的清朝末年和民国初年。那时，一方面反动封建统治阶级作垂死挣扎，一方面中国大地上民主革命风起云涌。这样的社会现实直接影响着丁玲。震惊中外的辛亥革命的枪声，在丁玲的幼小心灵上打下了深深的烙印。虽然她那时只是一个七八岁的小女孩，但是她有机会与她母亲一道为在起义中牺牲的亲友举哀，随着庆祝起义的游行队伍欢呼跳跃，她领略到了痛苦和欢乐，萌发了新的希望。她朦朦胧胧地意识到了国家要独立，民族要解放，人民要自由。丁玲后来回忆说：

使我最早领略到痛苦和欢乐的感情，是辛亥革命，我们县里考棚的枪声……我的一个姨父的兄弟牺牲在那里。烈士的鲜血，有如苦汁，浸透了我周围亲属们的心胸。我的小小的心灵，也跟着受了伤，我第一次尝到了痛苦。但当革命成功，十月十日的那个夜晚，我站在大人们的后面，看着满街欢乐的，狂飙似的火把的人流，繁星似的花灯，我随着游行队伍奔腾跳跃，大声喊叫，第一次压不住要炸开来的心跳。[2]

丁玲就是这样背负着时代的痛苦和重压，憧憬着个人和国家的未来，在半殖民地半封建的旧中国，艰难地成长着……中国爆发了震惊中外的伟大的"五四"运动。当"五四"运动的潮流从古老的北京波涌到湖南的时候，作出迅速、深刻反应的，就是丁玲正在就读的桃源县省立第二女子师范学校。她如饥似渴地阅读"五四"时期的进步书刊，尤其是喜欢阅读《新青年》和《新潮》。她对新诗和其他新文学作品，有一种特殊的爱好，从这些新的书刊中，汲取新知识、新思想，更想从中寻到个人出路和国家强盛的道路。

"五四"运动革命浪潮，把丁玲推向了广阔的天地。她突破了原来生活的小天地，看到了外面更广阔的世界，意识到山外还有青山，楼外还有高楼，就在 1919 年暑假以后，在母亲的支持下，她由桃源转赴省会长沙，进了长沙周南女子中学读书。这所学校里有些比较进步的教师，他们常常给学生介绍一些新书新报，灌输新的文学思想。

当时，丁玲贪婪地读着"五四"时期的新文学，她喜欢阅读一些带政治性的、讲问题的文艺作品，从中汲取新的思想观点，郭沫若的《女神》和都德的《最后一课》，她尤其爱不释手。丁玲在周南女中的一段学生生活，对她以后走上革命作家的道路，是个良好的开端。所以，当新的思想以锐不可当之势冲击着封建专制的腐朽大家庭的时候，丁玲胸中燃起了新思想的火花，对她自己出身的那个封建大家庭，深感厌恶，觉得它充满着虚伪、无耻、专横、腐朽、堕落。

“五四”运动震醒了沉睡的中国,解放了许许多多被囚禁在封建礼教樊笼里的青年,更把许许多多有为的青年卷进了滚滚向前的革命洪流中。丁玲就是这千千万万个青年中的一个,她毅然决然地冲出了封建大家庭,展翅高飞,飞向广阔的社会,飞向新生活的海洋,去开辟人生大道,去寻求救国救民的真理。丁玲永远感激“五四”运动对她的影响和教育:

“五四”来临了,这是一场真正的民主革命。要科学、要民主、要自由、要解放的奋斗精神哺育着我。在我正是青少年的时候,我放弃游乐,不管懂不懂,懂得多少,我如饥似渴地寻求当时的书籍报章,要从那里找到真理,找到治国平天下的道理,找到一个人做人,做一个有用之人的道路。……我曾展翅高飞,高歌迎来旭日似的希望……[3]

“五四”运动的新书刊确实煽起了她的“青春的狂热”,她带上“满脑子进步社会理想和个人生活幻想”,跑到上海这个大都市来了。丁玲到了上海,和她的女友们,进入陈独秀、李达等人创办的上海平民女校读书,一心要去寻找真理之火。丁玲在平民女校曾一度把名字“蒋冰之”改为“冰之”,以废姓蔑视传统意识。不料她废姓却引起很多麻烦,于是她就从字典中找个笔画最少的字——丁,作为自己的姓,从此她的名字便变成了“丁冰之”。这便是丁玲与传统封建意识决裂的具体表现。

她还读了一些国家在亡国之后创作出的一些文艺作品,认为这些作品对自己有启发,能帮助自己认识生活,分析现实。于是,她更埋头于文学,热衷于读一些厚厚的大部头作品。她原先追求革命的热情,这时都逐渐转移到文学方面来了。她说:“我那时偏于喜欢厚重的作品,对托尔斯泰的《活尸》、《复活》等,都能有所领会。这些作品便日复一日地在我眼下,塞满我的脑子,使我原来追求革命应有的行动热情,慢慢转到了对文学的欣赏。我开始觉得文学不只是消遣的,而是对人有启发的。"[4]对于文学的社会作用,她开始有了较正确的认识。

丁玲于1924年夏天抵达北京。但北京并没有向她敞开理想的大门。她说,1924年她来到北京。她的最好的、思想一致的挚友王剑虹在上海病逝了。她的际遇刺痛了我。……我常常感到这个世界是不好的,可是想退出去是不可能的,只有前进。但向哪里前进呢?上海,我不想回去了;北京,我还挤不进去;于是我又读书,这时是一颗比较深沉的心了。[5]她的真正出路在哪里呢?她只有独自带着沉重的苦闷和焦躁的情绪,在那茫茫黑夜中探路了。夜漫漫,路难寻,1925年,她结识了胡也频。可是胡也频是首饰铺里学徒出身,当时在北京只是一位无名诗人,与其他两人在《京报》上编辑一个一星期一张的、名为《民众文艺周刊》的副刊,也无法使丁玲摆脱生活的困境。

丁玲就像柔石的小说《二月》里描写的萧涧秋一样,走了大半个中国,还是没有找到出路。1925年夏天,她告别了古都北京,回到湖南母亲的身边。和母亲一起住在作校舍用的庙宇里,她虽然回到母亲的身边,但是并没有排解掉自己思想上的苦闷和彷徨,心头依旧笼罩着愁云苦雾,她弹奏那单调的琵琶,诉说着她内心的抑郁和忧伤。年过古稀的丁玲,描述她那时的心情,还是如此令人心弦颤动:

当时五卅运动所激起的爱国情绪还笼罩着我母亲的整个身心,她高谈阔论,叹古伤今……痛斥帝国主义、封建主义的毒害,我呢,好像一个战败的勇士,归林的倦鸟,我用极复杂的心情反当着近几年来自己所遇到的人和事,以及我曾有的向旧社会的出击,与颓废的感怀。在母亲面前,我是惭愧的,只觉得辜负了她对我的希望和信任。我极想重鼓双翅,飞越万水千山。可是,哪里是我向往之处?哪里是我安身立命之所?哪里将成为我一生的归宿?我身虽然回到家里了,回到母亲的身边了,但一颗心啊,仍彷徨于高山峡谷之间,奔腾在汹涌的大海与温柔之间。[6]

丁玲正在孤寂、彷徨和痛苦的挣扎中,突然一个人从北京"追"到了她栖身的这所古庙。这位不速之客就是胡也频,她在北京刚刚认识他不久,两人没见过几次面。但是,胡也频大胆并非常冒失地追踪丁玲来到湖南。丁玲和她母亲就在作教室用的空寂的庙宇里,接待了这位北京来客。丁玲回忆说:"有天听见大门光光的响,我和母亲同去开门。我们都不得不诧异地注视着站在门外的那个穿着月白长衫的少年,我母亲诧异这是从哪里来的访问者;我也诧异这个我在北京刚刚见过两三次面的、萍水相逢、印象不深的人,为什么远道来访。但使我们更诧异的是这个少年竟是孑然一身,除一套换洗裤褂外便什么也没有,而且连他坐来的人力车钱也是我们代付的。"[7]

丁玲对他的评价:"他有些简单,有些蒙昧,有些稚嫩,但却是少有的'人',有着最完美品质的人。他还是一块毫未经过雕琢的璞玉,比那光滑的烧料玻璃珠子,不知高到什么地方去了。"[8]因此,她同样漠视许多朋友的劝阻和揶揄,毅然答允了胡也频的求爱。丁玲觉得他是一个少有的具有完美品质的人。他俩热烈地相爱着。就在这年秋天,他俩又一同回到北京,住在西郊香山。他们的新婚生活,虽然在物质上是很贫困的,但在爱情上却是很富有的,他俩都感到美满和幸福。丁玲后来曾说,那时尽管常常窘迫到抱着旧衣裳去当铺,爱情的幸福还是尽情地领略到了。"我们什么也不怕,也不想,我们日里牵着手一块玩,夜里抱着一块睡。我们常常在笑里,我们另外有个天地。我们不想到一切俗事,我们真像是神话中的孩子们过了一阵。"[9]1926年,她先后结识了戏剧家洪深和田汉。经他们介绍,她曾到明星电影公司和南国剧社报考电影演员和戏剧演员,并将名字改为"丁玲"。有人说:"这笔名是打破旧习惯,从母姓的,表现出作家丁玲年轻时代有一种追求男女平等的反叛思想。"[10]不错,丁玲早期确实具有这种反叛思想和行为,但是,说"丁"是她母姓,是不正确的。前面已述,丁玲母亲姓余。至于丁玲这笔名是怎么来的,她在1979年7月7日的一封信中写道:

后来为去上海,想当电影演员,改名"丁玲",投稿便用了它。"丁玲"毫无意思,只是同几个朋友闭着眼睛在字典上各找一个字作名字,"玲"字是我瞎摸到的。[11]

丁玲多方探索,但始终探索不出一条光明出路。她这种生活境遇和思想情绪,让她感到思想非常孤独和痛苦。丁玲认真读了大量的古今中外的文学名著。除歌德、海涅、莎士比亚、鲁迅的作品外,她对法国的福楼拜的《包法利夫人》、小仲马的《茶花女》以及俄国作家屠格涅夫、托尔斯泰、高尔基等人的作品,尤为热爱。这些作品对提高她的文学鉴赏能力与后来创作的内容和风格的形成都产生了直接的影响。

丁玲生在清王朝末年,长在民国初年,伟大的"五四"狂潮卷起她生命的风帆,几经沉浮,才从黑夜挣扎到黎明。可是又有谁能想到,黎明后的风风雨雨又差点摧折她那生命之舟呢?从她1904年降生人间到1986年离开尘世,八十多个春秋的风风雨雨,净化洗涤我们这位命运多舛的女作家的灵魂。当我们纵观丁玲的生平事迹、研读她的全部作品后,留下的突出印象是:她的生命之舟迭遭风暴;她的坦诚、坚贞、顽强的性格却至死不渝;而她笔下的人物从莎菲到杜晚香,又形象地画出她生活、思想和艺术的发展轨迹。

本章推荐网址

超星数字图书馆	http://www.ssreader.com
读秀学术搜索	http://www.duxiu.com/.
中国作家网	http://www.chinawriter.com.cn

中国现代文学馆	http://www.wxg.org.cn
百度知道	http://zhidao.baidu.com
中国散文网	http://www.sanw.net
黑土文化网	http://www.htrwh.com
中教网	http://www.teachercn.com
湖南名人网	http://www.hnmrw.net
上网第一站	http://www.1zan.com
贵人网	http://www.noblechinese.com
时代网	http://www.vsvt.com
数字图书	http://book.hzu.edu.cn/

注释：

[1] 丁玲．我母亲的生平．北京:人民文学出版社,1980

[2] 丁玲．丁玲短篇小说选·后记．北京:人民文学出版社,1981

[3] 丁玲．丁玲短篇小说选·后记．北京:人民文学出版社,1981

[4] 丁玲．鲁迅先生于我．新文学史料,1981,(3)

[5] 丁玲．鲁迅先生于我．新文学史料,1981,(3)

[6] 丁玲．胡也频．文汇,1981,(1)

[7] 丁玲．胡也频．文汇,1981,(1)

[8] 丁玲．一个真实人的一生．丁玲研究资料．天津:天津人民出版社,1982

[9] 丁玲．胡也频．文汇,1981,(1)

[10] 茅盾．女作家丁玲．丁玲研究资料．天津:天津人民出版社,1982

[11] 叶慎孝．丁玲的笔名．甘肃师范大学学报,1981,(1)

第四章 丁玲的早期创作

第一节 相关网络资源介绍

一、CNKI(中国知识基础设施工程)

CNKI 工程是以实现全社会知识资源传播共享与增值利用为目标的信息化建设项目,由清华大学、清华同方发起,始建于 1999 年 6 月。它是世界上全文信息量规模最大的"CNKI 数字图书馆",并正式启动建设《中国知识资源总库》及 CNKI 网络资源共享平台,为全社会知识资源高效共享提供最丰富的知识信息资源和最有效的知识传播与数字化学习平台。

中国期刊全文数据库:该库是目前世界上最大的连续动态更新的中国期刊全文数据库,收录国内8 200多种重要期刊,以学术、技术、政策指导、高等科普及教育类为主,同时收录部分基础教育、大众科普、大众文化和文艺作品类刊物,内容覆盖自然科学、工程技术、农业、哲学、医学、人文社会科学等各个领域,全文文献总量2 200多万篇。十专辑下分为 168 个专题和近3 600个子栏目。文献来自中国国内8 200多种综合期刊与专业特色期刊的全文。收录年限自 1994 年至今(部分刊物回溯至创刊);CNKI 中心网站及数据库交换服务中心每日以5 000～7 000篇的频率更新,各镜像站点通过互联网或卫星传送数据可实现每日更新。[1]

中国知识资源总库除中国期刊全文数据库以外,还有中国期刊全文数据库(世纪期刊,中国优秀博硕士学位论文全文数据库,中国博士学位论文全文数据库,中国优秀硕士学位论文全文数据库,中国重要会议论文全文数据库等)。

二、万方数据库

万方数据资源系统由科技信息子系统、数字化期刊子系统以及商务信息子系统构成。[2]

科技信息子系统

科技信息子系统是中国唯一完整的科技信息群。汇集科技文献、科研机构、科技成果、科技名人、中外标准、政策法规等数百种数据库,信息总量达1 100多万条,每年数据更新 60 万条以上,为科技工作者、高校师生提供最丰富、最权威的科技信息。主要包括:《中国科技成果库》、《中国学位论文库》、《中国学术会议论文库》、《中国国家标准》、《中国科技文献库》等。

数字化期刊子系统

数字化期刊目前已集纳了理、工、农、医、人文等 5 大类的2 000多种科技期刊,实现了全文上网,主要有:中华医学会系列杂志、大学学报、中国科学系列杂志、科学普及期刊等。

商务信息子系统

商务信息子系统包括工商咨询、经贸信息、成果专利、咨询服务等服务内容,其主要产品《中国企业、公司及产品库》至今已收录 96 个行业近 20 万家企业的详尽信息,成为中国最具权威性的企业综合信息库。内容主要包括中国企业及产品数据库、经贸信息。

使用万方数据库时,可利用微软 IE 7.0 提供的快捷搜索功能,可将万方数据设为 IE 7.0 的默认搜索提供程序,就可以方便地利用 IE 7.0 的快捷搜索使用万方数据提供的论文搜索功能。

www.ilib.cn 网站:它是万方数据股份有限公司针对互联网用户需求建立的专业学术知识服务网站,隶属于万方数据资源系统,对外服务数据由万方数据资源系统统一部署提供。ilib 是 Interactive Library 的缩写,即交互式图书馆,尽管也有人认为它是

Internet Library 的意思，但事实上其更加重视与读者的互动。ilib与普通网站不同，ilib 的内容都来自于正式发行的学术期刊，并且经过作者和出版商的授权，从而保证了内容的学术价值。

第二节　网络资源的使用过程

一、登录万方数据标准镜像系统(wanfang. lib. sjtu. edu. cn)

选择中国学位论文全文数据库，中国学术会议论文全文数据库，在第一行检索框的检索项中选择“摘要”，输入“丁玲创作”，在第二行检索框的检索项中选择“摘要”，输入“早期”，两个检索词之间选择“与”逻辑关系，将论文年度限定在 1993—2007 年，开始检索：本次检索结果 12 篇，中国会议论文全文数据库为 0 篇，中国学位论文全文数据库为 12 篇，点击按关键词不排序显示结果：

以下是 1—12　全部选中 全部清除 导出到 XML 导出到文本

☑　论文标题：建构与撕裂——试析丁玲女性精神的寻找
中国学位论文全文数据库【简单信息】【详细摘要信息】

☑　论文标题：命运·创作·女性——论政治文化视域中的“丁玲现象”
中国学位论文全文数据库【简单信息】【详细摘要信息】

☑　论文标题：创作转型与文化选择——丁玲解放前的文学创作与外国文学
中国学位论文全文数据库【简单信息】【详细摘要信息】

☑　论文标题：丁玲创作中独特的政治眼光
中国学位论文全文数据库【简单信息】【详细摘要信息】

☑ 论文标题：丁玲小说知识分子话语的衰变
中国学位论文全文数据库【简单信息】【详细摘要信息】

☑ 论文标题：丁玲现代创作的女性视角组合
中国学位论文全文数据库【简单信息】【详细摘要信息】

☑ 论文标题：知识女性与革命话语之间的困惑——论丁玲 20－40 年代创作的转变
中国学位论文全文数据库【简单信息】【详细摘要信息】

☑ 论文标题：试析丁玲笔下的“莎菲”型形象的文化内涵及意义
中国学位论文全文数据库【简单信息】【详细摘要信息】

☑ 论文标题：丁玲创作的主体性话语的嬗变
中国学位论文全文数据库【简单信息】【详细摘要信息】

☑ 论文标题：丁玲延安时期文学创作的转向——兼议毛文体对作家的影响
中国学位论文全文数据库【简单信息】【详细摘要信息】

☑ 论文标题：丁玲的“革命加恋爱”小说解读
中国学位论文全文数据库【简单信息】【详细摘要信息】

☑ 论文标题：丁玲的创作道路和文学命运
中国学位论文全文数据库【简单信息】【详细摘要信息】

上海万方数据有限公司

浏览每篇论文下方的【详细摘要信息】，并将相关度大的论文打包下载：

1．丁玲创作论
2．丁玲的创作道路和文学命运
3．建构与撕裂——试析丁玲女性精神的寻找

4. 丁玲现代创作的女性视角组合

5. 试析丁玲笔下的“莎菲”型形象的文化内涵及意义

6. 创作转型与文化选择——丁玲解放前的文学创作与外国文学

7. 丁玲现代创作的女性视角组合

8. 试论丁玲早期小说创作的主体性

二、登录中国知网(www. cnki. net)中国期刊全文数据库

选用初级检索形式,在检索页面检索框中的下拉列表中选择“主题”,输入“丁玲”,结果为1 970条记录,再将“创作”作为检索词,在一次检索结果中进行二次检索,将“早期”作为检索词在二次结果中进行第三次检索,时间区间 1986—2007 年,更新为全部数据,范围为全部期刊,模糊匹配,按相关度排序(按词频、位置的相关程度从高到低顺序输出),执行检索。本次检索结果为 22 条记录:

[1] 李倩. 评丁玲早期小说中的女性形象[J]. 晋阳学刊,1986,(3).
[2] 梁明. 迷惘中的探索——论丁玲早期创作中的追求与困顿[J]. 红河学院学报,1986,(3).
[3] 田金霞. 论丁玲早期创作中对生与死主题的诠释[J]. 常德师范学院学报(社会科学版),2000,(3).
[4] 曹清华. 丁玲早期创作与“五四”时期女性文学[J]. 深圳职业技术学院学报,2006,(2).
[5] 许华斌. 丁玲早期小说创作论[J]. 淮南师范学院学报,1997,(1).

[6] 严小红．丁玲早期作品的女性意识和反文化色彩[J]．阴山学刊，2006，(3)．

[7] 蔡美琴．论丁玲的早期小说创作[J]．暨南学报(哲学社会科学版)，1990，(3)．

[8] 魏爱玲．试论丁玲早期小说中的知识女性书写[J]．徐州教育学院学报，2006，(4)．

[9] 许华斌．丁玲早期小说的艺术技巧[J]．杭州师范学院学报，1997，(2)．

[10] 丁燕．论丁玲早期小说的独特风貌[J]．学海，2000，(6)．

[11] 蔡美琴．论丁玲的早期小说创作[J]．中国现代文学研究丛刊，1991，(1)．

[12] 胡彦．论丁玲早期创作中新女性形象的悲剧审美价值[J]．学术探索，2001，(3)．

[13] 黄科安．从"性别"到"政治"——论丁玲早期小说创作思维的起点[J]．湖南科技大学学报(社会科学版)，2004，(4)．

[14] 许端．论丁玲的早期创作及现代女性意识的发展[J]．理论界，2004，(1)．

[15] 李倩．论丁玲早期作品的创作特色[J]．唐都学刊，1992，(4)．

[16] 刘飞娥．试论丁玲早期作品中的孤独意识[J]．辽宁行政学院学报，2007，(7)．

[17] 李倩．丁玲早期作品的创作特色[J]．湖北民族学院学报(哲学社会科学版)，1992，(4)．

[18] 赵淑平．丁玲早期小说中悲剧女性综论[J]．社会科学辑刊，1999，(1).
[19] 王向军．走不出的怪圈——丁玲早期欲情小说情节规律探幽[J]．美与时代，2004，(1).
[20] 詹琳．论丁玲早期创作的三重文化冲突[J]．中国文学研究，2004，(4).
[21] 董宇．丁玲早期小说中知识分子形象分析[J]．天津大学学报(社会科学版)，2000，(1).
[22] 李仕中．试论丁玲早期创作的现代主义特征[J]．中国文学研究，1995，(2).

中国知识资源总库设计可在检索页面进行重新检索和二次检索(在结果中检索)，以调整检索条件和缩小检索范围。重新检索只需按正常检索操作，即选择检索条件、输入检索词、执行检索即可。二次检索需要先选中"在结果中检索"、选择检索条件、输入检索词，再执行检索。这里，我们调整检索条件以缩小检索范围。选择检索条件为"关键词"，检索词为"女性意识"、"艺术技巧"、"悲剧形象"，执行检索：

[1] 聂国心．论丁玲创作的情感历程[J]．江西社会科学，1999，(2)

[2] 李倩．评丁玲早期小说中的女性形象[J]．晋阳学刊，1986，(3)

[3] 蔡美琴．论丁玲的早期小说创作[J]．中国现代文学研究丛刊，1991，(1)

[4] 梁明．迷惘中的探索——论丁玲早期创作中的追求与困顿[J]．红河学院学报，1986，(3)

[5] 许华斌．丁玲早期小说的艺术技巧[J]．杭州师范学院学报，1997，(2)

[6] 李倩．论丁玲早期作品的创作特色[J]．唐都学刊，1992，(4)

[7] 严小红．丁玲早期作品的女性意识和反文化色彩[J]．阴山学刊，

2006,(3)

[8] 曹清华．丁玲早期创作与“五四”时期女性文学[J]．深圳职业技术学院学报,2006,(2)

[9] 许端．论丁玲的早期创作及现代女性意识的发展[J]．理论界,2004,(1)

[10] 丁燕．论丁玲早期小说的独特风貌[J]．学海,2000,(6)

[11] 周华．论丁玲早期创作中的新女性[J]．云南师范大学学报(哲学社会科学版),1999,(5)

[12] 李倩．丁玲早期作品的创作特色[J]．湖北民族学院学报(哲学社会科学版),1992,(4)

[13] 胡彦．论丁玲早期创作中新女性形象的悲剧审美价值[J]．学术探索,2001,(3)

[14] 严家炎．开拓者的艰难跋涉——论丁玲小说的历史贡献[J]．文学评论,1987,(4)

[15] 许华斌．丁玲早期小说创作论[J]．淮南师范学院学报,1997,(1)

[16] 詹琳．论丁玲早期创作的三重文化冲突[J]．中国文学研究,2004,(4)

[17] 李仕中．试论丁玲早期创作的现代主义特征[J]．中国文学研究,1995,(2)

[18] 田金霞．论丁玲的孤独[J]．理论与创作,1995,(6)

将鼠标落在论文标题上,即出现:按住CTRL,单击鼠标以跟踪链接,这样便可以浏览到每篇论文的提要。将以上资料分析归类,留下关联度较大的18篇文章。系统提供两种途径下载浏览全文:一是从检索结果页面(概览页),点击题名前的▯下载浏览CAJ格式全文;二是从知网节(细览页),点击▯CAJ下载、▯PDF下载,可分别下载浏览CAJ格式、PDF格式全文。我们从中国知网期刊全文数据库里检索确定我们研究所需要的期刊资料。

对万方数据系统检索的学位论文及中国知网期刊全文数据库检索的期刊论文进行综合研究,得出以下结果。

第三节　本章研究结果

1927 年，大革命失败。“四一二”反革命大屠杀、“马日事变”震醒了曾经向往革命而又远离革命的丁玲。“……但我精神上苦痛极了！除了小说我找不到一个朋友，于是我写小说了。我的小说就不得不充满了对社会的鄙视和个人孤独的灵魂的倔强挣扎。”[3]当时身在北京的丁玲，远离了南方的革命风暴。她虽然非常不满那个黑暗现实，但却陷在比较消极、感伤的情绪里。她之所以要写小说，“是因为寂寞，对社会的不满，自己生活的无出路，有许多话需要说出来，却找不到人听，很想做些事，又找不到机会，于是为了方便，便提起了笔，要代替自己来给这社会一个分析因为我那时是一个很会牢骚的人。”[4]丁玲就是这样带着对现实社会的强烈不满，跨进了我们中国文学的大门，用她女性的细腻的笔触，描绘了一幅幅鲜明生动的人生画卷。

1927 年的秋天，她完成了她的处女作，短篇小说《梦珂》，表现出她非凡的艺术才能。《梦珂》的主人公梦珂，是个天真无邪的姑娘，富有正义感。但由于不满教员对模特儿的侮辱而离开了学校，寄住到姑妈家里。不幸，她在姑妈家里落入了爱的陷阱。但她遇见的求爱者也是卑琐和虚伪的。当她发现受到表兄等人感情上的侮慢，自己所爱的男子竟另有所爱时，都市生活中的伪善和空虚使她的理想破灭了。“为了不愿再见那些虚伪的人儿”，更为了追求自立的生活，她不得不离开姑妈家，再次出走。然而在重重的封建罗网之下，一个孤苦伶仃的弱女子出路在哪里呢？她不得不去当电影演员。尽管她为了生活受到了许多羞辱，到底还是当上了一名演员。可是，演员生活使她肉体上与精神上都遭到更大的凌辱。最后，她在黑暗现实逼迫下，由此“向地狱的深渊坠去”。梦珂的行为，是一个诚实的渴望自由的人的反抗行为。作品写出了“一个处在异性欲望层层包围中的女性的自我意识和深深的无奈”。[5]万恶的旧社会却把这个美丽的少女逼上了绝路。《梦珂》这篇小说的矛头直指充塞着虚伪、丑恶、“非常无礼的侮辱”的“纯肉感的社会”，用少女梦珂生命之火熄灭，控诉了“地狱的深渊”似的黑暗社会，生动形象地揭露了半封建半殖民地旧中国的罪恶。

1928 年 2 月，《小说月报》又发表了《梦珂》的姐妹篇《莎菲女士的日记》，从此，“丁玲”这个名字便响彻了中国的文坛。《莎菲女士的日记》，以大胆的描写和细腻的心理刻画，赢得世界千百万读者的共鸣，从而奠定了丁玲的文学道路的基础。《莎菲女士的日记》，以日记体的形式，描写了“五四”运动以后几年，北京城里的几个男女青年的生活。这篇小说从性爱的角度刻画了少女莎菲的独特性格。孟丽娟在《丁玲创作与“力的文学”》一文中说道：“丁玲在这篇小说中有明确的女性立场，那就是对女性自身的突出，突出她的需要、她的追求、她的抗争。……只有在她把自己当作一个独立的人时，她才会如此看重自己的需要、审视自己的欲望、大胆而狂热地去追寻和拒绝爱。”[6]丁玲用大胆的毫不遮掩的笔触，细腻而真实地刻画出莎菲倔强反叛的个性，同时明确地表达出脱离社会斗争的个人主义者的反抗，必然是悲剧的结果。莎菲这种女性，在大革命失败后是具有广泛的代表意义的。她追求真正的爱情、平等和自由，希望人们能真正地了解她，她要同旧势力决裂，但新的出路在哪里呢？她又不知道。因而她由对当时的黑暗现实愤懑，变为苦闷、感伤了。李仕甲在《试论丁玲早期创作的现代主义特征》一文中说道：“丁玲早期创作创造了一个迷茫、焦虑而又无可奈何的世界，在这里，传统的东西已被抛弃，新的信念又还未找到，人们失去了共同价值和生存的坐标，陷入苦闷、彷徨和绝望之中。因此，其意义还在于表现了疏离传统价值观念后又没有皈依和出路而对人生悲观失望的‘现代女性’的生存困境。”[7]莎菲的苦闷和伤感，是对中国封建世俗的最辛辣的讽刺。她的追求，正是对中国青年知识分子的一种火辣的鞭策。而通过对她的痛苦和失望的挖掘,显示了已在中国的青年精神上升起的光明与希望。还因为莎菲是一个复杂的、多侧面的艺术典型,时至今日,评论界对于《莎菲女士的日记》的看法仍有分歧。丁玲复出文坛后,谈了她对莎菲的看法:

关于"莎菲",我以为还是茅盾说得对,茅盾说莎菲女士是"心灵上负着时代苦闷创伤的青年女性的叛逆的绝叫者"。她是一个叛逆女性,她有着一种叛逆女性的倔强。有人说那是性爱,莎菲没有什么性的要求嘛,她就是看不起那些人,这种人她看不起,那种人她也看不起,她是孤独的,她认为这个社会里的人都不可靠。那么她是不是就这样活下去呢?她得活下去,必得活下去,还是要活,怎么办呢?最后,她说:悄悄地活下来,悄悄地死去!但她的精神,她的心灵并不甘心,所以她是苦闷的。她叫喊:我要死啊,我要死。其实她不一定死,这是一种反抗。那时候,这种女性,这种感情还是有代表性的。她们要同家庭决裂,又要同旧社会决裂,新的东西到哪里去找呢?她眼睛里看到的尽是黑暗,她对旧社会实在不喜欢,在这个社会中的人她也都不喜欢,不满意。她想寻找光明,但她看不到一个真正理想的东西,一个真正理想的人。她的全部不满是对着这个社会而发的。[8]

丁玲在这篇小说中,将其笔力集中于反映莎菲的苦闷和不幸上,表现出现代女性莎菲的强烈的求索精神,批判的态度和攻击的口吻随处可见。丁玲经历了生活的磨难,在"五四"前后的革命风浪中几经沉浮,因此她体验、剖析着自己和同时代妇女的内心世界,描绘出一些有特色的妇女代表的形象。热忱、坦率地敞开心灵深处的奥秘,认真、严肃地思考着人生的价值和人生道路的问题。所以,这篇小说成为认识和研究人生的一种珍贵的文学资料。

丁玲 1924 年离开上海大学以后,在苦闷与向往中,又一次结识了共产党人——冯雪峰。1928 年春,丁玲和胡也频初到上海,不仅经济窘困，而且思想也没有马上从彷徨苦闷中走出来。胡也频一边读着马列主义的文艺理论和其他社会科学书籍，一边写诗、写小说和编剧本。丁玲这时也开始了她的新的生活和创作。继《梦珂》和《莎菲女士的日记》之后，她陆续写成并发表了短篇小说《暑假中》和《阿毛姑娘》等。

《阿毛姑娘》是作者的第一篇农村题材的小说。显然，丁玲的创作视野由城市扩大到农村了，并且以其敏锐的目光觉察到村妇在新的历史变动时期思想观念的骤变。这预示着丁玲的小说创作，将出现新的转机。1928 年 10 月，由开明书店出版了丁玲的第一本小说集《在黑暗中》。[9]这本集子里的主人公，都是在黑暗中追求着光明的女性，首先是它们强烈的时代特征，应当把它们看作是表现知识分子女性的作品的后继。这些作品，由于表现了“五四”以后知识分子女性的特殊痛苦，从而产生了强烈的社会效果。尤其是《莎菲女士的日记》，它确立了丁玲早期在文坛上的地位。以莎菲女士为首的丁玲这一时期作品的女主人公，同样地都不仅仅是自我觉醒的新女性，而且，她们在生活中都碰到了现实的坚壁，挣扎、苦闷，最后陷入绝望之中。詹琳在《论丁玲早期创作的三重文化冲突》一文中说道：“她们都是从封建家门中冲出来的伦理文化的叛逆者，无家可归，有家也不愿归，切断了连接中国宁静的宗法制的社会脐带，但她们的思想在病态的都市又没有找到新的稳定的维系，由此而散发出非常浓郁的都市文化的孤独感。他们生活在两个异质的文化圈内，既没有在都市现代文化中找到归宿，又切断了与传统文化相依存的退路，孤独、苦闷的情绪像阴影一样伴随着她们。”[10]这些作品留下了作者自己内心追求的痕迹，有她自己灵魂的写照。丁玲写作《梦珂》和《莎菲女士的日记》的时候，也是她的心绪、思想非常苦闷、彷徨的时候。她对大革命失败后的现实感到极其失望，她找不到新的出路。由于作家这种生活感受，不免为《在黑暗中》的几个短篇“染上一层感伤”[11]的色彩。丁玲自己在那个黑暗的现实中找不到新的出路，所以她也不可能为她作品中的主人公们指明出路；而且总是以“同是天涯沦落人”的态度，过多地同情了莎菲式的绝望的个人主义的反抗。丁玲当时这种苦闷、彷徨、感伤的思想情绪，又是具有一定代表性的。“五四”运动高潮时期，许多中国的“娜拉”冲出了封建礼教的樊篱，以她们从未有过的勇毅蔑视礼教，鄙弃流俗；她们热烈地追求恋爱自由、婚姻自主，要求个性解放。可是“五四”高潮一过，接着就是退潮期的到来，那么，“娜拉走后怎样呢”？她是向更高远的目标奋飞，还是又被逼回“狭的笼”？她们在黑暗中“上下而求索”。因此，我们说，《在黑暗中》既是作家个性的写照，又深刻地反映了当时的时代特征。所以，这些作品，尤其是《莎菲女士的日记》，才拨动了当时青年人的心弦，显示出丁玲是一个有才华的女作家。丁玲是以积极入世的精神和严肃的现实主义创作态度，叩开文学大门的。李仕甲在《试论丁玲早期创作的现代主义特征》一文中说道：“在早期创作中，她把与现代主义共鸣并且得到强化的彻骨的孤独感注入笔下人物的灵魂中，并使之成为弥漫于整个创作的一种氛围。她们从小就缺乏母爱，又远离乡土，没有知心朋友。同时，又接受了个性解放的思想，产生了强烈的自我意识，游离于社会主流文化之外；但又往往一厢情愿地要求别人的理解，并为不被了解而伤感落泪，甚至变得愤世嫉俗，用孤傲狂狷来拒绝别人的关心。”[12] 在她以后的创作中，一直沿着现实主义这条广阔的道路往前发展。我们从《在黑暗中》还可以清楚地看出：作者是一位最擅长心理描写的女作家。她自己曾风趣地说过：在创作中，自己“爬进小说中每一个人物的心里，替他们想，那时应该有哪一种心情”，然后“才提起笔来”[13] 收在《在黑暗中》的《莎菲女士的日记》和《阿毛姑娘》，最能体现她擅长心理刻画的特点。《莎菲女士的日记》通过主人公的自白，几乎把人物内心世界的一切复杂隐秘处，都呈现在读者面前，而且从人物的思维形式和表达这种思维的语言方式，都是个性化的。因为丁玲是同时代的女性，所以“再深刻的洞察力与再丰富的想象力也无法取代性别自身的体验，这恐怕就是女性文学永远有其价值的重要原因吧”。[14]

丁玲经历了两三年的时间，创作了十几篇小说。但这些作品在思想内容上都表现了一种“很坏的倾向”。她清楚地认识到这种创作倾向的危害性，并努力要突破这种创作“危机”。

1928 年 9 月，她在《〈在黑暗中〉后记》中说：“我并不愿我只能写出一些只有浅薄感伤主义者所最易于了解的感慨。”

但是，丁玲如何才能把她创作上的这种“危机”变为“转机”呢？在这两三年中，她“都是在一种寂寞中从事写作”[15]。她早期创作的十多个短篇小说，虽然没有跳出《莎菲女士的日记》窠臼，但也都曲折地反映了社会的黑暗以及知识青年女性的苦闷和追求。在写《自杀日记》和《一个女人》两个集子的时候，她的心情和思想虽然尚未发生根本的变化，但是，生活的重压和残酷的现实却使这个穷苦的青年作家在探索和追求光明的人生道路上，更加接近了中国共产党人与马列主义学说。这可以说是丁玲思想和创作“转机”的一个很好的征兆。丁玲早期创作的总的基调，确实是凄楚与希求、感受与抗争，紧紧地交织于一处的。可是，当时的作者虽然无力明确写出她作品中人物的理想，指出她作品中人物的新的具体道路，但也没有让她作品中人物甘心在感伤中沉沦下去，而是写这些人物“在黑暗中”痛苦地挣扎，上下左右而求索。所以我们说，丁玲和她笔下的人物的消极、悲伤的情绪，毕竟是暂时的。半个世纪过去了，饱经沧桑的老作家丁玲，是这样明确地谈到了这个问题：

我写了《在黑暗中》那几篇后，再写的东西就超不过那几篇了，还是在这个圈子里打转。自己感觉到了这一点，就一定要想办法，把这套东西放下来，另外再想一套东西。[16]

经过痛苦的灵魂的搏斗，在新的革命形势的影响下，丁玲挣扎着前进。她的思想和创作必然要发生“转机”。丁玲的思想和创作，为什么在1929年萌发出转变的因素呢？原因是多种多样的，我们可以归纳为这几个主要原因：首先，丁玲当初握笔写作，就是由于受到大革命失败血的刺激，而要把自己内心的苦闷向别人诉说；“四·一二”政变后，我们党领导革命群众开辟了农村革命根据地，开展武装斗争；1928年秋，胡也频应聘接编了《中央日报》副刊《红与黑》，直接接触了政治斗争，提高了思想认识，逐步懂得了从政治上看问题、解决问题，逐步理解和靠拢革命了。这是政治形势的影响和教育。其次，当时以上海为中心的“革命文学”的勃兴，对她的促进和推动，1928年的“革命文学”论争，直接影响着她的创作思想和创作实践。她和胡也频这时攻读了鲁迅和冯雪峰翻译的大量的苏俄文艺理论，还读了一些社会科学、政治经济学、哲学等书籍。所以，革命文学理论和革命文学的创作，都直接影响促进和推动了丁玲文艺思想和小说创作的新发展。再次，经济的窘迫，也使她的思想和小说创作不得不变。她和胡也频费了九牛二虎之力，筹备成立了“红黑出版社”，只存在一年不到的时间，就倒闭了，负债累累；加之她母亲这时还处在失业之中，在经济上无力接济女儿。这就逼使她和胡也频不得不进一步认识现实，寻找新的出路。这三方面的原因，毫无疑问地要改变丁玲早期小说创作的思想倾向，必将促使她小说创作在题材和思想等方面都有新的突破。她将不再回看那些厌倦的、紊乱的个性和生活，而是在反帝反封建的革命高潮之下，首先在自己所接近的阶层——青年知识分子中关注其动摇分化及转变的现象。

可以说，从《韦护》之后，丁玲的小说创作进入了正面描写革命者、反映群众阶级斗争的新阶段。

本章推荐网址

中国知网　http://www.cnki.net

万方数据资源系统	http://www.wanfangdata.com.cn
万方数据 ilib	http://www.ilib.cn
超星数字图书馆	http://www.ssreader.com
读秀学术搜索	http://www.duxiu.com/
Google 图书搜索	http://books.google.cn
Baidu 国学搜索	http://guoxue.baidu.com
Baidu 图书搜索	http://book.baidu.com
微软图书搜索	http://books.live.com
Open library	http://www.openlibrary.org
Worldcat	http://www.worldcat.org
学术出版与学术资源联盟	http://www.arl.org/sparc
学海	http://www.jsass.com.cn

注释：

[1] 中国知网．中国期刊全文数据库首页资源介绍．http://www.cnki.net

[2] 万方数据首页资源介绍．http://www.wanfang calis.edu.cn

[3] 丁玲．一个真实人的一生．丁玲研究资料．天津:天津人民出版社,1982

[4] 丁玲．我的创作生活．天马书店,1933

[5] 李静．性别叙事/女性言说——论丁玲早期女性小说创作．南京社会科学,2003,(8)

[6] 孟丽娟．丁玲创作与“力的文学”. http://www.wanfangdata.com.cn.中国学位论文全文数据库

[7] 李仕甲．试论丁玲早期创作的现代主义特征．中国文学研究,1995,(2)(总第 37 期)http://www.cnki.net 中国期刊全文数据库

[8] 冬晓．走访丁玲．开卷,1979,(5)

[9] 丁玲．在黑暗中．开明书店,1928

[10] 詹琳．论丁玲早期创作的三重文化冲突．中国文学研究,2004,

(4)(总第 75 期)http://www. cnki. net 中国期刊全文数据库

[11] 丁玲．我的创作生活．天马书店,1933

[12] 李仕甲．试论丁玲早期创作的现代主义特征．中国文学研究 1995,(2)(总第 37 期)http://www. cnki. net 中国期刊全文数据库

[13] 丁玲．我的创作经验．丁玲研究资料．天津:天津人民出版社,1982

[14] 秦弓．丁玲前期创作的女性主义阐释．中国文化研究,1997 年秋之卷(总第 17 期) http://www. cnki. net 中国期刊全文数据库

[15] 丁玲．《一个人的诞生》序．上海新目书店,1931

[16] 冬晓．走访丁玲．开卷,1979,(5)

第五章　左联时期的创作研究

第一节　网络资源的使用过程

相关网络资源介绍见第四章。

一、登录万方数据标准镜像系统(wanfang. lib. sjtu. edu. cn)

选择中国学位论文全文数据库,中国学术会议论文全文数据库,跨库检索界面,在第一行检索框的检索项中选择"全文",检索词输入"丁玲",论文年度限定在1993—2007年,在全部分类中开始检索:本次检索结果147篇,点击按关键词不排序显示结果,结果页的检索项仍选择"全文"检索词,输入"左联",对第一次检索的内容加以限制,缩小范围进行再次检索,本次检索结果为8条记录(检索时间2008年3月28日19时30分):

□ 论文标题:身份认同与话语重构——丁玲解放区时期思想与文学研究
中国学位论文全文数据库【简单信息】【详细摘要信息】
【查看全文】【打包下载】

□ 论文标题:湖湘文化精神孕育的左翼文学话语——湖南左翼作家群论
中国学位论文全文数据库【简单信息】【详细摘要信息】
【查看全文】【打包下载】

□ 论文标题:在政治文化侵袭下的艺术嬗变——论丁玲三、四十年代的小说创作
中国学位论文全文数据库【简单信息】【详细摘要信息】
【查看全文】【打包下载】

□ 论文标题：丁玲小说知识分子话语的衰变
中国学位论文全文数据库【简单信息】【详细摘要信息】
【查看全文】【打包下载】

□ 论文标题：丁玲的主体心态和"文学命运"
中国学位论文全文数据库【简单信息】【详细摘要信息】
【查看全文】【打包下载】

□ 论文标题：丁玲女性意识的演变轨迹
中国学位论文全文数据库【简单信息】【详细摘要信息】
【查看全文】【打包下载】

□ 论文标题：论丁玲笔下的男性世界
中国学位论文全文数据库【简单信息】【详细摘要信息】
【查看全文】【打包下载】

□ 论文标题：历史漩涡中的身份嬗变——丁玲小说创作研究
中国学位论文全文数据库【简单信息】【详细摘要信息】
【查看全文】【打包下载】

我们回到跨库检索页面，在第一行检索框的检索项中选择"关键词"，检索词输入"丁玲"，论文年度限定在 1993—2007 年，在全部分类中开始检索：本次检索结果 60 篇，点击按关键词不排序显示结果，结果页的检索项仍选择"关键词"检索词输入"左联"，对第一次检索的内容加以限制，缩小范围进行再次检索，本次检索结果为 7 条记录（检索时间 2008 年 3 月 28 日 20 时 2 分）：

□ 论文标题：身份认同与话语重构——丁玲解放区时期思想与文学研究
中国学位论文全文数据库【简单信息】【详细摘要信息】
【查看全文】【打包下载】

□　论文标题：在政治文化侵袭下的艺术嬗变——论丁玲三、四十年代的小说创作
中国学位论文全文数据库【简单信息】【详细摘要信息】【查看全文】【打包下载】

□　论文标题：丁玲小说知识分子话语的衰变
中国学位论文全文数据库【简单信息】【详细摘要信息】【查看全文】【打包下载】

□　论文标题：丁玲的主体心态和“文学命运”
中国学位论文全文数据库【简单信息】【详细摘要信息】【查看全文】【打包下载】

□　论文标题：丁玲女性意识的演变轨迹
中国学位论文全文数据库【简单信息】【详细摘要信息】【查看全文】【打包下载】

□　论文标题：论丁玲笔下的男性世界
中国学位论文全文数据库【简单信息】【详细摘要信息】【查看全文】【打包下载】

□　论文标题：历史漩涡中的身份嬗变——丁玲小说创作研究
中国学位论文全文数据库【简单信息】【详细摘要信息】【查看全文】【打包下载】

我们再次回到跨库检索页面，在第一行检索框的检索项中选择“全文”，检索词输入“丁玲研究”，论文年度限定在 1993—2007 年，在全部分类中开始检索：木次检索结果 3 条记录，点击按关键词不排序显示结果（检索时间 2008 年 3 月 28 日 20 时 28 分）：

□ 论文标题：褒贬毁誉之间——丁玲研究之研究
中国学位论文全文数据库【简单信息】【详细摘要信息】
【查看全文】【打包下载】

□ 论文标题：命运·创作·女性——论政治文化视域中的"丁玲现象"
中国学位论文全文数据库【简单信息】【详细摘要信息】
【查看全文】【打包下载】

□ 论文标题：历史漩涡中的身份嬗变——丁玲小说创作研究
中国学位论文全文数据库【简单信息】【详细摘要信息】
【查看全文】【打包下载】

我们将三次检索显示的 18 条记录，打包下载，存入标签文档，作为研究资料。

二、登录中国知网(www. cnki. net)中国期刊全文数据库

本章资料的检索，准备围绕主题，进行六次匹配检索，每次检索分为三个步骤，显示原始的检索历史(本书中所有原始检索历史步骤均按倒序排列)，选用中国期刊全文数据库初级检索形式，步步缩小范围，以求查全查准，避免漏检。具体步骤如下：

第一次匹配检索：(检索时间：2008 年 3 月 31 日 9 时 55 分)

第一步：选用初级检索界面，在检索页面检索框中的下拉列表中选择"主题"，输入"丁玲"为检索词，时间区间 1986—2008，更新为全部数据，范围为全部期刊，模糊匹配，按相关度排序，执行检索。本次检索结果为1 928条记录。

第二步：在第一步的结果中，将检索词更换成"创作"，其余不变，执行检索，本次检索结果为 640 条记录。

第三步：在第二次的结果中，将检索词更换成"左联"，其余不变，执行检索，本次检索结果为 34 条记录。

以下为原始检索历史：

[1] 蒋明玳. 左翼文坛的一株新葩——略论丁玲“左联”时期的小说创作[J]. 江苏教育学院学报(社会科学版),2001,(4).

[2] 丁燕. 论丁玲“左联”时期的小说创作[J]. 南京理工大学学报(社会科学版),1999,(5).

[3] 邹午蓉. 不可逆转的选择——丁玲创作的转型及其得失[J]. 南京大学学报(哲学社会科学版),1994,(2).

[4] 杨桂欣. 丁玲怎样主编《北斗》[J]. 娄底师专学报,2004,(1).

[5] 聂国心. 论丁玲创作的情感历程[J]. 江西社会科学,1999,(2).

[6] 吴松青. 论丁玲在延安时期的小说创作[J]. 厦门广播电视大学学报,2000,(1).

[7] 王建中,李满红. 承前启后 继往开来——论丁玲在上海时期的思想与创作[J]. 绥化学院学报,2007,(4).

[8] 王建中,李满红. 承前启后 继往开来——论丁玲在上海时期的思想与创作[J]. 湖南文理学院学报(社会科学版),2007,(3).

[9] 丁燕. 论丁玲解放区的小说创作[J]. 南京理工大学学报(社会科学版),2001,(6).

[10] 方娟.《北斗》:左翼文坛上的北斗星[J]. 乐山师范学院学报,2007,(9).

[11] 王淑秧. 左联时期的丁玲[J]. 文艺理论与批评,1990,(4).

[12] 秦弓. 追求光明的代价——“左联”时期丁玲的创作[J]. 湘潭大学社会科学学报,2000,(5).

[13] 丁河生. 丁玲研究的一项新成果——读彭漱芬《丁玲小说的嬗变》[J]. 文艺理论与批评,1993,(2).

[14] 蒋明玳.略论丁玲"左联"时期的小说创作[J].扬州大学学报(人文社会科学版),1993,(3).

[15] 刘思谦.丁玲与左翼文学[J].西南民族大学学报(人文社科版),2006,(11).

[16] 方娟.《北斗》:左翼文坛上的北斗星[J].陕西职业技术学院学报,2006,(4).

[17] 万直纯.丁玲在左翼革命文学运动中的贡献[J].合肥教育学院学报,2000,(3).

[18] 陈早春.冯雪峰(十二)[J].中国出版,1986,(4).

[19] 吴雪晴.丁玲的三次婚恋[J].湖南党史,2000,(3).

[20] 汪雅梅.同时代人记金丁[J].新文学史料,2002,(4).

[21] 舒其惠,李仕中.论丁玲的文化选择[J].湖南师范大学社会科学学报,1995,(4).

[22] 常彬.虚写革命,实写爱情——左联初期丁玲对"革命加恋爱"模式的不自觉背离[J].中国现代文学研究丛刊,2006,(1).

[23] 肖怿.性别与政治话语的交织与离散——以丁玲在左联、延安时期的文本为例[J].株洲师范高等专科学校学报,2007,(4).

[24] 高少锋.胡也频遇害前后[J].福建党史月刊,2001,(3).

[25] 华济时.论丁玲的作家与群众观[J].湖南科技大学学报(社会科学版),1990,(1).

[26] 颜璐.书写编辑人生　凸现编辑业绩——评《缘定今生辙——丁玲与她的编辑生涯》[J].湖南文理学院学报(社会科学版),2005,(6).

[27] 万直纯,丁玲.解放区文学的深度和高度[J].阜阳师范学院学报(社科版),1995,(1).

[28] 颜雄. 丁玲说《北斗》[J]. 新文学史料,2004,(3).
[29] 丁帆."革命文学"旗帜下的乡土小说创作[J]. 江苏大学学报(高教研究版),1992,(1).
[30] 邓齐平."赵树理方向"的审美趋向[J]. 怀化学院学报,1992,(2).
[31] 蔡美琴. 论丁玲左联时期的小说创作[J]. 暨南大学学报(哲学社会科学版),1986,(4).
[32] 汪乔英,汪雅梅. 金丁人生鲁迅缘[J]. 纵横,2002,(4).
[33] 游友基. 女性文学的嬗变与发展[J]. 中国现代文学研究丛刊,1994,(4).
[34] 连子. 简论"左联"时期的女性文学[J]. 湘潭大学社会科学学报,1991,(1)

以下为原始检索历史:

1	数据库:中国期刊全文数据库检索条件:(主题=丁玲)(模糊匹配)并且(主题=创作)(模糊匹配)并且(主题=左联)(模糊匹配);相关度排序;单库检索(结果中检索)检索到:34 条记录
2	数据库:中国期刊全文数据库检索条件:(主题=丁玲)(模糊匹配)并且(主题=创作)(模糊匹配);相关度排序;单库检索(结果中检索)检索到:640 条记录
3	数据库:中国期刊全文数据库检索条件:(主题=丁玲)(模糊匹配);1986—2008;全部期刊;相关度排序;单库检索检索到:1 928条记录

第二次匹配检索(检索时间:2008 年 3 月 31 日 9 时 22 分):

第一步:选用初级检索界面,在检索页面检索框中的下拉列表中选择"主题",输入"丁玲"为检索词,时间区间 1986—2008,更新为全部数据，范围为全部期刊，模糊匹配，按相关度排序，执行检索。本次检索结果为1 928条记录。

第二步：在第一步的结果中，将检索词更换成“研究”，其余不变，执行检索，本次检索结果为 255 条记录。

第三步：在第二次的结果中，将检索词更换成“左联”，其余不变，执行检索，本次检索结果为 4 条记录。

[1] 蒋明玳. 略论丁玲“左联”时期的小说创作[J]. 扬州大学学报(人文社会科学版)，1993，(3).
[2] 编后记[J]. 中国现代文学研究丛刊，1990，(1).
[3] 蒋明玳. 左翼文坛的一株新葩——略论丁玲“左联”时期的小说创作[J]. 江苏教育学院学报(社会科学版)，2001，(4).
[4] 于河生. 丁玲研究的一项新成果——读彭漱芬《丁玲小说的嬗变》[J]. 文艺理论与批评，1993，(2).

以下为原始检索历史：

1	数据库：中国期刊全文数据库检索条件：(主题＝丁玲)(模糊匹配)并且(主题＝研究)(模糊匹配)并且(主题＝左联时期)(模糊匹配)；相关度排序；单库检索(结果中检索)检索到：4 条记录
2	数据库：中国期刊全文数据库检索条件：(主题＝丁玲)(模糊匹配)并且(主题＝研究)(模糊匹配)；相关度排序；单库检索(结果中检索)检索到：255 条记录
3	数据库：中国期刊全文数据库检索条件：(主题＝丁玲)(模糊匹配)；1986—2008；全部期刊；相关度排序；单库检索检索到：1 928 条记录

第三次匹配检索(检索时间：2008 年 3 月 31 日 9 时 29 分)：

第一步：选用初级检索界面，在检索页面检索框中的下拉列表中选择“摘要”，输入“丁玲”为检索词，时间区间 1986—2008，更新为全部数据，范围为全部期刊，模糊匹配，按相关度排序，执行检索。本次检索结果为1 286条记录。

第二步：在第一步的结果中，将检索词更换成“创作”，其余不变，执行检索，本次检索结果为 438 条记录。

第三步：在第二次的结果中，将检索词更换成“左联”，其余不变，执行检索，本次检索结果为 18 条记录。

[1] 邹午蓉. 不可逆转的选择——丁玲创作的转型及其得失[J]. 南京大学学报(哲学社会科学版),1994,(2).
[2] 杨桂欣. 丁玲怎样主编《北斗》[J]. 娄底师专学报,2004,(1).
[3] 蒋明玳. 左翼文坛的一株新葩——略论丁玲“左联”时期的小说创作[J]. 江苏教育学院学报(社会科学版),2001,(4).
[4] 王建中,李满红. 承前启后继往开来——论丁玲在上海时期的思想与创作[J]. 湖南文理学院学报(社会科学版),2007,(3).
[5] 王建中,李满红. 承前启后继往开来——论丁玲在上海时期的思想与创作[J]. 绥化学院学报,2007,(4).
[6] 王淑秧. 左联时期的丁玲[J]. 文艺理论与批评,1990,(4).
[7] 刘思谦. 丁玲与左翼文学[J]. 西南民族大学学报(人文社科版),2006,(11).
[8] 肖怿. 性别与政治话语的交织与离散——以丁玲在左联、延安时期的文本为例[J]. 株洲师范高等专科学校学报,2007,(4).
[9] 万直纯,丁玲. 解放区文学的深度和高度[J]. 阜阳师范学院学报(社科版),1995,(1).

[10] 丁燕.论丁玲"左联"时期的小说创作[J]. 南京理工大学学报(社会科学版),1999,(5).
[11] 吴松青.论丁玲在延安时期的小说创作[J]. 厦门广播电视大学学报,2000,(1).
[12] 汪雅梅.同时代人记金丁[J]. 新文学史料,2002,(4).
[13] 蒋明玳.略论丁玲"左联"时期的小说创作[J]. 扬州大学学报(人文社会科学版),1993,(3).
[14] 舒其惠,李仕甲.论丁玲的文化选择[J]. 湖南师范大学社会科学学报,1995,(4).
[15] 秦弓.追求光明的代价——"左联"时期丁玲的创作[J]. 湘潭大学社会科学学报,2000,(5).
[16] 聂国心.论丁玲创作的情感历程[J]. 江西社会科学,1999,(2).
[17] 陈早春.冯雪峰(十二)[J]. 中国出版,1986,(4).
[18] 华济时.论丁玲的作家与群众观[J]. 湖南科技大学学报(社会科学版),1990,(1).

以下为原始检索历史：

1	数据库:中国期刊全文数据库检索条件:(摘要=丁玲)(模糊匹配)并且(摘要=创作)(模糊匹配)并且(摘要=左联)(模糊匹配);相关度排序;单库检索(结果中检索)检索到:18 条记录
2	数据库:中国期刊全文数据库检索条件:(摘要=丁玲)(模糊匹配)并且(摘要=创作)(模糊匹配);相关度排序;单库检索(结果中检索)检索到:438 条记录
3	数据库:中国期刊全文数据库检索条件:(摘要=丁玲)(模糊匹配);1986—2008;全部期刊;相关度排序;单库检索检索到:1 286 条记录

第四次匹配检索(检索时间:2008 年 3 月 31 日 9 时 31 分):

第一步:选用初级检索界面,在检索页面检索框中的下拉列表中选择“摘要”,输入“丁玲”为检索词,时间区间 1986—2008,更新为全部数据,范围为全部期刊,模糊匹配,按相关度排序,执行检索。本次检索结果为 1 286 条记录。

第二步:在第一步的结果中,将检索词更换成“研究”,其余不变,执行检索,本次检索结果为 130 条记录。

第三步:在第二次的结果中,将检索词更换成“左联时期”,其余不变,执行检索,本次检索结果为 3 条记录。

[1] 蒋明玳.略论丁玲“左联”时期的小说创作[J].扬州大学学报(人文社会科学版),1993,(3).
[2] 蒋明玳.左翼文坛的一株新葩——略论丁玲“左联”时期的小说创作[J].江苏教育学院学报(社会科学版),2001,(4).
[3] 编后记[J].中国现代文学研究丛刊,1990,(1).

以下为原始检索历史:

1	数据库:中国期刊全文数据库检索条件:(摘要=丁玲)(模糊匹配)并且(摘要=研究)(模糊匹配)并且(摘要=左联时期)(模糊匹配);相关度排序;单库检索(结果中检索)检索到:3 条记录
2	数据库:中国期刊全文数据库检索条件:(摘要=丁玲)(模糊匹配)并且(摘要=研究)(模糊匹配);相关度排序;单库检索(结果中检索)检索到:130 条记录
3	数据库:中国期刊全文数据库检索条件:(摘要=丁玲)(模糊匹配),1986—2008;全部期刊;相关度排序;单库检索检索到:1 286 条记录

第五次匹配检索(检索时间:2008 年 3 月 31 日 9 时 45 分):

第一步:选用初级检索界面,在检索页面检索框中的下拉列表中选择“关键词”,输入“丁玲”为检索词,时间区间 1986—2008,更新为全部数据,范围为全部期刊,模糊匹配,按相关度排序,执行检索。本次检索结果为 1 599 条记录。

第二步:在第一步的结果中,将检索词更换成“创作”,其余不变,执行检索,本次检索结果为 387 条记录。

第三步:在第二次的结果中,将检索词更换成“左联”,其余不变,执行检索,本次检索结果为 15 条记录。

[1] 丁燕. 论丁玲“左联”时期的小说创作[J]. 南京理工大学学报(社会科学版),1999,(5).
[2] 蒋明玳. 左翼文坛的一株新葩——略论丁玲“左联”时期的小说创作[J]. 江苏教育学院学报(社会科学版),2001,(4).
[3] 秦弓. 追求光明的代价——“左联”时期丁玲的创作[J]. 湘潭大学社会科学学报,2000,(5).
[4] 邹午蓉. 不可逆转的选择——丁玲创作的转型及其得失[J]. 南京大学学报(哲学社会科学版),1994,(2).
[5] 丁燕. 论丁玲解放区的小说创作[J]. 南京理工大学学报(社会科学版),2001,(6).
[6] 杨桂欣. 丁玲怎样主编《北斗》[J]. 娄底师专学报,2004,(1).
[7] 万直纯. 丁玲在左翼革命文学运动中的贡献[J]. 合肥教育学院学报,2000,(3).
[8] 方娟.《北斗》:左翼文坛上的北斗星[J]. 乐山师范学院学报,2007,(9).

[9] 吴雪晴. 丁玲的三次婚恋[J]. 湖南党史,2000,(3).

[10] 颜璐. 书写编辑人生　凸现编辑业绩——评《缘定今生辙——丁玲与她的编辑生涯》[J]. 湖南文理学院学报(社会科学版),2005,(6).

[11] 陈早春. 冯雪峰(十二)[J]. 中国出版,1986,(4).

[12] 连子. 简论“左联”时期的女性文学[J]. 湘潭大学社会科学学报,1991,(1).

[13] 于河生. 丁玲研究的一项新成果——读彭漱芬《丁玲小说的嬗变》[J]. 文艺理论与批评,1993,(2).

[14] 颜雄. 丁玲说《北斗》[J]. 新文学史料,2004,(3).

[15] 蒋明玳. 略论丁玲“左联”时期的小说创作[J]. 扬州大学学报(人文社会科学版),1993,(3).

以下为原始检索历史:

1	数据库:中国期刊全文数据库检索条件:(关键词＝丁玲)(模糊匹配)并且(关键词＝创作)(模糊匹配)并且(关键词＝左联)(模糊匹配);相关度排序;单库检索(结果中检索)检索到:15 条记录
2	数据库:中国期刊全文数据库检索条件:(关键词＝丁玲)(模糊匹配)并且(关键词＝创作)(模糊匹配);相关度排序;单库检索(结果中检索)检索到:387 条记录
3	数据库:中国期刊全文数据库检索条件:(关键词＝丁玲)(模糊匹配);1986—2008;全部期刊;相关度排序;单库检索检索到:1 599 条记录

第六次匹配检索(检索时间:2008 年 3 月 31 日 9 时 50 分):

第一步:选用初级检索界面,在检索页面检索框中的下拉列表中选择"关键词",输入"丁玲"为检索词,时间区间 1986—2008,更新为全部数据,范围为全部期刊,模糊匹配,按相关度排序,执行检索。本次检索结果为 1 599 条记录。

第二步:在第一步的结果中,将检索词更换成"研究",其余不变,执行检索,本次检索结果为 100 条记录。

第三步:在第二次的结果中,将检索词更换成"左联",其余不变,执行检索,本次检索结果为 3 条记录。

[1] 颜璐.书写编辑人生　凸现编辑业绩——评《缘定今生辙——丁玲与她的编辑生涯》[J].湖南文理学院学报(社会科学版),2005,(6).
[2] 陈漱渝.关于左联的随想——在纪念左联成立六十周年学术研讨会上的发言[J].鲁迅研究月刊,1990,(5).
[3] 王景山.我所知道的中央文学研究所和所长丁玲[J].新文学史料,2002,(4).

以下为原始检索历史:

1	数据库:中国期刊全文数据库检索条件:(关键词=丁玲)(模糊匹配)并且(关键词=研究)(模糊匹配)并且(关键词=左联)(模糊匹配);相关度排序;单库检索(结果中检索)检索到:3 条记录
2	数据库:中国期刊全文数据库检索条件:(关键词=丁玲)(模糊匹配)并且(关键词=研究)(模糊匹配);相关度排序;单库检索(结果中检索)检索到:100 条记录
3	数据库:中国期刊全文数据库检索条件:(关键词=丁玲)(模糊匹配);1986—2008;全部期刊;相关度排序;单库检索检索到:1 599 条记录

将六次检索结果综合对比分析确定以下篇目为重点研究资料：

[1] 蒋明玳．左翼文坛的一株新葩——略论丁玲"左联"时期的小说创作[J]．江苏教育学院学报(社会科学版),2001,(4)

[2] 丁燕．论丁玲"左联"时期的小说创作[J]．南京理工大学学报(社会科学版),1999,(5)

[3] 王建中,李满红．承前启后 继往开来——论丁玲在上海时期的思想与创作 [J]．绥化学院学报,2007,(4)

[4] 秦弓．追求光明的代价——"左联"时期丁玲的创作[J]．湘潭大学社会科学学报,2000,(5)

[5] 肖怿．性别与政治话语的交织与离散——以丁玲在左联、延安时期的文本为例[J]．株洲师范高等专科学校学报,2007,(4)

[6] 王淑秧．左联时期的丁玲[J]．文艺理论与批评,1990,(4)

[7] 蒋明玳．略论丁玲"左联"时期的小说创作[J]．扬州大学学报(人文社会科学版),1993,(3)

[8] 王建中,李满红．承前启后 继往开来——论丁玲在上海时期的思想与创作[J]．湖南文理学院学报(社会科学版),2007,(3)

[9] 邹午蓉．不可逆转的选择——丁玲创作的转型及其得失[J]．南京大学学报(哲学社会科学版),1994,(2)

[10] 聂国心．论丁玲创作的情感历程[J]．江西社会科学,1999,(2)

[11] 万直纯．丁玲:解放区文学的深度和高度[J]．阜阳师范学院学报(社科版),1995,(1)

[12] 蔡美琴．论丁玲左联时期的小说创作[J]．暨南大学学报(哲学社会科学版),1986,(4)

[13] 颜璐．书写编辑人生 凸现编辑业绩——评《缘定今生辙——丁玲与她的编辑生涯》[J]．湖南文理学院学报(社会科学版),2005,(6)

[14] 万直纯，丁玲在左翼革命文学运动中的贡献[J]．合肥教育学院学报,2000,(3)

第二节 本章研究结果

1930 年 2 月,胡也频去济南山东省立高中教书,他在教学中传播了马克思主义文艺理论,宣传了唯物史观。因此,1930 年 5 月,他遭到国民党山东省政府的通缉。在进步师生和校长张默生的资助下,胡也频在这年 4 月的一天,秘密离开了济南,乘火车逃往青岛;第二天,丁玲也由济南赶到青岛与他会合。他们在青岛小住几天,便由海路匆匆返回上海了。

回到上海,他们住到环龙路临马路的一家客堂间里。这时,他们感受了革命形势的大变,新的革命高潮已经到来;在“革命文学”论争的基础上,文化战线上的左翼文艺运动已蓬蓬勃勃地兴起,中国左翼作家联盟已经成立起来了。就在丁玲和胡也频回到上海的这个 5 月里,当时地下党人潘汉年,找到了丁玲和胡也频,与他们进行了亲切的交谈。潘汉年希望他俩参加左联,丁玲和胡也频当即表示同意。潘汉年考虑丁玲当时的身体健康状况,要她就在家里写文章。潘汉年和他俩虽然只谈了一个多钟头,但他俩却受到很大启发和教育。丁玲说:“我们就在这一个多钟头里愉快地决定了我们的一生。”从此,“胡也频放射的光芒,却照耀着后代,成为有志青年的楷模”;而丁玲也从此决定了自己“五十多年来的艰辛跋涉”,她“总结了过去多年的摸索、踌躇、激动,而安立下来,从此扎根定向,一往直前,永不后退的”。[1]

随着左翼文艺运动的深入发展,要求他们创作出更深刻、更有意义的文学作品。所以，丁玲和胡也频这时候不仅要积极参加左翼文艺运动，而且要投身到斗争的实践中去，锻炼自己，以利提高自己的思想和创作水平。丁玲回忆说：

我们都参加了左联，也频并且在由王学文与冯雪峰负责的一个暑期补习学校教书。他被选为左联的执行委员，担任工农兵文学委员会主席。他很少在家。我感到他变了，他前进了，而且是飞跃的。我是赞成他的，我也在前进，却是在爬。……[2]

丁玲和胡也频参加左联以后，确实都在进步。在新的革命形势下，丁玲回顾了她所走过来的路，总结了她三年来创作生活。她明确地意识到：自己生活天地的狭窄以及立场感情上的限制给她创作带来的局限性——"染上一层感伤"，"看不到应有的出路"，"有着很坏的倾向"。[3]她明确认识到自己创作上的不足，自然就不愿完全关在家里闭门写作了。于是，她一面从事创作，一面有意识地参加到革命活动中去锻炼自己，她不仅参加学生运动和工人运动，亲身加入到群众的游行队伍中去，而且"还参加过一两次左联贴标语的活动"，"还参加过一种活动，就是到大学校去讲演"[4]。丁玲由于受到革命斗争实践的锻炼，在时代潮流的冲击和革命思想的启迪下，她的创作倾向发生了明显的变化，她的小说创作有了新的起色和新的突破，那就是从对封建势力的不满、愤懑到走向革命的新一步。这种突破的标志就是1930年9月至10月写成的，并分别发表在本年《小说月报》第21卷第9号、11号、12号的《一九三〇年春上海》(之一)、《一九三〇年春上海》(之二)。这两部中篇是写在时局转换中，在新的环境下，知识分子的苦闷和转变。丁玲自己说："《一九三〇年春上海》是我参加左联后向读者的献礼。当时我很想描绘知识分子群众在大浪潮中的彷徨、苦闷、挣扎、斗争、前进和颓退……"[5]

《一九三〇年春上海》(之一)，是以上海群众运动为题材，描述了一个革命加恋爱的故事。当革命潮流冲来时，美琳在共产党人的诱导下，思想上经过几度矛盾斗争之后，她觉醒了，她不满意悠闲、高雅的安乐窝生活，不满意“虽然高雅，然而专制”的丈夫。经过痛苦的内心搏斗，在新的革命形势推动下，她终于挣脱了个人寂寞的处境，抛弃了新式太太的生活，投入到共产党领导的左翼文学运动和工人运动中，走上与工人结合的道路。为了革命，她牺牲了爱情。美琳这个人物形象就是从“寂寞”中醒来的野草（《野草》里的主人公），或者说简直就是野草的再生。社会前进了，人物的性格、命运也变化了，她区别于梦珂的是，不是从一个火坑跳进了另一个火坑；也不像丽嘉，竟有那么多的苦闷；更不像莎菲，在追求自由的呼号中几乎悲惨地死去。美琳的命运比她们好得多，她在找不到出路的时候，有共产党人来帮助她、鼓励她，使她走向社会，参加工人运动，迈出了坚实的第一步，终于走出了家门。她是在共产党影响下觉悟了的全新女性。若泉也有别于韦护，他是知识分子出身的党的工作者的形象，比韦护有精神、有力量。韦护回避矛盾，而他却采取正确的方法，给美琳以影响和指导，并不是用爱情去感化美琳，这显示出成熟的共产党人的力量。丁玲还通过作品中的人物对话，对自己早期作品中表现出来的个人主义、感伤主义倾向进行批判。

《一九三〇年春上海》（之二）也写了“革命与恋爱”的矛盾。作品里的女主人公玛丽与美琳恰恰相反，玛丽是一个自私自利的爱情至上主义者，她不顾一切地追求个性解放和恋爱自由，与革命青年望微结合。玛丽把他俩的爱情看得重于一切。望微是早期共产党人革命者的形象，他思想上虽然还不成熟，保留着小资产阶级思想意识，但他却坚定地信仰着共产主义，自觉地遵守着党的“铁律”。所以，在严酷的革命斗争中，他在思想上和行动上都有了一定的提高，最后舍弃了个人的爱情和幸福，服从了革命工作的需要。望微这个形象虽然写得概念化一些，但却反映了大革命前后革命者的思想和性格。玛丽与望微的冲突，也是恋爱与革命的冲突，最后革命战胜恋爱——这也是丁玲在《韦护》、《一九三〇年春上海》(之一)和《一九三〇年春上海》(之二)三篇作品中所表现的总的主题。但《一九三〇年春上海》(之二)，并不是《一九三〇年春上海》(之一)之后的倒退，不是退到《韦护》的水平上去。作家除了描写望微与玛丽之间"革命与恋爱"的冲突之外，还写了望微经济贫困与玛丽欲壑难填的矛盾，说明了爱情的基础必须是志同道合，否定了"革命就不能恋爱，恋爱就不能革命"的公式。有人说：《韦护》是丁玲写"革命加恋爱"题材作品的第一个层次；《一九三〇年春上海》(之一)是第二个层次；《一九三〇年春上海》(之二)是第三个层次，也是她对"革命加恋爱"题材创作的一个总结。

《一九三〇年春上海》(之一)、《一九三〇年春上海》(之二)和《韦护》采取了同样的创作方法，也都同样地表现了作者对革命斗争和群众运动的热烈向往之情。作家在她早期作品中表现出来的个人情调已经不复存在了。所以，这三篇小说，特别是《一九三〇年春上海》(之一、之二)，在丁玲的创作发展道路上，是具有重要意义的。如果说，她早期作品《莎菲女士的日记》等，是她在一条崎岖小道上，为"五四"以后一群囿于小天地的知识女性的内心苦闷奔走呼号的话，那么《韦护》，《一九三〇年春上海》(之一、之二)，则是作家通向描写火热的革命斗争大世界的一座必不可少的桥梁。

从莎菲脱离社会的个人主义的"叛逆的绝叫"[6]中，到伊赛、野草的冷静思考；从莎菲的四顾茫茫，到伊赛、野草的艰难探索，丁玲的创作就表现出新的特点。伊赛和野草已经朝着这个方向迈出了可喜的一步。正因为有了伊赛、野草的冷静思考和艰难求索，接着才能出现丽嘉、美琳这样从个人主义、感伤主义中醒悟过来的女性形象，也才能出现韦护和望微这样忠诚革命的早期共产党人形象。由此可见，丁玲这时的思想处在渐变时期，其小说创作也处在"渐变"中，而不是"突变"。尤其可贵的是，丁玲在《韦护》和《一九三〇年春上海》(之一)、《一九三○年春上海》(之二)三部作品中,热情地塑造了进步的或革命的小资产阶级知识分子的形象。这说明丁玲这时期的创作,表现出积极追求真正的时代前进的热情和力量。从艺术表现上看,这些作品与作者早期创作比较,也有了明显的变化:细节描写的真实,对比衬托手法的运用等等。

丁玲这时期的创作,思想内容转向了革命,随着她创作思想的提高,创作视野的扩大,她积极探索前进的步伐迈得更稳、更快。此后不久,她就写出了《田家冲》和《水》,引起当时文艺界的重视,给革命文学带来了新的内容。

1930 年 11 月 8 日,丁玲和胡也频的儿子蒋祖麟出生了,丁玲说:“胡也频哭了,他很难得哭的,他是为同情我而哭呢,还是为幸福而哭呢,我没有问他。总之,他很激动地哭了。第二天,胡也频告诉我,他在左联的全体会上,被选为出席苏维埃第一次代表大会的代表。并且他在请求入党。这时我也哭了,我看到他在许多年的黑暗中挣扎、摸索,找不到一条人生的路,现在找着了,他是那样有信心,是的,光明在我们前面,光明已经在我们脚下,光明到来了。”[7]这两位青年作家,在漂泊中结为革命伴侣,在黑暗里手牵着手前进。经过一段非常艰难的探索,他俩看见了希望,奔向了黎明。于是,他俩思想进步了,感情升华了,从而彻底摆脱掉苦闷彷徨的重围,迎着人生的曙光,阔步奔向光明的远方。

正当这对革命作家经过艰苦的摸索刚刚踏上光明大道的时候,正当这对革命作家憧憬着人类美好未来的时候,反动派的魔爪凶暴地撕破了他们前进的理想风帆。1931 年 1 月 17 日早晨,胡也频告诉丁玲,他要去参加左联执行委员会。实际上,他是去东方旅社与出席苏维埃代表大会准备会的同志联系,了解他去苏区的日期。他兴高采烈地去了。可是,他这一去就再也没有回来,成了他与年轻的妻子和刚出世的儿子的永诀。胡也频被捕了,丁玲内心痛苦地呼喊着:“我要救他,一定要把他救出来,我实在不能没有他，我的孩子也不能没有爸爸。”[8]她怀里抱着孩子，为了营救胡也频四处奔波。2月7日夜，胡也频与柔石、殷夫等23位革命者，被蒋介石反动派秘密杀害在上海龙华牢狱的荒野上了。噩耗传到丁玲的耳朵，她陷入无比的悲愤之中。她不能自已地痛哭，疯狂地痛哭起来了！她痛苦万状，思想奔腾，想了许许多多。她“想到他的勇猛，他的坚强，他的热情，他的忘我，他是充满了力量的人呵！他找了一生，冲撞了一生，他受过多少艰难，好不容易找到了真理，他成了一个共产党员，他走上了光明大道，可是从黑暗中伸出了压迫，他们不准他走下去，他们不准他活……”27岁的丁玲，强忍着难以言喻的痛苦，渐渐意识到，只有挺起腰杆，坚强地活下去，才有出路。她说：“悲痛有什么用，我要复仇……我们将沿着他的血迹前进。”[9]胡也频的牺牲给丁玲以沉重的打击，她这时有许多负担。除了政治压力和经济压力外，还有创作上的压力。她说：

我该写什么呢？我旧有的一点点生活，我对小资产阶级知识女性的愁苦，已经写腻了。我需要开拓创作的新天地，我必须到大众的生活中去。可是，怎么去，去什么地方？我坐着，痴痴的；躺着，闷闷的；在马路上走着，心像被狂风卷起的落叶又被抛下。[10]

她的小说《从夜晚到天亮》，就是她这段生活和思想情绪的生动地写照。但是她的意志并没有被瓦解，而是更加坚定。她迎着血的挑衅前进，“积极左倾”。正如茅盾所说：“丁玲女士个人对这白色恐怖的回答就是积极左倾，踏上了那五个作家的血路向前！”[11]“胡也频惨遭杀害，悲怆、义愤与复仇的怒火把丁玲迅速推到政治革命的第一线，她在白色恐怖严酷的1932年3月，毅然加入中国共产党，忘我地投身于左翼文学运动，上街游行，贴标语，到大学去讲演。她的创作也告别了自己擅长的个性题材与爱情题材，单纯的革命题材中充溢着复仇的义愤与斗争的激情。”[12]丁玲置个人安危于不顾，在白色恐怖包围中，毅然挑起了主编《北斗》的重担,用自己的血汗辛勤地浇灌了《北斗》这朵花。《北斗》成为名副其实的左翼文艺运动的阵地后,国民党反动派又盯上了它。因此,《北斗》杂志从创刊到1932年7月出到二卷第三、四期合刊时,就被国民党查封了。

丁玲失掉胡也频后,过着一种寂寞孤凄的生活。就在这个时候,冯达走进了她的生活,她也于1931年秋与冯达同居。冯达当时是共产党员,丁玲说:"被捕以前我一直认为冯达是个好党员。"[13]

瞿秋白称赞她追求革命真理,犹如"飞蛾扑火,非死不止"。[14]严峻残酷的现实,火热的生活,丰富了她的创作,促使了她的创作突破了"革命加恋爱"的框框。1931年9月间问世的短篇小说《水》(连载于1931年9—11月《北斗》一、二、三期),就是这种突破的一个标志。在这之前,不仅丁玲,而且一般作家都喜欢写个人的苦闷,对封建社会的不满,大都以小资产阶级知识分子为主。而《水》写了农民,还写了农民的斗争。所以,《水》的发表,震动了"左翼"文坛,引起了文艺界强烈反响。茅盾指出:《水》的发表,意味着"不论在丁玲个人,或者文坛全体,这都表示了过去的'革命加恋爱'的公式已经被清算"[15]。钱杏邨便肯定它"不仅是反映了洪水的灾难的主要作品,也是左翼文艺运动1931年的最优秀的成果"[16]。从以小资产阶级知识青年的生活为题材到以广大的工农群众的斗争生活为题材,这中间标志着丁玲前后创作思想的显著差异和进展,尤其重要的是这种差异和进展正好代表我们新文学发展的一个重要方向:从为小资产阶级到为工农兵;从写小资产阶级到写工农兵。《水》的出现说明丁玲的创作道路正是沿着这样一个方向在发展着的。《水》表明丁玲已向劳苦大众大大地靠拢了一步,由此可见,《水》的发表,说明作家突破了生活的圈子,也突破了创作上的格调。《水》"使丁玲的创作跃上一个新台阶,虽然仍带有早期革命文学的标记,它还是为新文学提供了一种新的文学模式,描写劳动民众带有反抗性的群像模式。”[17]这无论对丁玲来说，还是对中国现代文学史的发展来说，都有着重大的意义。

但是，由于在国民党反动派统治下，丁玲还不可能真正深入到灾区农民当中去，因而也就不能很好地发掘现实中这重大题材的意义，无法进行广泛深入的描写，丁玲自己也曾这样说过：“我对水灾后的惨象，从小印象很深。所以，我写农民与自然灾害作斗争还比较顺手，但写到农民与封建统治者作斗争，就比较抽象，只能是自己想像的东西了。”[18]因此，我们说，《水》“还只是我们所应当有的新的小说的一点萌芽”[19]。如果说《水》代表了丁玲“左联”时期创作的最高成就，那么《田家冲》则是走出了第一步。丁玲自己也认为《水》是个突破的标志，《田家冲》是突破前过渡性的作品，除了《田家冲》、《水》和《奔》以外，丁玲这时期还陆续写了《一天》、《某夜》、《法网》、《消息》、《夜会》、《诗人亚洛夫》(原名《诗人》)、《给孩子们》等十几个短篇和未完稿的长篇《母亲》。

丁玲这时期在创作上获得了第一个大丰收，不仅数量多，而且具有明显的政治思想倾向。“丁玲是一个由‘五四’的叛逆女性向着左翼转化的最典型的作家，她用政治家的眼光和人格审视轰轰烈烈的时代与斗争，表现波澜壮阔的生活场景。”[20]这一时期的作品都在不同程度上渗透着鲜明的阶级意识，为当时的左翼文艺运动充实了内容，配合了革命斗争，确实为一批比较优秀的反帝反封建的小说。丁玲这时期的思想觉悟迅速提高，生活视野也迅速扩大，所以她这时期小说创作的题材大为丰富，除了继续写一些小资产阶级知识分子生活外，还用了较多的笔墨去反映农民的疾苦和反抗、工人的遭遇和斗争，士兵的生活也有所涉及，作家的笔触伸向工农群众生活的领域，并且重视描写工农群众的集体力量，继续写到知识分子生活的作品，除上述《田家冲》外，还有 1931 年 5 月写的《一天》，1932 年 3 月写的短篇小说《法网》，1932 年 9 月写的《夜会》，《诗人亚洛夫》1932 年 9 月作，1932 年写的《给孩子们》，

《母亲》是作者1930年就动笔写而至今没有完稿的自传体长篇小说，总之，丁玲这个时期的小说创作，是和“左联”的行进和战斗有着同一步调的。“从《韦护》到《水》，从《水》到《母亲》，我们看到‘左联’时期的丁玲坚定地站在粉碎国民党文化‘围剿’斗争的最前列。她的创作正沿着现实主义方向不断迈进。”[21]她以新的题材、新的风格、新的人物、新的艺术手法，丰富了左翼文艺的宝库。这些作品从不同方面，形象地反映了动荡的20世纪30年代的中国社会现实，表现出一个总的主题：反帝反封建。这些小说与其早期小说相比较，特别是《韦护》到《水》，我们可以清楚地看出如下的特点：第一，作者站在无产阶级立场上，自觉地把文学创作与现实的政治斗争结合起来，具有战斗性。第二，革命者、工人和农民成了作品的主角，作家并热情地歌颂其崇高的斗争精神。第三，题材的不断扩大，主题的日益深化，体现作者努力用艺术形象反映社会、描写时代的强烈的责任感。她丢弃了愤懑忧郁的风格，跳出了“革命加恋爱”的框框，题材由写小资产阶级知识女性的性爱扩展到写革命者和工农生活。

丁玲思想觉悟正在迅速地提高，她的视野已转向了革命者和工农群众，她的思想感情和行动都认真地向工农群众靠拢着，她在小说创作中积极努力塑造新人物形象。正因为这样，她就被国民党反动派视为眼中钉，成为特务们监视、迫害的对象了。国民党法西斯终于把魔爪伸向这位“重要的而且有希望的作家”。[22]

1933年5月14日下午时许，丁玲在她昆山花园路的家里，被国民党特务非法秘密绑架，旋即又被国民党特务秘密押赴南京幽禁起来。这次被捕的还有潘汉年等人。她说：“在堂堂国民党政府的所在地，我却无缘无故地成了秘密死囚牢的人，完全与世隔绝。我真像一只被关在笼里的老虎，怀有一颗饿狼般的心，想吃人。”[23]从此，丁玲的著作也被封禁了。

丁玲“在黑暗中”摸索了20多年，在创作上走了6年的艰难道路，她用她的作品赢得了广大读者。她是一位年轻有为的女作家，是左翼文坛上的一颗明珠，在广大读者群众中享有崇高的声望。国民党特务绑架她，其卑鄙的政治目的是打击左翼文学运动，“围剿”革命文化。因此，反动派绑架了丁玲，使广大读者震惊，激起了整个文化界进步人士的强烈愤慨，左翼文坛及进步文艺界组成了“营救丁、潘委员会”，发起声势浩大的营救运动。其中有鲁迅先生和宋庆龄女士，杨杏佛和蔡元培等知名人士。国内外强烈的舆论的谴责制止了国民党反动派对丁玲下毒手。国民党反动派不敢承认他们是在租界上把丁玲绑架走的，也不敢杀她灭口，只是被迫采取了不杀不放，把她“养起来”的政策。国民党反动派虽然把丁玲养起来，可是丁玲深知她的命运和广大人民的命运是紧密相连的，她的心和广大人民的心是连在一起的。她在南京被幽禁的 3 年中，虽然敌人软硬兼施，但她不动摇、不屈服，更没有叛变自首。1931 年，她的丈夫胡也频被捕囚禁的时候，她那时还是一个小资产阶级作家，年纪又轻，并且拖着产后虚弱的身体，也宁肯他“坐牢死”，也不要他“在有条件底下得到自由”[24]，现在她已是一位名副其实的共产党员作家了，轮到她自己坐牢，当然更不会从“狗洞”爬出来。丁玲被国民党幽禁 3 年，竟蒙受了半个世纪的不白之冤。丁玲在那险恶的囚牢里，见到《商报》上对她造谣的长文后，曾越墙逃跑过，上吊自杀过。她在给叶圣陶先生的信中说：“我什么都不愿说，不希望向任何人解释，只愿时间尽快过去，历史证明我并不是一个有罪的人就够了。”她想：“我只能用鲜血洗去泼在我身上的污水，用生命来维护党的利益。我死了，是为党而死，我用死向人民和亲人宣告：‘丁玲是清白的，是忠于自己的信仰的。’我只能这样，用死来证明我对党的忠诚。”[25]

1934 年 10 月，丁玲在狱中生下女儿蒋祖慧。这是她和冯达的孩子。后来，在某些人眼中，这孩子也成了丁玲的一条罪状，甚至加罪于这可怜的孩子。牢房只能锁住丁玲的身躯，却关不住丁玲那颗跳动的心。1935年前后的革命形势影响着她，特别是她从报上读到“一二·九”青年学生运动的报道，心潮澎湃，决心冲击牢笼，投入革命洪流。但她身处囚笼，哪有革命的自由？

1936年9月，丁玲逃离南京。秘密逗留上海期间，出版了《意外集》。《意外集》里所收集的作品，有小说、速写和报告文学，还有属于抒写个人生活与感情的日记和书信体的散文。这些作品虽然是作家在监禁中写的，但是它的主要内容仍然是暴露旧中国的黑暗，描写工农大众的苦难生活和反抗情绪，只不过变得倾向隐蔽，欲言不语，怨而不怒罢了。从《意外集》的内容上看，我们可以这样说：它是作者处在逆境中，沿着《水》的创作方向继续前进的足印。

当然，《意外集》中的作品是作者囚居南京时期的作品，不免流露出作者当时的苦闷心境和情绪。

《意外集》过去是比较不为人知的，更少有人去研究它。但我们现在从丁玲文学创作道路发展上看，就不能不研究它。因为它标志着丁玲创作发展的一个阶段，有着承前启后的作用。丁玲的丈夫陈明说：“限于当时的处境，《意外集》中的各篇可能都不是佳作。但在那特殊情况下，作者在这些作品中流露的思想、感情却是值得深挖，并和她前后的作品相联系、比较，这也是研究丁玲作品、创作道路的一个方面。”[26]在丁玲的创作道路上，《意外集》至少说明以下三个问题：

首先，这些作品既能蒙过国民党反动派书报检查机关，又对当时的社会黑暗进行了揭露。显然，丁玲参加“左联”以后，在党的直接教育下，通过革命斗争特别是通过左翼文艺运动的锻炼，在反对反动派的文化“围剿”中，已经学会了“钻网”战术。她所说的“又特别审慎着‘技巧’”，就是指“在敌人的耳目下，不让敌人从作品中揣摸到作者的意愿和动向，不是通常说的技巧”。[27]

其次，这些作品的思想倾向是健康的，是站在人民大众一边的，是丁玲左联时期创作的必然延续，可见其战斗的意气。因而她一离开南京监狱，就立即投入了革命的洪流。

再次，这些作品都是现实主义的，在一定程度上反映了那个时代的某些侧面和矛盾，不仅给后人认识历史生活的价值，也给读者以美学意义。通过这些作品的创作，丁玲锻炼了自己的艺术技巧，积累了更为丰富的艺术经验，她后来能开拓更广阔的题材，描绘五光十色的各种社会人物，与她在《意外集》创作中所积累的经验也是分不开的。[28]

本章推荐网址

中国知网	http://www.cnki.net
中国报刊目录	http://www.china－bk.com
万方数据资源系统	http://www.wanfangdata.com.cn
万方数据 ilib	http://www.ilib.cn
中华期刊展示网	http://www.magshow.com
中国图书网	http://www.bookschina.com
中国现代文学馆	http://www.wxg.org.cn
中国现代文学资料网	http://www.moderndata.ecnu.edu.cn
中国文学网	http://www.literature.org.cn
超星数字图书馆	http://www.ssreader.com
南京大学中国现代文学研究中心	http://www.njucml.com
常德市文艺网	http://www.hncdwl.com
书艺文学网	http://www.shu1.com
星辰在线	http://www.csonline.com.cn
文学博客网	http://blog.readnovel.com

注释：

[1] 丁玲．回忆潘汉年同志．新文学史料，1982，(4)

[2][7][8][9][24] 丁玲．一个真实人的一生．丁玲研究资料．天津：天

津人民出版社,1982

[3] 丁玲. 我的创作生活. 天马书店,1933

[4] 丁玲. 关于左联的片断回忆. 新文学史料,1980,(1)

[5] 丁玲. 写给香港的读者. 地平线,1980,(8)

[6][11][15][22] 茅盾. 女作家丁玲. 丁玲研究资料. 天津:天津人民出版社,1982

[10][13][23][25] 丁玲. 魍魉世界. 中国,1986,(11)

[12] 秦弓. 追求光明的代价——"左联"时期丁玲的创作. 湘潭大学社会科学学报,2000,(10)

[14] 转引自丁玲的《我所认识的瞿秋白同志——回忆与随想》,见《忆秋白》,人民文学出版社,1981 年《文坛之回顾》

[16] 钱杏邨. 1931 年文坛之回顾. 北斗,1931,(1)—(4)

[17] 戴嘉树. 丁玲小说《水》的独特意含. 语文学刊

[18] 孙瑞珍. 丁玲谈自己的创作. 新苑,1980,(4)

[19] 何丹仁(冯雪峰). 关于新的小说的诞生. 北斗,1932,2(1)

[20] 邓政 湖湘文化精神孕育的左翼文学话语——湖南左翼作家群论 http://www.wanfangdata.com.cn 学术论文全文数据库

[21] 蒋明玳. 左翼文坛的一株新葩——略论丁玲"左联"时期的小说创作 江苏教育学院学报(社会科学版),2001,(7)

[26] 彭漱芬.《试论丁玲创作道路的重要特色》编者按. 湖南教育学院院刊,1983,(1)

[27] 陈明.《意外集》自序. 校后注《丁玲文集》第六卷. 长沙:湖南人民出版社,1984

[28] 许华斌. 丁玲小说研究. 上海:复旦大学出版社,1990

第六章　抗战时期的创作研究

第一节　网络资源的使用过程

相关网络资源介绍见第四章。

一、登录万方数据标准镜像系统(wanfang. lib. sjtu. edu. cn)

选择中国学位论文全文数据库,中国学术会议论文全文数据库,实行跨库检索,在检索框的检索中项中输入“丁玲”,检索结果为165条记录,其中中国学位论文全文数据库检得142条记录,中国学术会议论文全文数据库检得23条记录。在本次结果中输入“抗战”,执行二次检索,筛选出17条记录(检索时间:2008年3月29日9时30分):

本次检索用时0.13秒，命中17条　每页显示 20 按 关键词 不排序

以下是1—12　　　　全部选中 全部清除 导出到XML 导出到文本

√　论文标题：革命政权与作家的主体建构——延安时期的丁玲
中国学位论文全文数据库【简单信息】【详细摘要信息】

√　论文标题：相似的经历,不同的命运——《德伯家的苔丝》和《我在霞村的时候》的女主人公形象比较
中国学位论文全文数据库【简单信息】【详细摘要信息】

☑ 论文标题：周立波新探
中国学位论文全文数据库【简单信息】【详细摘要信息】

☑ 论文标题：从五四到抗战:中国女性小说中的男性形象
中国学位论文全文数据库【简单信息】【详细摘要信息】

☑ 论文标题：湖湘文化视阈中的女性意识——论丁玲、白薇、谢冰莹等湖南现代女作家的创作
中国学位论文全文数据库【简单信息】【详细摘要信息】

☑ 论文标题：解放区文艺转折的历史见证——延安《解放日报·文艺》研究
中国学位论文全文数据库【简单信息】【详细摘要信息】

☑ 论文标题：在政治文化侵袭下的艺术嬗变——论丁玲三、四十年代的小说创作
中国学位论文全文数据库【简单信息】【详细摘要信息】

☑ 论文标题：论中国现代文学史诗意识的建构
中国学位论文全文数据库【简单信息】【详细摘要信息】

☑ 论文标题：延安文学体制与作家的创作转向——以何其芳、丁玲和王实味的创作为例
中国学位论文全文数据库【简单信息】【详细摘要信息】

☑ 论文标题：文学体制化与作家创作转型
中国学位论文全文数据库【简单信息】【详细摘要信息】

☑ 论文标题：丁玲小说知识分子话语的衰变
中国学位论文全文数据库【简单信息】【详细摘要信息】

☑ 论文标题：一个知识女性的心路历程——丁玲小说论
中国学位论文全文数据库【简单信息】【详细摘要信息】

☑ 论文标题：历史的足迹 感情的馨香
中国学位论文全文数据库【简单信息】【详细摘要信息】

☑ 论文标题：丁玲女性意识的演变轨迹
中国学位论文全文数据库【简单信息】【详细摘要信息】

☑ 论文标题：塞下秋来风景异——抗战文学中的风景描写与民族认同
中国学位论文全文数据库【简单信息】【详细摘要信息】

☑ 论文标题：沉浮于文学与政治的夹缝之间——延安时期丁玲文学活动研究
中国学位论文全文数据库【简单信息】【详细摘要信息】

☑ 论文标题：丁玲小说丰富多彩的女性形象
中国学位论文全文数据库【简单信息】【详细摘要信息】

查看每篇论文下方的“详细摘要信息”，从这17篇文章中选出相关度较大的10篇：《革命政权与作家的主体建构——延安时期的丁玲》，《在政治文化侵袭下的艺术嬗变——论丁玲三、四十年代的小说创作》，《沉浮于文学与政治的夹缝之间——延安时期丁玲文学活动研究》，《丁玲女性意识的演变轨迹》，《历史的足迹感情的馨香》，《一个知识女性的心路历程——丁玲小说论》，《文学体制化与作家创作转型》，《延安文学体制与作家的创作转向——以何其芳、丁玲和王实味的创作为例》，《丁玲小说丰富多彩的女性形象》，《文学体制化与作家创作转型》。将这10篇文章打包下载，作为研究资料。

二、登录中国知网(www. cnki. net)中国期刊全文数据库

本章资料的检索，准备围绕主题，也进行六次匹配检索，每次检索仍分为三个步骤。与上章不同的是；每次检索的最后一步加

用中国期刊全文数据库提供的检索词的“扩展”功能，意在查到这些词与中心词存在某种知识关联的文章。本章将具体介绍这一功能的用法。选用中国期刊全文数据库初级检索形式，逐步缩小范围，以求查全查准，避免漏检。具体步骤如下：

第一次匹配检索（检索时间：2008 年 3 月 31 日 10 时 03 分）：

第一步：选用初级检索界面，在检索页面检索框中的下拉列表中选择“主题”，输入“丁玲”为检索词，时间区间 1986—2008，更新为“全部数据”，范围为“全部期刊”，模糊匹配，按相关度排序，执行检索。本次检索结果为 1 928 条记录。

第二步：在第一步的结果中，将检索词更换成“创作”，其余不变，执行检索。本次检索结果为 640 条记录。

第三步：在第二次的结果中，使用检索词的“扩展”功能，点击扩展词图标，打开下表，选择与本次中心词有关联的检索词，然后确定，这样就构成检索表达式：抗日战争 *（中国共产党＋反法西斯战争＋中华民族＋战争＋抗日＋战场），其余不变，执行检索。本次检索结果为 10 条记录。

检索表达式：抗日战争 *（中国共产党＋反法西斯战争＋中华民族＋战争＋抗日＋战场）

☐ 中国人民	☐ 期间	☐ 胜利
☑ 中国共产党	☑ 反法西斯战争	☑ 初期
☑ 中华民族	☐ 和世	☐ 世界反法西斯战争
☐ 周年	☐ 国民党	☐ 解放战争
☐ 与中国	☑ 战争	☐ 纪念馆
☐ 和解	☐ 正面战场	☑ 抗日
☐ 将领	☑ 战场	☐ 前夕

[1] 丁智才．革命话语遮蔽下的不同节烈观——《我在霞村的时候》与《荷花淀》的比较阅读[J]．广西师范学院学报(哲学社会科学版),2007,(1).
[2] 万莲子．现代女性意识的倾斜与补偿——概论战时背景下的中国现代女性文学[J]. 湘潭大学社会科学学报,1994,(1).
[3] 宋毅,宁殿弼．时代的影痕 历史的足音——论丁玲的戏剧创作[J]. 齐鲁艺苑,2007,(4).
[4] 赵朕．论丁玲在解放区的戏剧创作[J]. 天津师范大学学报(自然科学版),1987,(4).
[5] 徐光耀．昨夜西风凋碧树——忆一段“头朝下脚朝上”的历史(上)[J]. 炎黄春秋,2000,(4).
[6] 陈国勇．孙犁“解放区散文”创作艺术特点[J]．福建文学,2005,(12).
[7] 黎辛．丁玲和延安《解放日报》文艺栏[J]. 新文学史料,1994,(4).
[8] 董炳月．贞贞是个“慰安妇”——丁玲《我在霞村的时候》解析[J]. 中国现代文学研究丛刊,2005,(2).
[9] 李中华．论孙犁女性描写的深层情感隐秘[J]. 电影评介,2008,(2).
[10] 王炳根．艾青与蔡其矫在特殊年代的友谊[J]. 绿风,2004,(1).

以下为原始检索历史：

1	数据库:中国期刊全文数据库 检索条件:(主题＝丁玲)(模糊匹配)并且(主题＝创作)(模糊匹配)并且(主题＝抗日战争 *(中国共产党＋反法西斯战争＋中华民族＋战争＋抗日＋战场))(模糊匹配);相关度排序；单库检索(结果中检索) 检索到:10 条记录

2	数据库:中国期刊全文数据库 检索条件:(主题=丁玲)(模糊匹配)并且(主题=创作)(模糊匹配);相关度排序;单库检索(结果中检索)检索到:640 条记录
3	数据库:中国期刊全文数据库 检索条件:(主题=丁玲)(模糊匹配);1986—2008;全部期刊;相关度排序;单库检索 检索到:1 928 条记录

第二次匹配检索(检索时间:2008 年 3 月 31 日 10 时 15 分):

第一步:选用初级检索界面,在检索页面检索框中的下拉列表中选择“主题”,输入“丁玲”为检索词,时间区间 1986—2008,更新为“全部数据”,范围为“全部期刊”,模糊匹配,按相关度排序,执行检索。本次检索结果为 1928 条记录。

第二步:在第一步的结果中,将检索词更换成“研究”,其余不变,执行检索。本次检索结果为 255 条记录。

第三步:在第二次的结果中,将检索词更换成“抗日战争 *(期间+中国共产党+反法西斯战争+中华民族+国民党+战争+抗日+战场)”,其余不变,执行检索。本次检索结果为 5 条记录(附后)。

使用检索词的“扩展”功能:(方法略)

检索表达式:抗日战争 *(期间+中国共产党+反法西斯战争+中华民族+国民党+战争+抗日+战场)

☐	中国人民	☑	期间	☐	胜利
☑	中国共产党	☑	反法西斯战争	☐	初期
☑	中华民族	☐	和世	☐	世界反法西斯战争
☐	周年	☑	国民党	☐	解放战争
☐	与中国	☑	战争	☐	纪念馆

□	和解	□	正面战场	☑	抗日
□	将领	☑	战场	□	前夕

[1] 宋毅,宁殿弼．时代的影痕 历史的足音——论丁玲的戏剧创作[J]．齐鲁艺苑,2007,(4).
[2] 董炳月．贞贞是个“慰安妇”——丁玲《我在霞村的时候》解析[J]．中国现代文学研究丛刊,2005,(2).
[3] 李灵源．我怀念她——纪念丁玲诞生九十周年[J]．新文学史料,1994,(4).
[4] 王琳．女性的隐遁与重现——从《我在霞村的时候》到《现在》[J]．当代文坛,2000,(1).
[5] 刘增杰．从左翼文艺到工农兵文艺——对进入解放区左翼文艺家的历史考察[J]．中国现代文学研究丛刊,2006,(5).

以下为原始检索历史：

1	数据库:中国期刊全文数据库 检索条件:(主题＝丁玲)(模糊匹配)并且(主题＝研究)(模糊匹配)并且(主题＝抗日战争*(期间＋中国共产党＋反法西斯战争＋中华民族＋国民党＋战争＋抗日＋战场))(模糊匹配);相关度排序;单库检索(结果中检索)检索到:5 条记录
2	数据库:中国期刊全文数据库 检索条件:(主题＝丁玲)(模糊匹配)并且(主题＝研究)(模糊匹配);相关度排序;单库检索(结果中检索)检索到:255 条记录

3	数据库:中国期刊全文数据库 检索条件:(主题=丁玲)(模糊匹配);1986—2008;全部期刊;相关度排序;单库检索 检索到:1 928 条记录

第三次匹配检索(检索时间:2008 年 3 月 31 日 10 时 21 分):

第一步:选用初级检索界面,在检索页面检索框中的下拉列表中选择"摘要",输入"丁玲"为检索词,时间区间 1986—2008,更新为"全部数据",范围为"全部期刊",模糊匹配,按相关度排序,执行检索。本次检索结果为 1986 条记录。

第二步:在第一步的结果中,将检索词更换成"创作",其余不变,执行检索。本次检索结果为 438 条记录。

第三步:在第二次的结果中,将检索词更换成"抗日战争 * 抗日战争 *(中国人民+期间+中国共产党+反法西斯战争+中华民族+战争+抗日+战场)",其余不变,执行检索。本次检索结果为 4 条记录。

扩展词的选择:

检索表达式:抗日战争 *(中国人民+期间+中国共产党+反法西斯战争+中华民族+战争+抗日+战场)

☑ 中国人民	☑ 期间	☐ 胜利
☑ 中国共产党	☑ 反法西斯战争	☐ 初期
☑ 中华民族	☐ 和世	☐ 世界反法西斯战争
☐ 周年	☐ 国民党	☐ 解放战争
☐ 与中国	☑ 战争	☐ 纪念馆
☐ 和解	☐ 正面战场	☑ 抗日
☐ 将领	☑ 战场	☐ 前夕

[1] 万莲子．现代女性意识的倾斜与补偿——概论战时背景下的中国现代女性文学[J]．湘潭大学社会科学学报，1994，(1).
[2] 丁智才．革命话语遮蔽下的不同节烈观——《我在霞村的时候》与《荷花淀》的比较阅读[J]．广西师范学院学报(哲学社会科学版)，2007，(1).
[3] 陈国勇．孙犁"解放区散文"创作艺术特点[J]．福建文学，2005，(12).
[4] 王炳根．艾青与蔡其矫在特殊年代的友谊[J]．绿风，2004，(1).

以下为原始检索历史：

1	数据库：中国期刊全文数据库 检索条件：(摘要＝丁玲)(模糊匹配)并且(摘要＝创作)(模糊匹配)并且(摘要＝抗日战争*(中国人民＋期间＋中国共产党＋反法西斯战争＋中华民族＋战争＋抗日＋战场))(模糊匹配)；相关度排序；单库检索(结果中检索) 检索到：4 条记录
2	数据库：中国期刊全文数据库 检索条件：(摘要＝丁玲)(模糊匹配)并且(摘要＝创作)(模糊匹配)；相关度排序；单库检索(结果中检索)检索到：438 条记录
3	数据库：中国期刊全文数据库 检索条件：(摘要＝丁玲)(模糊匹配)；1986—2008；全部期刊；相关度排序；单库检索 检索到：1 286 条记录

第四次匹配检索(检索时间：2008 年 3 月 31 日 10 时 56 分)：

第一步：选用初级检索界面，在检索页面检索框中的下拉列表中选择"摘要"，输入"丁玲"为检索词，时间区间 1986—2008，更新为全部数据，范围为全部期刊，模糊匹配，按相关度排序，执行检索。本次检索结果为 1 286 条记录。

第二步:在第一步的结果中,将检索词更换成"研究",其余不变,执行检索,本次检索结果为 130 条记录。

第三步:在第二次的结果中,将检索词更换成"抗战",其余不变,执行检索,本次检索结果为 3 条记录。

[1] 刘晓梅."易俗诸君未许轻"——丁玲与易俗社[J]. 陕西档案,2006,(1).
[2] 马卫.《延安文艺运动纪盛》引起强烈反响[J]. 文艺理论与批评,1988,(2).
[3] 赵心宪.略论田间诗歌对闻一多的影响[J]. 文史杂志,1987,(5).

以下为原始检索历史:

1	数据库:中国期刊全文数据库 检索条件:(摘要=丁玲)(模糊匹配)并且(摘要=研究)(模糊匹配)并且(摘要=抗战)(模糊匹配);相关度排序;单库检索(结果中检索)检索到:3 条记录
2	数据库:中国期刊全文数据库 检索条件:(摘要=丁玲)(模糊匹配)并且(摘要=研究)(模糊匹配);相关度排序;单库检索(结果中检索)检索到:130 条记录
3	数据库:中国期刊全文数据库 检索条件:(摘要=丁玲)(模糊匹配);1986—2008;全部期刊;相关度排序;单库检索 检索到:1286 条记录

第五次匹配检索(检索时间:2008 年 3 月 31 日 11 时 01 分):

第一步:选用初级检索界面,在检索页面检索框中的下拉列表中选择"关键词",输入"丁玲"为检索词,时间区间 1986—2008,更新为全部数据,范围为全部期刊,模糊匹配,按相关度排序,执行检索。本次检索结果为 1 599 条记录。

第二步:在第一步的结果中,将检索词更换成“创作”,其余不变,执行检索,本次检索结果为387条记录。

第三步:在第二次的结果中,将检索词更换成“抗日战争”,其余不变,执行检索,本次检索结果为3条记录。

[1] 赵朕. 论丁玲在解放区的戏剧创作[J]. 天津师范大学学报(自然科学版),1987,(4).
[2] 李中华. 论孙犁女性描写的深层情感隐秘[J]. 电影评介,2008,(2).
[3] 宋毅,宁殿弼. 时代的影痕 历史的足音——论丁玲的戏剧创作[J]. 齐鲁艺苑,2007,(4).

以下为原始检索历史:

1	数据库:中国期刊全文数据库 检索条件:(关键词=丁玲)(模糊匹配)并且(关键词=创作)(模糊匹配)并且(关键词=抗日战争)(模糊匹配);相关度排序;单库检索(结果中检索)检索到:3条记录
2	数据库:中国期刊全文数据库 检索条件:(关键词=丁玲)(模糊匹配)并且(关键词=创作)(模糊匹配);相关度排序;单库检索(结果中检索)检索到:387条记录
3	数据库:中国期刊全文数据库 检索条件:(关键词=丁玲)(模糊匹配);1986-2008;全部期刊;相关度排序;单库检索 检索到:1 599条记录

第六次匹配检索(检索时间:2008年3月31日11时04分):

第一步:选用初级检索界面,在检索页面检索框中的下拉列表中选择“关键词”,输入“丁玲”为检索词,时间区间1986—2008,更新为全部数据,范围为全部期刊,模糊匹配,按相关度排序,执行检索。本次检索结果为1 599条记录。

第二步:在第一步的结果中,将检索词更换成“研究”,其余不变,执行检索,本次检索结果为 100 条记录。

第三步:在第二次的结果中,将检索词更换成“抗战”,其余不变,执行检索,本次检索结果为 1 条记录。

[1] 马卫.《延安文艺运动纪盛》引起强烈反响[J]. 文艺理论与批评,1988,(2).

以下为原始检索历史:

1	数据库:中国期刊全文数据库 检索条件:(关键词=丁玲)(模糊匹配)并且(关键词=研究)(模糊匹配)并且(关键词=抗战)(模糊匹配);相关度排序;单库检索(结果中检索)检索到:1 条记录
2	数据库:中国期刊全文数据库 检索条件:(关键词=丁玲)(模糊匹配)并且(关键词=研究)(模糊匹配);相关度排序;单库检索(结果中检索)检索到:100 条记录
3	数据库:中国期刊全文数据库 检索条件:(关键词=丁玲)(模糊匹配);1986-2008;全部期刊;相关度排序;单库检索 检索到:1 599 条记录

第二节 本章研究结果

我们通过对以上所搜集资料以及有关电子图书的阅览,结合当时的社会背景,分析归纳,研究得出以下结论:

1936 年 4 月,丁玲毅然把六岁的祖麟和三岁的祖慧送回湖南老家交给她饱经沧桑的寡母抚养。这年 7 月,她在上海秘密逗留期间,为了感激鲁迅参与营救的恩情,曾向冯雪峰提出要专程拜谒鲁迅。但是由于当时的环境，加之鲁迅先生正在病中，在冯雪峰的劝阻下，她这个愿望没能实现。在这年7月18日，她给鲁迅先生写了一封慰问和致敬信。1936年9月，中秋节夜晚，丁玲改名换姓，与聂绀弩同道，乔装潜离上海赴西安。哪里知道，就在她停留西安的时候，惊悉鲁迅先生逝世的噩耗。她压着悲痛，用"耀高丘"的化名，给许广平发出一封唁函，表示深切的吊唁之情：

我是今天下午才得到这个最坏的消息的！无限的难过汹涌在我的心头。尤其是一想到几十万的青年骤然失去最受崇敬的导师，觉得非常伤心。我两次到上海，均万分想同他见一次，但为了环境的不许可，只能让我悬念他的病躯，和他扶病力作的不屈精神。现在却传来如此的噩耗，我简直不能述说我无救的缺憾了。……这哀恸真是属于我们大众的，我们只有拼命努力工作来纪念这世界上一颗殒落了的巨星，是中国最光荣的一颗巨星。

1936年10月31日，丁玲乔装离开西安奔赴红色革命根据地，10月10日到达苏区中央临时政府所在地——保安(现为志丹县)。长期漂泊在外的丁玲，奋力飞翔了十几年，这时才真正来到了广阔自由的天地。中共中央重视这位从白区归来的赤子，特意为她举行了欢迎晚会。毛泽东、周恩来和张闻天、博古等领导同志，都出席了欢迎晚会。毛泽东同志为了表示欢迎丁玲归来，还填了一首《临江仙》词相赠。原文如下：

临江仙

壁上红旗飘落照，

西风漫卷孤城。

保安人物一时新，

洞中开宴会，

招待出牢人。

纤笔一支谁与似？
三千毛瑟精兵。
阵图开向陇山东，
昨天文小姐，
今日武将军。[1]

毛泽东亲笔填的这首词，在历尽艰险之后，才到了丁玲的手里。

将近半个世纪过去了，丁玲对这次欢迎会还深切怀念，如今回忆起来依旧情意绵绵：

这是我有生以来，也是一生中最幸福最光荣的时刻吧。我是那么无所顾虑，欢乐满怀的第一次在那么大的领导同志面前讲话。我讲在南京的一段生活，就像从远方回到家里的一个孩子，在向父亲、母亲那么亲昵的喋喋不休饶舌。[2]

当时的陕北，处在国内外敌人重重包围之中，日子十分艰难。毛泽东同志曾说过："我们弄到几乎没有衣穿，没有油吃，没有纸，没有菜，战士没有鞋袜，工作人员在冬天没有被盖。国民党用停发经费和经济封锁来对待我们，企图把我们困死。……"[3]陕北当时的形势是严峻的，在敌人的层层经济封锁下，而且沉浸在弥漫的硝烟中。而当时的南京国民党反动派以丰厚的物质待遇和较高的地位，企图收买丁玲的灵魂，可她"没有自首叛变，没有在国民党刊物上写过文章，没有给敌人做过一点事"[4]，她那颗饱经忧患的心感到了极大的欣慰。她以自己火一样的热情，伸开双臂热烈地拥抱这光明的、快乐的幸福新生活。她在这块土地上，呼吸着清新的空气，迈着稳健的步伐，和战友们并肩前进。

1936 年 11 月 22 日，在保安召开文艺工作者协会成立大会，毛泽东提议将"中国文艺工作者协会"改为"中国文艺协会"，获得一致通过。"中国文协"对当时的抗日民族统一战线的影响是很大的。1937年初，中央由保安迁到延安后，丁玲从三原回到了延安，重整文协工作文艺副刊和《苏区文艺》，对陕北苏区的初期文艺运动，曾经起了积极推动的作用，而丁玲则是此项工作的开拓者，丁玲也是陕北苏区保安和延安时代初期的文艺运动的开拓者和先锋战士。这两种刊物虽然都由徐梦秋编辑，但丁玲实际起着主导的作用，她经常来文协指导和讨论研究工作，稿件也经过她过目和通过的。"中国文协"虽然存在的时间很短，却为我们留下了不少珍贵的史料。

丁玲是凭着革命政治热情奔赴延安的，她那"纤笔一枝"要扎根于新的土壤之中，袁靖华在《论丁玲文化心理的自塑与嬗变》一文中说道："丁玲在1936年冬奔赴延安，由'昨天文小姐'，成为'今日武将军'，这体现了一种充满英雄色彩、浪漫激情的战士人格。丁玲自觉跟随时代步伐，把人的解放发展为被压迫者整个阶级的解放，从而把'人的文学'发展为'工农兵文学'。丁玲在延安写的一些散文就代表了她的这种创作趋向。"[5]她的革命政治热情得到了升华，从而写出更好的作品。丁玲清醒地认识到：要做一个文化人，必须先做一个战士。她在保安住了12天，就被派到杨尚昆主任他们领导的前方总政治部，随红军到了陇东一带前线。丁玲在前线不断用她的"纤笔一枝"参加战斗，写了十几篇文章。

"西安事变"发生后，国内形势急剧变化，党中央于1937年1月从保安迁往延安。当时丁玲从陇东三原八路军总司令部回到延安，毛泽东同志又亲自将《临江仙》词写录下来，赠送给她。"昨天文小姐"——"今日武将军"，生动地记录了她所跨越的时代，记录了她的生活发生了根本的变化，预示着这位女作家的思想也必将发生根本的变化，由"文小姐"变为"武将军"。1937年春天，她从前线回到延安，开始了看不见硝烟的战斗生活。她对自己，对不幸女性的爱，对死去烈士和无辜儿童的爱，对党对祖国的爱，都注进到新生活里，凝聚到新人物身上。抗战的烽火把她冶炼得成熟了。

她已不是20世纪20年代呆在大城市的小资产阶级作家了，也不是30年代初期理性上认识工农的革命作家了，而是在“中华民族到了最危险的时候”一位不畏艰险的勇敢的作家。欢悦的新生活，激发起她旺盛的创作力。她说：

我是1936年10月31日从西安动身到保安去的。路上走了十一天，在保安住了十二天。我大约写了七八篇东西，叫《保安行》。后来随杨主任北上，也有六七篇，叫《北上》。双十二从定边到三原，又写了七八篇，叫《南下》。[6]

丁玲到陕北后，采用了多种多样的文学表现形式，写了二十多篇作品，讴歌新生活，描写新人物。可见她飞到自由的新天地以后，其创作激情溢于笔尖，创作出相当可观的丰硕的成果。1937年上半年，她写的《一颗未出膛的枪弹》，就是她到苏区后创作的第一篇小说。1937年五六月间，她写的第二篇小说，是《东村事件》。两篇小说虽是丁玲到解放区以后的最初作品，但仍保留她小说创作的独特的艺术特色。丁玲是在革命风暴中成长起来的革命作家，她的创作“不是为了描花绣朵”，“我是为人生，为民族的解放，为国家的独立，为人民的民主，为社会的进步而从事文学写作的”。她总是爱憎分明地、自觉地发掘生活中的美好的东西，写出人物灵魂中的东西。所以，这两篇作品具有诗意的想象、浓重的抒情和温馨的意境，还惯于通过精心的细腻的心理刻画及气氛渲染来抒写浓烈的情感。

我们从丁玲的《一颗未出膛的枪弹》中，不仅清楚地看出她到解放区后小说创作的进步倾向，还欣喜她保留了她早已形成的独特的艺术风格。我们可以预料：丁玲扎根于解放区的土壤里，必将创作出更好的小说来。“西安事变”以后，国民党政府被迫抗日，全国抗日民族统一战线形成，丁玲非常敏感地意识到形势对文化人的要求。为了使抗日救国的政治主张深入到广大群众中去，深入到前线将士中去，1937 年 7 月，她先后酝酿、组织“战地记者团”，“战地服务团”。8 月 23 日，丁玲和吴奚如率领的西北战地服务团，告别了延安，徒步行军，10 月 1 日渡过黄河进入山西境内，途经 16 个市县及六十多个村庄，行程三千余里，演出百余场，足迹几乎踏遍晋察冀的城乡。1938 年 3 月初，根据中央指示，丁玲又带领西北战地服务团奔赴国统区陕西潼关、西安等地，进行抗日救国宣传，前后宣传活动共进行四个半月。他们演出的内容、形式和革命的艺术作风，大大振奋了西安古都人民的抗日情绪，因而引起了国民党当局的多方刁难和干扰。西北战地服务团走到哪里，抗日的火种就撒到哪里。他们用战笔、用歌喉、用表演，为我们神圣的民族解放战争呐喊、歌唱和演出。西北战地服务团到西安的时候，丁玲还主编了一套《西北战地服务团丛书》，由西安生活书店出版，全书十册(未出全)。西北战地服务团深入前线，进行创作、演出和宣传，这是文艺为现实斗争服务的一个创举，它使文艺工作者真正深入了工农兵，使文艺创作真正走向了群众的广阔天地。1937 年，她结识了陈明同志。陈明同志当时是西北战地服务团的宣传股股长，充满着青春活力，具有出色的群众工作才干。共同的生活和战斗，使丁玲和他建立了革命友谊，产生了爱情，并于 1942 年与其结成了终身的伴侣。

丁玲在漫天的抗日烽火中成长着，她真正地和工农兵同呼吸共命运了。经过刀光剑影、火与血的考验，她的立场观点开始了根本的转变，思想感情也发生着根本的变化。

丁玲跨进了一个新天地，开始了新生活，也开始了她的新创作。陕北抗日根据地生活虽然艰苦，但她的精神生活是富有的，因为她有一个先进思想的指导，所以她能正确地运用她手中的“纤笔一枝”，辛勤地笔耕，在创作上结出了丰硕的果实。为了当时战斗的需要，她这时期及时地写了很多不同形式的作品。除了三十多篇速写、散文、杂文以外，还有话剧《重逢》(独幕剧)、《河内一郎》

(反战三幕剧)和诗歌《七月的延安》等。1937 年下半年至 1938 年一年半时间里,写了一个短篇《压碎的心》;而从 1939 年到 1941 年 4 月里,她写下了《新的信念》[(原题《眼泪模糊中的信念》(1939 年春作)]、《县长家庭》(1939 年 9 月作)、《秋收的一天》(1939 年秋作)、《入伍》(1940 年作)、《我在霞村的时候》(1941 年 1 月作)、《夜》(1941 年 5 月作)、《在医院中》(1941 年秋—冬作)。接下来丁玲作品形式主要是一些散文、速写、特写和杂文,"丁玲这一时期的散文,题材十分广泛,主要是写新世界的风景线。人物描写的可以上从将军,下至普通士兵、老百姓,乃至儿童;记事的也十分繁杂,既有西北战地服务团工作的描写,也有激烈残酷战争的叙述,此外还有国共合作微妙关系的描写等。"[7]就像使用新武器,可以迅速地、有力地投入战斗;写话剧,显然是为了西北战地服务团宣传演出的需要。丁玲这个时期,虽然工作很忙,也没有放弃写作,她不是从自己的兴趣爱好出发,也未考虑到自己擅长写小说,而是从党和人民的需要出发。为了更好地斗争,她写了多种多样的文学作品。这说明丁玲是从马克思主义的文艺理论高度,来看待文学创作的。

文学史上许多事实都证明,只要作家与人民共呼吸,与时代共脉搏,有自己的亲自体验和感受,就会对时代产生敏感和预见,其作品就会给人以强烈的时代感和前进的力量。我们现在读丁玲抗战前期创作的小说,还能感受到强烈的时代气息,并从而汲取前进的力量。

《我在霞村的时候》,是由远方书店 1944 年 3 月出版的。解放后,三联书店于 1950 年 8 月又出版一本《我在霞村的时候》;后一本比前一本增加一篇《一颗未出膛的枪弹》,并有作者写的一篇《校后记》。1954 年 3 月,人民文学出版社出版丁玲的《延安集》,丁玲又将她这个时期创作的小说选入五篇,这五篇是:《一颗未出膛的枪弹》、《新的信念》、《入伍》、《我在霞村的时候》、《夜》。人民文学出版社于1981年出版的《丁玲短篇小说选》，选入她抗战前期的八篇小说：《一颗未出膛的枪弹》、《东村事件》、《压碎的心》、《县长家庭》、《入伍》、《我在霞村的时候》、《夜》、《在医院中》。丁玲这时期创作的作品，升华到了一个新的高度，在她创作道路上确实占着重要的位置。无论在题材的选择上、人物性格的刻画上或艺术风格上，这些小说都显露出了与左联时期作品的不同的风貌，丁玲这时期创作的反映战士和农民生活的小说，是她自己亲身体验后写出来的。她这个时期的小说，都写得朴素而优美、真切而感人，比她左联时期的小说，显得更为坚实而有力了："揭露日本帝国主义侵略中国的法西斯暴行，是那样深刻有力；歌颂人民群众的抗日爱国精神，又是那样的真挚而热烈；反映知识分子在抗日根据地的新天地里的生活和思想的变化，又是那样真切而动人。"[8] 她的"这些作品，可以作为作者对于人民大众的斗争和意识改造及成长的记录，也可以作为作者自己的意识改造及成长的记录"[9]。为了更好地反映广阔的社会生活，丁玲在《我在霞村的时候》这个短篇里集中笔力塑造了贞贞这个女性形象。贞贞是个"有热情，有血肉，有快乐，有忧愁，却又是有明朗的性格的人"。她原来是一位纯洁而可爱的姑娘，对生活充满着热望。可是她生长在半封建半殖民地的旧中国，她的青春妙龄又赶在那漫天抗日烽火的灾难深重的年代，"乱世人不如太平犬"，在强敌面前，一个弱女子的命运是可以想见的。贞贞18岁的时候，她父母包办她的婚姻，要她给人作"填房"，男的是"年纪快30"的一家米店的小老板。男的虽然"家道厚实"，但是贞贞却不满意，她"痴心痴意"地爱上她小时候的同学穷小子夏大宝。她父亲不依，夏大宝既不敢去贞贞家求婚也无能力带她外逃。在这种情况下，贞贞只有赌气往天主教堂跑去。不料，这时她碰上日寇大扫荡，结果落入了敌人的魔掌，被强行逼迫做了军妓。在一年多的时间里，她的灵魂和肉体都遭受极大的侮辱和损害，心灵上烙下了深深的伤痕。她在遭受敌人蹂躏的最痛苦的日子里，怀着满腹苦水，坚强地活着；她在十分险恶的环境中，还设法与我们游击队取得联系，利用她随军妓女的特殊身份，为我们游击队搜集、传送情报。她曾两次从日军中逃跑，与我游击队联系，可是由于她的特殊身份。当时又找不到另外合适的人选，所以她又被游击队派回日军中，以利继续搜集敌寇情报。她咬着牙在日军中煎熬着。由于她给游击队送情报，使日本法西斯吃了一些败仗。丁智才在《革命话语遮蔽下的不同节烈观——〈我在霞村的时候〉与〈荷花淀〉的比较阅读》一文中说道："丁玲在《我在霞村的时候》里，对她的主人公贞贞的不幸遭遇，是寄予深深的同情的。贞贞遭日本法西斯的蹂躏和侮辱，暴露日寇野兽般的凶残，暴露半封建半殖民地旧中国的腐败无能。丁玲在《霞村》中抱着极大的同情塑造了贞贞这个遭遇非常事件后坚毅的女性形象，而对以节烈观念鄙视贞贞的周围群众进行了讽刺和鞭挞，把贞贞塑造成一个不向命运屈服，敢于和封建意识抗争的新女性。她忍受了一切精神的痛苦，但并不消沉，仍然振作精神，追求新的生活中美好的东西。"[10]

作家这样写，是要激起读者对日本法西斯和中国反动统治者的愤恨，对十几岁的贞贞的同情。贞贞在受到日本兵兽行的糟蹋以后，能打起精神活下来，想方设法与我们游击队取得联系，冒着生命危险为游击队搜集、传递情报。为了打击日本法西斯强盗，她强忍着肉体上和精神上的巨大痛苦，作出了常人难以做到的自我牺牲。这种爱国主义精神难道还不值得我们崇敬吗？一般的中国人，都会对贞贞同情、推崇。作者爱憎鲜明的思想感情，不仅在字里行间流荡，也倾注在贞贞的形象里。我们应该用马克思主义的思想观点来评价文艺作品，分析人物形象；不应该用封建士大夫的贞操观点来衡量 40 年代抗日根据地的贞贞姑娘；也不能用封建道德家的逻辑来分析贞贞。作品写得很清楚，贞贞悲剧的主要根源是封建主义和帝国主义。试想，在那虎狼成群的黑夜里，即使不是贞贞，也还会有另外的妇女遭到同样的悲剧命运。所以，封建包办婚姻和日本帝国主义的侵略，摧残了贞贞和广大妇女的肉体和精神。

贞贞这个典型形象，既揭示了中国妇女在战乱年代所遭受的无边苦难，又表现了她们不甘凌辱折磨的倔强。她们在悲惨的环境中挣扎斗争，觉醒成长。从贞贞身上，作家发掘了而且深刻地表现了一种强大的新生力量，显示她，也是显示中国一代妇女未来无可限量的前途。冯雪峰早在解放战争年代，就给贞贞这个形象以肯定的、崇高的评价：

《我在霞村的时候》，作者所探求的一个“灵魂”，原是一个并不深奥的，平常而不过有少许特征的灵魂罢了；但在非常的革命的展开和非常事件的遭遇下，这在落后的穷乡僻壤中的小女孩的灵魂，却展开了她的丰富和有光芒的伟大。这灵魂遭受着破坏和极大的损伤，但就在被破坏和损伤中展开她的像反射于沙漠上面似的那种光，清水似的清，刚刚被暴风刮过了以后的沙地似的那般广；而从她身内又不断地在生长出新的东西来，那可是更非庸庸俗俗和温温暾暾的人们所再能挨近去的新的力量和新的生命。贞贞自然还只在向远大发展的开始中，但她过去和现在的一切都是真实的，她的新的巨大的成长也是可以确定的，作者也以她的把握力使我们这样相信贞贞和革命。[11]

作家在作品中对贞贞失去的青春的痛惜，对她向新生道路启程的由衷祝福方面的描写是非常成功的。我们无产阶级作家，应该站在真正的马克思主义立场，观察人和描写人。这样，他们笔下的“人”，才能真正体现出人性美和人情美。作家在描写贞贞姑娘的遭遇时，是很好地写出了无产阶级的人性美和人情美的。她对贞贞的描写充满了深深的同情，本身就表现了作家自己富有浓厚的无产阶级的人情味。《我在霞村的时候》，不仅是丁玲 1937 年至 1942 年“延安文艺座谈会”以前这个时期小说创作的代表作之一，而且还是这个时期抗日根据地小说创作的优秀代表作之一。它之所以称得上优秀代表作,不仅由于它题材新,更主要是由于丁玲通过细腻的描写,把自己深厚的爱憎感情倾注到这个新的题材里,注进了主人公贞贞的形象里,从而给读者以深刻的爱国主义思想教育和艺术美的享受。

《夜》是丁玲在延安时期所撰写的,反映的是 20 世纪 40 年代旧中国的广阔背景下,日本法西斯在中国的大地上掀起侵略的狂风恶浪,勤劳、困苦、艰难的中国农民,在灾难深重的年代的悲苦生活,"它与早期作品《日记》有着类似的风格,通过对人物心理活动的细腻的描写加上自述自白,向读者展露了一个立体的多层次的心灵世界。"[12] 广大农民兄弟和中国其他各阶层人民群众的命运一样:要么等死,要么斗争,不在沉默中爆发,就在沉默中灭亡。只有斗争才能生存;要冲着逆流,顶着狂风恶浪,进行艰苦的斗争才能取得最后的胜利。这就首先要有坚定的胜利信心和坚强的战斗决心。《夜》就是反映在共产党的阳光照耀下,解放区农村基层干部及他们周围的人民群众滋生出的这种胜利信心和战斗决心。这使我们看到:中国农民在艰苦卓绝的斗争中,已经把握了人类生活的航程,并且正沿着这条航线前进。

《在医院中》的思想内容独辟蹊径,进一步向生活和意识的纵深处发掘,展开了知识分子更加艰苦的生活历程的描写,深化了《入伍》和《秋收的一天》所表现的知识分子的主题。《在医院中》教育人懂得:在新的生活中将会出现新的荆棘,"人是要经过千锤百炼而不消溶才能真正有用,人是在艰苦中生长。"[13] 在前进的革命道路上,如果说何华明[14] 还残存着小生产者的思想习惯的羁绊,那么,《在医院中》的主角陆萍则是在新的生活中进行追求和磨炼。作者在陆萍身上挖掘了中国妇女不只满足于解放自身,而且要所有的人从旧的精神状态和心理状态中解放出来,使生活变得更完美、更理想。在小说的结尾,作家用高度凝练的充满哲理的语言写道：

新的生活虽要开始，然而还有新的荆棘。人是要经过千锤百炼而不消溶才能真正有用，人是在艰苦中生长。[15]

总之，《在医院中》不仅是较早地揭露了解放区的所谓阴暗面的小说，也是反映人民内部矛盾的文学作品的先驱，它不仅揭示出现实生活中到处有矛盾斗争这一普遍真理，而且更可贵的是教育读者：人只有善于在矛盾斗争中“磨炼”自己，在“艰苦”与“荆棘”中前进，“才能真正有用”。“揭示抗日根据地中小生产意识、封建主义、官僚主义的严重危害，意在表现知识分子投身革命后人生历程的复杂性、曲折性、艰难性。”[16]在文学发展史上，《在医院中》确实作出了不可磨灭的独特贡献。

丁玲这时期的创作，比她在左联时期写的那些“革命加恋爱”的作品，显然是前进一步了。就题材讲，有知识分子生活，还有工农兵生活；就人物形象讲，有知识分子形象，主要的还是工农兵形象；就主题思想讲，再不是“革命加恋爱”了，而是表现中国人民抗日的决心和热情，具有不可动摇的真实性，显示其很强的艺术力量。

正如丁玲自己所说：“抛弃了那个徘徊惆怅于个人感情的小圈子”，不仅“跨过了恋爱与革命的矛盾为主题的时期”，而且跨过了“缺乏生活实际的，由想象出来的工人罢工或农民起义的作品的时代”。总之，丁玲这时期创作的作品，与她“左联”时期的相比，题材拓宽了，主题深化了，并且多富有美的想象和诗的抒情，还突出了她擅长的心理描写手法。

丁玲这个时期的创作，之所以比她“左联”时期的要成功，而且显示出较好的发展趋势，主要是由于革命的发展，现实的变革，尤其重要的是作家本人就是一个参与实际斗争的实践者，“从生活的真实感受进到艺术的再现和创造，这就是丁玲本时期作品较之上一时期更为成功的主要原因”[17]。所以冯雪峰说丁玲这时期的作品,“可以作为作者对人民大众的斗争和意识改造及成长的记录,也可以作为作者自己的意识改造及成长的记录,这样就作为人民的战斗的艺术创作而有了真实的成绩”。[18] 丁玲的性格是坚韧的,“她作品中透露出来的桀骜不驯、泼辣大胆,似乎有一种‘敢于正视淋漓的鲜血,敢于直面惨淡的人生’的勇气。”[19] 也正是这样,在历史发展发生曲折的时期,丁玲创作的一些小说和她本人一样,在褒贬毁誉之间沉浮。

丁玲在写了《在医院中》以后,就暂时停止了她的小说创作。因为《在医院中》发表以后,连同她的其他文章都受到了日甚一日的非议和批评;接着延安文艺界就开始了整风,毛泽东发表了《在延安文艺座谈会上的讲话》,文艺工作者都面临着一个新的课题,丁玲至少也有一个深入工农兵、积累生活经验的问题。所以,当她重新创作小说的时候,那已是解放战争时期了。她这时也已经由延安到了华北,参加了华北地区的农村土地改革运动了。

本章推荐网址

维普资讯网 http://www.cqvip.com
华夏论文网 http://www.hxlww.com
中华语文网 http://mypage.zhyww.cn
中国书网 http://copies.sinoshu.com
孔夫子旧书网 http://www.kongfz.com
当代文化研究网 http://www.cul-studies.com
丁玲纪念馆 http://baike.baidu.com/view/1546737.htm
无尽的爱纪念网 http://www.eelove.cn
中新网 http://www.heb.chinanews.com.cn
新华网 http://www.xinhuanet.com
妇女/社会性别学学科发展网 http://www.chinagender.org
槟文书院:槟郎文学资料网 http://blog.stnn.cc/libins

注释：

[1] 羽宏．毛泽东同志1936年写给丁玲同志的一首诗．新观察，1980，(7)

[2] 丁玲．写在《到前线去》的前面．汾水，1979，(11)

[3] 毛泽东选集(1卷本)．北京：人民出版社，1966：893－894

[4] 丁玲．我的自传．生活·创作·时代·灵魂．长沙：湖南人民出版社，1981

[5] 袁靖华．论丁玲文化心理的自塑与嬗变．浙江树人大学学报，2001，(9)

[6]朱自南：凝练·传神·动人——读丁玲《彭德怀速写》．百花园，1931，7(2)

[7] 苏永延．历史的足迹感情的馨香 http://www.wanfangdata.com.cn. 中国学位论文全文数据库

[8] 许华斌．丁玲小说研究．上海：复旦大学出版社，1990

[9] 冯雪峰．从《梦珂》到《夜》．中国作家，1948，1(2)

[10] 丁智才．在革命话语遮蔽下的不同节烈观——《我在霞村的时候》与《荷花淀》的比较阅读．广西师范学院学报(哲学社会科学版)2007，(1)

[11] 冯雪峰．从《梦珂》到《夜》．中国作家，19481(2)

[12] 梁艳．细读文本看丁玲——《夜》的一种解读．中文自学指导2002，(1)

[13] 丁玲．在医院中·我在霞村的时候——丁玲延安作品集．西安：陕西人民教育出版社，1999

[14] 丁玲．《夜》中的主人公

[15] 丁玲．在医院中·我在霞村的时候——丁玲延安作品集．西安：陕西人民教育出版社，1999

[16] 万国庆．女性知识者的思索、困惑与追求——重读丁玲的《在医院中》．江西社会科学，2003，(4)

[17] 刘绶松．中国新文学史初槁．(下)．北京：作家出版社，1956

[18] 冯雪峰．从《梦珂》到《夜》．中国作家，1948，1(2)

[19] 陈葆萍．丁玲个性主义在解放区里的最后挣扎文艺理论，2008(3)

第七章　延安时期的创作

第一节　网络资源的使用过程

相关网络资源介绍见第四章。

一、登录万方数据标准镜像系统(wanfang. lib. sjtu. edu. cn)

选择中国学位论文全文数据库,中国学术会议论文全文数据库,跨库检索界面,在第一行检索框的检索项中选择“主题”,检索词输入“丁玲”,论文年度限定在1993—2007年,在全部分类中开始检索:本次检索结果37篇,点击按关键词不排序显示结果:结果页的检索项仍选择“主题”检索词输入“延安”,对第一次检索的内容加以限制,缩小范围进行再次检索,本次检索结果为8条记录(检索时间2008年3月28日19时30分):

本次检索用时0.08秒，命中37条　每页显示 20　按 作者 不排序

以下是 1—20　　全部选中 全部清除 导出到 XML 导出到文本

☑ 论文标题：丁玲解放区时期思想与文学研究
中国学位论文全文数据库【简单信息】【详细摘要信息】

☑ 论文标题：丁玲女性主体意识的宿命悲剧
中国学位论文全文数据库【简单信息】【详细摘要信息】

☑　论文标题：丁玲延安时期文学创作的转向——兼议毛文体对作家的影响
中国学位论文全文数据库【简单信息】【详细摘要信息】

☑　论文标题：丁玲在延安——一个主体的新生与消逝
中国学位论文全文数据库【简单信息】【详细摘要信息】

☑　论文标题：丁玲文学人生再探索
中国学位论文全文数据库【简单信息】【详细摘要信息】

☑　论文标题：试析丁玲笔下的“莎菲”形象的文化内涵及意义
中国学位论文全文数据库【简单信息】【详细摘要信息】

☑　论文标题：丁玲小说创作研究
中国学位论文全文数据库【简单信息】【详细摘要信息】

☑　论文标题：丁玲创作的主体性话语的嬗变
中国学位论文全文数据库【简单信息】【详细摘要信息】

☑　论文标题：丁玲女性小说潜话语研究
中国学位论文全文数据库【简单信息】【详细摘要信息】

☑　论文标题：女人·男人·社会——论丁玲小说创作的女性视角
中国学位论文全文数据库【简单信息】【详细摘要信息】

☑　论文标题：在低空里飞
中国学位论文全文数据库【简单信息】【详细摘要信息】

☑　论文标题：丁玲女性思想研究
中国学位论文全文数据库【简单信息】【详细摘要信息】

☑　论文标题：丁玲小说创作论
中国学位论文全文数据库【简单信息】【详细摘要信息】

☑ 论文标题：论丁玲三、四十年代的小说创作
中国学位论文全文数据库【简单信息】【详细摘要信息】

☑ 论文标题：丁玲作品中的女性人物形象分析
中国学位论文全文数据库【简单信息】【详细摘要信息】

☑ 论文标题：丁玲研究之研究
中国学位论文全文数据库【简单信息】【详细摘要信息】

☑ 论文标题：丁玲文学编辑活动研究
中国学位论文全文数据库【简单信息】【详细摘要信息】

☑ 论文标题：女性书写的历史悲剧——论丁玲文学创作的思想演变历程
中国学位论文全文数据库【简单信息】【详细摘要信息】

☑ 论文标题：丁玲文艺报刊编辑思想研究
中国学位论文全文数据库【简单信息】【详细摘要信息】

☑ 论文标题：启蒙意识与革命意识的互渗——论丁玲小说创作(1930—1948)的两种话语
中国学位论文全文数据库【简单信息】【详细摘要信息】

以下是 21—37 全部选中 全部清除 导出到 XML 导出到文本

☑ 论文标题：知识女性与革命话语之间的困惑——论丁玲 20—40 年代创作的转变
中国学位论文全文数据库【简单信息】【详细摘要信息】

☑ 论文标题：论丁玲的悲剧
中国学位论文全文数据库【简单信息】【详细摘要信息】

☑ 论文标题：延安文学体制与作家的创作转向——以何其芳、丁玲和王实味的创作为例
中国学位论文全文数据库【简单信息】【详细摘要信息】

☑ 论文标题：凯特·肖班的《觉醒》与丁玲的《莎菲女士的日记》的比较研究
中国学位论文全文数据库【简单信息】【详细摘要信息】

☑ 论文标题：历史的足迹 感情的馨香
中国学位论文全文数据库【简单信息】【详细摘要信息】

☑ 论文标题：沉浮于文学与政治的夹缝之间——延安时期丁玲文学活动研究
中国学位论文全文数据库【简单信息】【详细摘要信息】

☑ 论文标题：丁玲生平与创作
中国学位论文全文数据库【简单信息】【详细摘要信息】

☑ 论文标题：丁玲小说的叙事学研究
中国学位论文全文数据库【简单信息】【详细摘要信息】

☑ 论文标题：丁玲创作中独特的政治眼光
中国学位论文全文数据库【简单信息】【详细摘要信息】

☑ 论文标题：丁玲的主体心态和"文学命运"
中国学位论文全文数据库【简单信息】【详细摘要信息】

☑ 论文标题：命运·创作·女性——论政治文化视域中的"丁玲现象"
中国学位论文全文数据库【简单信息】【详细摘要信息】

☑ 论文标题：丁玲现代小说复杂性初探
中国学位论文全文数据库【简单信息】【详细摘要信息】

☑ 论文标题：试论丁玲
中国学位论文全文数据库【简单信息】【详细摘要信息】

☑ 论文标题：建构与撕裂——试析丁玲女性精神的寻找
中国学位论文全文数据库【简单信息】【详细摘要信息】

☑ 论文标题：寻找失落的世界——丁玲与女性文学
中国学位论文全文数据库【简单信息】【详细摘要信息】

☑ 论文标题：丁玲女性意识的演变轨迹
中国学位论文全文数据库【简单信息】【详细摘要信息】

☑ 论文标题：女性意识的张扬、失落及复苏——1927—1942 年间丁玲小说中心话语走向论析
中国学位论文全文数据库【简单信息】【详细摘要信息】

二次检索时“主题”分别与“延安整风”、“延安文艺”、“工农兵”、“太阳照在桑干河上”关键词相匹配，对第一次检索的内容加以限制、确定，缩小范围进行再次检索，本次检索结果为 9 条记录：

☑ 论文标题：行动才是生活——丁玲生平与创作
中国学位论文全文数据库【简单信息】【详细摘要信息】

☑ 论文标题：历史的足迹 感情的馨香
中国学位论文全文数据库【简单信息】【详细摘要信息】

☑ 论文标题：沉浮于文学与政治的夹缝之间——延安时期丁玲文学活动研究
中国学位论文全文数据库【简单信息】【详细摘要信息】

☑ 论文标题：丁玲在延安——一个主体的新生与消逝
中国学位论文全文数据库【简单信息】【详细摘要信息】

☑ 论文标题：知识女性与革命话语之间的困惑——论丁玲 20－40 年代创作的转变
中国学位论文全文数据库【简单信息】【详细摘要信息】

☑ 论文标题：延安文学体制与作家的创作转向——以何其芳、丁玲和王实味的创作为例
中国学位论文全文数据库【简单信息】【详细摘要信息】

☑ 论文标题：丁玲文学人生再探索
中国学位论文全文数据库【简单信息】【详细摘要信息】

☑ 论文标题：历史漩涡中的身份嬗变——丁玲小说创作研究
中国学位论文全文数据库【简单信息】【详细摘要信息】

☑ 论文标题：在低空里飞
中国学位论文全文数据库【简单信息】【详细摘要信息】

查看每篇论文下方的“详细摘要信息”，从这 34 篇文章中再次检出相关度较大的 9 篇：《行动才是生活——丁玲生平与创作》，《历史的足迹感情的馨香》，《沉浮于文学与政治的夹缝之间——延安时期丁玲文学活动研究》，《丁玲在延安——一个主体的新生与消逝》，《知识女性与革命话语之间的困惑——论丁玲 20—40 年代创作的转变》，《延安文学体制与作家的创作转向——以何其芳、丁玲和王实味的创作为例》，《理想与言说——丁玲文学人生再探索》，《历史漩涡中的身份嬗变——丁玲小说创作研究》，《在低空里飞》。将这 9 篇文章打包下载，作为研究资料。

二、登录中国知网(www. cnki. net)中国期刊全文数据库

第一次匹配检索(检索时间：2008 年 4 月 3 日 17 时 05 分)：

第一步：选用初级检索界面，在检索页面检索框中的下拉列表

中选择“主题”，输入“丁玲”为检索词，时间区间 1986—2008，更新为“全部数据”，范围为“全部期刊”，模糊匹配，按相关度排序，执行检索。本次检索结果为 1 929 条记录。

第二步：在第一步的结果中，将检索词更换成“创作”，其余不变，执行检索。本次检索结果为 640 条记录。

第三步：在第二次的结果中，将检索词更换成“延安文艺”，其余不变，执行检索。本次检索结果为 42 条记录，我们选取前 24 条记录。

[1] 黎辛，刘小飞．秦邦宪与延安文艺——纪念秦邦宪牺牲六十周年[J]．延安大学学报(社会科学版)，2006，(4).
[2] 李军，张光明．“文艺场”的营造与推动——延安前期丁玲的文艺建构[J]．宿州教育学院学报，2006，(3).
[3] 黎辛．丁玲，党报文艺副刊的奠基人——纪念丁玲同志诞辰 100 周年[J]．娄底师专学报，2004，(1).
[4] 芦焰．丁玲与毛泽东[J]．党史文汇，1994，(2).
[5] 乔晓静．延安《解放日报》与丁玲文学创作的转向[J]．大连大学学报，2007，(2).
[6] 卢云峰．延安时期的丁玲及其创作[J]．辽宁教育行政学院学报，2005，(11).
[7] 吴松青．论丁玲在延安时期的小说创作[J]．厦门广播电视大学学报，2000，(1).
[8] 高杰．丁玲与延安时代的人文精神建构[J]．延安大学学报(哲学社会科学版)，2000，(4).
[9] 李军．延安文学转折的逻辑起点[J]．广西社会科学，2007，(10).

[10] 蓝棣之. 女性的愤懑和挣扎——丁玲《莎菲女士的日记》、《我在霞村的时候》解读[J]. 贵州社会科学,1998,(4).

[11] 陈家洋. 启蒙立场与编辑实践——丁玲在延安《解放日报》文艺栏的编辑活动[J]. 河海大学学报(哲学社会科学版),2006,(4).

[12] 李征宙. 丁玲晚年创作思想探评[J]. 广州大学学报(社会科学版),2003,(2).

[13] 沐金华. 论丁玲的现代小说创作[J]. 盐城师范学院学报(哲学社会科学版),1999,(3).

[14] 周而复. 浪淘沙——忆丁玲同志[J]. 中国作家,1990,(5).

[15] 杨桂欣. 丁玲和文学的工农兵方向[J]. 黄河,2002,(4).

[16] 肖云儒.《我在霞村的时候》前言[J]. 艺术广角,1999,(6).

[17] 全国第四届丁玲学术讨论会纪要[J]. 中国现代文学研究丛刊,1989,(4).

[18] 庄钟庆. 毛泽东文艺思想的活力——丁玲创作在中国当代文学中的独特价值[J]. 厦门大学学报(哲学社会科学版),1992,(1).

[19] 贺立华,程春梅. 中国"左翼"运动与延安红色文艺[J]. 文史哲,2004,(6).

[20] 张树建. 论丁玲陕北时期的短篇小说创作[J]. 绍兴文理学院学报(社科版),1988,(1).

[21] 邵和平. 50年来毛泽东文艺思想研究概论[J]. 江汉论坛,1993,(10).

[22] 鲁玮. 丁玲在延安时期的女性意识——读《三八节有感》[J]. 长春师范学院学报,2005,(8).

[23] 黎辛. 丁玲和延安《解放日报》文艺栏[J]. 新文学史料,1994,(4).

[24] 王琳．从1950年代初的《文艺报》看“英雄人物”创作模式的建立[J]．社会科学研究，2006，(2)．

以下为原始检索历史：

1	数据库:中国期刊全文数据库 检索条件:(主题=丁玲)(模糊匹配)并且(主题=创作)(模糊匹配)并且(主题=延安文艺)(模糊匹配);相关度排序;单库检索(结果中检索) 检索到:42条记录
2	数据库:中国期刊全文数据库 检索条件:(主题=丁玲)(模糊匹配)并且(主题=创作)(模糊匹配);相关度排序;单库检索(结果中检索)检索到:640条记录
3	数据库:中国期刊全文数据库 检索条件:(主题=丁玲)(模糊匹配);1986—2008;全部期刊;时间排序;单库检索 检索到:1 929条记录

第二次匹配检索(检索时间:2008年4月3日17时08分):

第一步:选用初级检索界面,在检索页面检索框中的下拉列表中选择“主题”,输入“丁玲”为检索词,时间区间1986—2008,更新为全部数据,范围为全部期刊,模糊匹配,按相关度排序,执行检索。本次检索结果为1 929条记录。

第二步:在第一步的结果中,将检索词更换成“创作”,其余不变,执行检索。本次检索结果为640条记录。

第三步:在第二次的结果中,将检索词更换成“整风时期”,其余不变,执行检索。本次检索结果为6条记录。

[1] 王丽君．丁玲创作的政治倾向[J]．昭乌达蒙族师专学报，2001，(5)．

[2] 舒其惠,李仕中．论丁玲的文化选择[J]. 湖南师范大学社会科学学报,1995,(4).
[3] 尚炜．郭小川长篇叙事诗创作的复杂语境[J]. 文学教育(上),2008,(1).
[4] 华全红．丁玲延安时期创作转向的多维原因[J]. 安徽科技学院学报,2007,(5).
[5] 孙红震．"进步"作为尺度:现代性视域下延安时期丁玲的文学创作与身份认同[J]. 电影评介,2007,(14).
[6] 李东芳．批判现实倾向的勃兴和消失——试析四十年代初延安鲁迅式杂文和"新杂文"的艺术命运及其影响[J]. 延安大学学报(社会科学版),2005,(6).

以下为原始检索历史:

1	数据库:中国期刊全文数据库 检索条件:(主题=丁玲)(模糊匹配)并且(主题=创作)(模糊匹配)并且(主题=整风时期)(模糊匹配);相关度排序;单库检索(结果中检索) 检索到:6 条记录
2	数据库:中国期刊全文数据库 检索条件:(主题=丁玲)(模糊匹配)并且(主题=创作)(模糊匹配);相关度排序;单库检索(结果中检索)检索到:640 条记录
3	数据库:中国期刊全文数据库 检索条件:(主题=丁玲)(模糊匹配);1986-2008;全部期刊;相关度排序;单库检索 检索到:1929 条记录

第三次匹配检索(检索时间:2008 年 4 月 3 日 17 时 11 分):

第一步:选用初级检索界面,在检索页面检索框中的下拉列表中选择"主题",输入"丁玲"为检索词,时间区间 1986—2008,更新为“全部数据”，范围为“全部期刊”，模糊匹配，按相关度排序，执行检索。本次检索结果为 1 929 条记录。

第二步：在第一步的结果中，将检索词更换成“创作”，其余不变，执行检索，本次检索结果为 640 条记录。

第三步：在第二次的结果中，将检索词更换成“工农兵”，其余不变，执行检索，本次检索结果为 9 条记录。

[1] 张崇文．信念·痴情二重奏——试论毛泽东文艺思想对丁玲生活和创作的导向作用[J]．渭南师范学院学报，1993，(4).
[2] 崧巍．丁玲文学创作国际研讨会综述[J]．文史哲，1993，(4).
[3] 李军．延安文学转折的逻辑起点[J]．广西社会科学，2007，(10).
[4] 华济时．论丁玲的作家与群众观[J]．湖南科技大学学报(社会科学版)，1990，(1).
[5] 贺立华，程春梅．中国“左翼”运动与延安红色文艺[J]．文史哲，2004，(6).
[6] 曾冬水．对新时期的《在医院中》研究的思考[J]．常德师范学院学报(社会科学版)，1996，(1).
[7] 杨桂欣．丁玲和文学的工农兵方向[J]．黄河，2002，(4).
[8] 钟友循．在革命现实主义道路上——周立波《暴风骤雨》、《山乡巨变》的创作追求及其历史地位[J]．怀化学院学报，1987，(2).
[9] 胡秉之．论毛泽东和文艺[J]．西藏民族学院学报(哲学社会科学版)，1993，(4).

以下为原始检索历史：

1	数据库:中国期刊全文数据库 检索条件:(主题＝丁玲)(模糊匹配)并且(主题＝创作)(模糊匹配)并且(主题＝工农兵)(模糊匹配);相关度排序;单库检索(结果中检索)检索到:9 条记录
2	数据库:中国期刊全文数据库 检索条件:(主题＝丁玲)(模糊匹配)并且(主题＝创作)(模糊匹配);相关度排序;单库检索(结果中检索)检索到:640 条记录
3	数据库:中国期刊全文数据库 检索条件:(主题＝丁玲)(模糊匹配);1986—2008;全部期刊;相关度排序;单库检索 检索到:1929 条记录

第四次匹配检索(检索时间:2008 年 4 月 3 日 17 时 25 分):

第一步:选用初级检索界面,在检索页面检索框中的下拉列表中选择“主题”,输入“丁玲”为检索词,时间区间 1986—2008,更新为“全部数据”,范围为“全部期刊”,模糊匹配,按相关度排序,执行检索。本次检索结果为 1 929 条记录。

第二步:在第一步的结果中,将检索词更换成“创作”,其余不变,执行检索,本次检索结果为 640 条记录。

第三步:在第二次的结果中,将检索词更换成“新的文学道路”,其余不变,执行检索,本次检索结果为 8 条记录。

[1] 单元. 追求、困惑与历史宿命——对丁玲延安时期文学创作的再思考[J]. 嘉兴学院学报,2006,(1).
[2] 吴松青. 论丁玲在延安时期的小说创作[J]. 厦门广播电视大学学报,2000,(1).
[3] 张大雷,王一力. 论丁玲的创作道路[J]. 上海大学学报(社会科学版),1992,(3).

[4] 於可训．一部书的命运和阐释的历史——重读《太阳照在桑干河上》[J]．江汉论坛，2003，(12)．
[5] 武在平．走上新的文学道路——毛泽东与丁玲[J]．党史纵横，1992，(2)．
[6] 钟友循．在革命现实主义道路上——周立波《暴风骤雨》、《山乡巨变》的创作追求及其历史地位[J]．怀化学院学报，1987，(2)．
[7] 冯望岳．题材相同 层面有别的"双璧"——《太阳照在桑干河上》《暴风骤雨》新论[J]．渭南师范学院学报，1991，(Z2)．
[8] 蒋秀英．自强者的足迹——丁玲的创作道路[J]．辽宁教育行政学院学报，1990，(3)．

以下为原始检索历史：

1	数据库：中国期刊全文数据库 检索条件：(主题＝丁玲)(模糊匹配)并且(主题＝创作)(模糊匹配)并且(主题＝新的文学道路)(模糊匹配)；相关度排序；单库检索(结果中检索) 检索到：8 条记录
2	数据库：中国期刊全文数据库 检索条件：(主题＝丁玲)(模糊匹配)并且(主题＝创作)(模糊匹配)；相关度排序；单库检索(结果中检索)检索到：640 条记录
3	数据库：中国期刊全文数据库 检索条件：(主题＝丁玲)(模糊匹配)；1986－2008；全部期刊；相关度排序；单库检索 检索到：1 929 条记录

第二节　本章研究结果

延安文艺界整风和毛泽东的《在延安文艺座谈会上的讲话》的

发表，标志着中国现代文学发展到了一个新的阶段。

“五四”以来的新文学运动，对新民主主义革命和文学本身发展固然作出了重大贡献，但是到了 20 世纪 40 年代初期，抗日战争发展到艰苦的相持阶段，新文学运动在抗日根据地里，暴露出一些根本性的问题。1941 年到 1942 年，抗日战争进入了艰苦的相持阶段，延安的物质生活更加困难，再加上有了更多的文艺工作者从国统区来到了延安，这个矛盾就发展得很尖锐了。其中最突出的表现是毛泽东同志在讲话里面痛加驳斥的所谓“暴露黑暗的倾向”。丁玲在 1978 年中国共产党十一届三中全会以后说：

“在副刊上，我发表了《“三八节”有感》，出了问题。”[1] 在当时延安高干学习会上，丁玲因为这篇杂文曾受到了批评。

丁玲在延安文艺座谈会上，受到了批评教育。

在延安文艺整风运动中，丁玲的《“三八”节有感》和《在医院中》等作品，受到了批评。《在医院中》我们的看法已在上章讲过了。《“三八”节有感》，我们认为，也不过是她对不幸的中国妇女挚爱的延续和对封建残余的批判，不是什么“反党毒草”。丁玲是一位女性作家，她本人就是半殖民地半封建社会中不幸的一员。她自幼丧父，跟着母亲无比悲伤地离开了家，过着寄人篱下的生活，十几岁的时候又在“五四”时代潮流的冲击下，漂泊他乡。她经历了追求、反抗的苦闷，尝过了世态的炎凉和生活的艰辛，因而她对不幸妇女的痛苦，有着比别人更深切、细腻、敏感的体会。她认为中国妇女要获得完全彻底的解放，只有不妥协地、彻底地反封建。直到 20 世纪 80 年代，丁玲还是主张我们要竭力清除封建残余的影响。当年，丁玲在《“三八节”有感》里，也无非是从反封建主题出发，尖锐地批评了残存在一些男同志身上的大男子主义。她在这篇文章中深刻地指出：

我会比别人更懂得女人的缺点，但我却更懂得女人的痛苦，她们不会是超时代的，不会是理想的，她们不是铁打的，她们抵抗不了社会的一切诱惑，和无声的压迫。希望男子们把这一切看得与社会有联系些，少发些议论，多对自己修身负责些。[2]

封建主义统治了中国几千年，它的残余不可能因社会制度改变而立刻消失。《"三八节"有感》写在40年前，40年后的今天，我们不是还在批判重男轻女、大男子主义等封建思想行为吗？丁玲不愧为现实主义作家，对现实生活观察分析得深刻，揭露批判得准确、尖锐。张艺芬在《沉浮于文学与政治的夹缝之间——延安时期丁玲文学活动研究》一文中说道："她以艺术家特有的敏感发现在延安这个光明所在的地方，也有不光明的东西存在，她发现，在革命队伍中还存在着许多与革命斗争不适应的消极落后的东西，这些东西严重地腐蚀着革命的肌体，如果不把它们消除，革命事业就不能很好地前进。"[3]一位日本评论家曾经说过：《"三八节"有感》表现出作家的一种"焦躁和郁闷"。是的，我们读这篇杂文确实感受到作家的"焦躁和郁闷"的情绪。"延安的妇女是处于一个传统社会的变革时期，她们相比中国其他地方的妇女幸福，她们不仅有法律的政治保障、独立的经济支撑，小米南瓜也把她们养得红润强健，然而这幸福的感觉与实际的情形却有一定的距离。"[4]革命圣地延安，还明显地存在着妇女被歧视、被压迫、受侮蔑，这当然是延安生活中的"阴暗面"。面对这种现象，一个共产党员、革命作家，感到"焦躁和郁闷"是很正常的，难道不是完全可以理解的吗？一个革命者的任务，就是要不断地改变现实，使现实社会达到人类理想的境地。实际上，《"三八节"有感》提出的问题很小，"不过是指责了随便离婚而已，把那个土包子老婆休了，另外找一个知识分子……就是表现这么一点，里面有一点批评，也不多，不过是替少数女同志发了点牢骚而已"[5]。在延安整风中，这篇杂文虽然受到了批评，但无惊涛骇浪，可是到了20世纪50年代却大不一样了，正如作者所说："只是到了五七年才改变调门，把它打成反党作品。"[6]丁玲重见天日以后，比较详细地说明了她写《"三八节"有感》的动机和她的遭遇。

我个人看，如果现在把这篇文章再发表，相信读者不会觉得有什么问题。……我以为，对于事物得了解它的历史和环境，《"三八节"有感》我已不记得全文了，大约替女同志说了几句话，给男同志提了一点意见，特别是对那些扔掉"土包子"另找年轻、漂亮老婆的男同志提出了一些批评，也反对了一个礼拜跳一次舞的人洋洋得意的宣扬。这就得罪了一些人。事情是这样的，有两个我认识的女同志离了婚，在我面前发牢骚，我对她有同情，当时我对于事情缺乏全盘调查了解，也未考虑影响和后果。因此，报社晚间来约我写稿，说第二天要发表，我就一挥而就，连看都没看，便匆忙送给编者。文章发表后，得到好多人拥护。但过了几天却来了意外的批评。

第一次听到对我的批评是在延安的高干学习会上。有同志说："我们在前方打仗，后面竟有人骂起领袖来，那不行"……当时，有的同志怕我受不了，坐到我旁边来，问我："怎么样？"朱总司令带着一老花眼镜也不放心地看着我。当然，会上不只是批评了我，还批评了《野百合花》。但是总结的时候，毛主席还是保了我，毛主席说：《"三八节"有感》和《野百合花》不一样。《"三八节"有感》对我们党、对我们干部有批评，但也有积极建议，我们要不同地看待它们。这次会以后，我被调到文抗机关领导整风，担任机关学习委员会的负责人。这就是说我当时这个问题不严重。我在延安整风学习中检讨了这篇文章有立场问题，而延安从来也没有把《"三八节"有感》打成了反党毒草，更没有把写文章的人打成反党分子。可是1957年再把这篇文章拿出来批判时，说它是反党文章，是反党分子拿它向党进攻的。[7]

从20世纪50年代中期到70年代中期，人们又在风风雨雨中度过了二十多年,特别是经过十年浩劫之后,人们对现实的认识都有了惊人的深化了。在这种时候,我们再来回顾这篇杂文连同它的作者丁玲的遭遇,重评这篇杂文,也许会得到比较正确的结论。延安文艺座谈会结束的时候,正是榴花似火的季节。许多文艺工作者听了毛泽东同志在文艺座谈会上的讲话以后,纷纷奔赴农村、部队和工厂,沐浴着人间的雨露阳光。丁玲自然也思忖着怎样为工农兵服务,怎样写工农兵。在她30年代创作的小说里,也写过工农兵,但是那些工农兵形象只是"衣帽"工农兵,而思想感情和语言还都是小资产阶级的;抗战前期写的工农兵,虽然读起来"像"了,但偶尔也留有小资产阶级知识分子的"味道"。现在要真正写出工农兵的真实思想感情来,首先自己的思想感情就要来一个彻底的变化,而这正是一个人世界观转变的标志。这种改造的途径,就是要作家走进火热的斗争第一线,深入工农兵,熟悉工农兵,和他们打成一片,与工农兵同呼吸、共命运。吴松青在《论丁玲在延安时期的小说创作》一文中说道:"作家有意识地长时间深入到群众中去体验生活,获得了与人民群众的感情交流,特别是后来离开延安到晋绥地区参加农村的土地改革,作家对农民的生活、思想和感情有了新的认识,作家不仅看到农民对土地的要求和革命的一面,也敏锐地觉察到农民身上固有的消极落后的因素,并把这种因素放到复杂的社会历史关系中,认识他们思想的转变过程。"[8]毛泽东在延安文艺座谈会上,曾这样告诫小资产阶级出身的文艺工作者们:改造思想感情是一个"长期的甚至是痛苦的"磨炼过程,"非有十年八年的时间不可"。

在延安文艺界整风期间,丁玲的《"三八节"有感》等文章,虽然受到批评,但在延安文艺座谈会以后,党组织对她仍然是信任的、重用的,把她调到"文协"担任整风学习委员会主席。胡乔木同志当时找她谈心:"你到工农兵中去吧!可以多写些通讯报道,多写短文章。"[9]

1942 年,丁玲不仅在政治思想上发生了重大的变化,而且在生活上也有一件大事——这年,她与陈明同志结成了终身伴侣。

1943 年初,丁玲到中央党校参加整风学习和审干运动。丁玲这时也熟悉了许多革命故事,特别从冀中平原回到延安的一些同志,给她讲了许多动人的故事,于是她就试写一个《万队长》。这年年底,她还写了报告文学《二十把板斧》等。

延安文艺座谈会以后,在新的形势推动下,丁玲遵照毛泽东的教导,下乡下厂下部队,全心全意地投入到工农兵火热的斗争中去。1944 年年初,她被调到边区"文协",专门从事写作。她深入延安二乡麻塔村去体验生活,被生活中丰富的素材深深地打动了,胸中涌起一股难以遏止的创作激情。这年 6 月,她写成有名的报告文学《田保霖》,得到广大群众和中央领导同志的热情称赞。田保霖是靖边县一个乡的合作社主任,他工作做得好。丁玲在《田保霖》中倾注了满腔的热情,表扬了这位互助合作道路上的带头人。这篇报告文学在 1944 年 6 月 30 日《解放日报》上发表。

毛泽东同志对作家创作思想的变化是很重视的,对作家创作思想的进步总是高兴的,他说:

丁玲写了《田保霖》,很好吗,作家要去写工农兵。[10]

《田保霖》表明丁玲创作思想的明显转化,所以毛泽东同志给以充分的肯定和重视,对作家丁玲给予热情的鼓励。丁玲在延安文艺座谈会以后,思想觉悟提高了,创作上也有了新的开端。她说:"延安文艺座谈会以后,我常下乡,到工厂,随时写了一些报告文学,得到了领导同志和广大读者的支持和鼓励……"[11]是的,丁玲在党的教育、鞭策和鼓励下,在描写工农兵生活的道路上,迈开了坚实的、可喜的步伐。1944 年 7 月,在杨家岭,她采访了刚刚从前线归来的一二九师师长刘伯承和晋冀鲁豫边区领导人。特别是和刘伯承的数日长谈,使她觉得收获和教育很大。她说:"他表现出来的才智、细微,对于干部的爱护,对人民的负责,更给了我清晰的印象和深刻的教育。”[12]另外,为边区纪念抗战七周年,《解放日报》社的博古同志分配她写《一二九师和晋冀鲁豫边区政府》一文。她认为这又是一个极好的学习机会,于是她有目的地访问了蔡树藩、杨秀峰、陈赓、陈再道、陈锡联等同志。丁玲被这些前线指挥员所叙述的动人事迹所感动,抑制不住地要把这些交织着血与火的动人故事,尽快地写成文章。

丁玲在英雄们中间,思想感情在迅速的转变着,创作也在健康的大道上迅速发展着。她 1944 年 7 月写成的《一二九师与晋冀鲁豫边区政府》,是继《田保霖》之后又一篇优秀报告文学。如果说《田保霖》不过是一幅笔力清健的人物速写,那么《一二九师与晋冀鲁豫边区政府》则是气韵流动的壁画。丁玲自己也很满意《一二九师与晋冀鲁豫边区政府》这篇报告文学,她说:“我始终对它有感情。”

丁玲在延安文艺座谈会以后,深刻地理解了一个作家深入工农兵生活的重要意义。她深深懂得,一个革命作家只有真正和群众打成一片,熟悉火热的斗争生活,才不会在政治上发生摇摆。她深入生活,体会到,一个作家到群众生活中去,决不能抱旁观态度,要做当事人,要和所描写的生活血肉相连,利害与共。她对自己的思想和创作上的弱点,也比较清楚。所以,在延安文艺座谈会以后,她没有忙于自己的小说创作,而主要是深入工农兵生活,使得生活基础丰厚了,创作素材也丰富了。她在集中力量写了一些报告文学以后,表现工农兵的热情上升到一个新的高度。“丁玲几乎成了‘通讯报道’的专家。她改变了自己的写作方式,由过去的调动自己人生体验和生活积累构思作品,到直接收集和运用各种真人真事素材来进行通讯报道式的写作,甚至到八路军总司令部阅看前方拍来的电报作为素材。”[13]丁玲这时期写的报告文学作品,多收在 1948 年出版的《陕北风光集》里。这些朴实无华的作品,不仅表现出丁玲具有多方面的写作才能,还记下了时代的音响。这些通讯报道,给丁玲以后的小说创作打下了坚实的基础。

我们研究丁玲所走过的道路,发现她在延安文艺座谈会以后,在思想上和行动上,确实脚踏实地地沿着工农化的道路前进了。她在工农兵方向的新的形势要求下,短期内是难以写出受到工农兵欢迎的优秀作品来的。

丁玲擅长于描写小资产阶级女性的苦闷和追求,这是文学评论界一致的看法。她一步入文坛,其创作便带有一种大胆的、细腻的、抒情的刻画女性复杂心理的特色。但如果有人认为丁玲只能写"这些又追求又幻灭的无用的人"[14],那显然是失之偏颇的。其一,从理论上讲,一个作家擅长或不擅长于写什么,不是一成不变的。我们翻开一部中国现代文学史,可以明显看出:许多有才华、有成就的作家,在其创作的生活长河中,总是不断地扩大自己生活和创作的视野,不断地深化自己对生活的理解,注意自己作品在广大读者中的反响。其二,考察丁玲本人的实际情况,从她的个性、思想、眼光和气魄看,她完全有可能把她的生活和创作视野扩大到更为广阔的工农兵方面去。其三,延安文艺界整风,特别是毛泽东的《在延安文艺座谈会上的讲话》的发表,直接给她思想上以巨大的影响和教育。"左联"时期,她在白区,想深入工农兵生活而不可得;如今,她身居共产党领导的抗日根据地,获得了深入工农兵生活的完全自由。刘小飞在《丁玲与延安文艺》一文中说道:"丁玲初到延安就以一个文艺战士的身份全心地投入到了旨在为党的政治服务的延安文艺运动之中。为了让更多的人了解中国共产党及工农红军,她以一名红军战士的身份随部队到了前线,与红军指战员一起度过了两个月的戎马生涯,后来又担任中央警卫团政治处副主任,直接与红军战士生活和工作在一起。她通过切身的生活感受,写下了十几篇反映红军指战员战斗生活风貌的通讯、散文和速写,这些文章虽然大都写得比较朴素、平直,有的甚至算不上严格意义上的文学作品，但却真实地记录了红军以及根据地人民的生活及他们的精神面貌，对于帮助人们正确认识红军和陕北根据地无疑具有一定的积极作用。”[15] 虽然如此，但是到了 1942 年文艺界整风以后，她深深懂得自己的思想与工农兵的思想还存在距离，所以积极主动地、自觉自愿地深入到工农兵火热的斗争生活中去。丁玲这几年的生活经历和练笔之作，她本人也一直是很珍惜的。然而，丁玲虽然“走上新的文学道路”，但是如果要求她在短期内就创作出工农兵喜闻乐见的优秀作品来，还是不切实际的。我们知道，丁玲的小说创作，是在大革命失败后应运而生，又是随着历史时代的发展而发展的。她说：“时代在变，作家一定要跟着时代跑，把自己的生活、思想、感情统统跟上去。这样才能真正走上时代的前列，代表人民的要求。”[16] 她步入文坛后不久，就认识到写那些又追求又幻灭的莎菲型的小资产阶级女性，只能揭露旧世界，不能推翻旧世界。20 世纪 30 年代的政治风云和蓬勃发展的左翼文艺运动，促使她自觉地、迅速地扩大创作视野，去描写了挣扎在饥饿线上的农民和工人，反映了他们的生活情绪和革命斗争。无疑，这些作品的题材是重大的，思想倾向是进步的。从政治角度讲，这当然是丁玲创作的一个明显的、可喜的转向。吴松青在《论丁玲在延安时期的小说创作》一文中说道：“在中国现代文学史上，丁玲是少有的富有个性的女作家，从她的思想和文学发展过程中可以看到，作家始终追随时代的步伐，把个人的命运同时代和人民的命运联系起来，愈是到后来，便愈是自觉地站在无产阶级的立场上，努力用无产阶级的观点去反映现实的革命斗争。”[17] 但是，如果就表现艺术技巧看，这些反映工农大众生活的作品，是不如她早期作品好。就拿影响较大的《田家冲》、《水》、《奔》来说，其艺术性也远比不上她的成名作《莎菲女士的日记》的艺术性。那么，丁玲小说创作在艺术为什么会出现这种现象呢？张艺芬在《沉浮于文学与政治的夹缝之间——延安时期丁玲文学活动研究》一文中说道：“丁玲的一生就是一个不断向政治靠拢的过程，然而作为一位在文坛具有一定影响力的作家，潜隐在内心深处的文学意识又总是促使她在追随政治的同时，依然保持着对文学的坚持，为此她总是在文学与政治的夹缝之间沉浮、徘徊。"[18]有人说她的《水》，"整篇带有新闻纪事性"[19]，是有道理的。在《水》后，丁玲还继续写了一些反映工农生活和斗争的作品，但这些作品所描写的多是作者缺乏真切感受的生活，工农人物形象多是缺乏血肉的，与它们同时问世的同类题材小说（如茅盾的《春蚕》等）相比，显然逊色很多。

丁玲1936年奔赴延安以后，通过《一颗未出膛的枪弹》、《我在霞村的时候》、《夜》等短篇小说的创作，虽然描写工农兵的笔法逐渐熟练起来，但延安文艺座谈会以后，抗日根据地的形势要求用当时流行的创作理论写工农兵，对丁玲这个现实主义的作家来说是个难题，她对此心向往之，而实际创作又难以一时做到。前面说过，"左联"时期、抗战前期，她虽然曾写了一些反映工农兵生活的作品，但塑造的工农兵人物形象不但不丰满，而且一些女性形象仍留有莎菲的影子，这连丁玲自己也是承认的。如她曾说：莎菲型的人物，"从我后来的作品中还是找得到她们的痕迹，像《我在霞村的时候》里的女主角……精神里的东西，还有和莎菲相同的地方"[20]。加之，在延安文艺界整风期间，她的杂文《"三八节"有感》和小说《在医院中》、《我在霞村的时候》等作品受到了"苛刻"的批评，深感政治上和思想上压力沉重。陈企霞现在回忆当年批判丁玲情景时说：

丁玲是坦白的，这是很宝贵的品格。因为坦白真诚，她结识了许多朋友；因为坦白真诚，她赢得了很多读者。可是，她又因此而结怨，而招嫉，而受诽谤。

坦白的襟怀，真诚的胸臆，总难免溢于言表，见诸文章。在延安时，丁玲为此招来不少麻烦。她发表杂文《"三八节"有感》和小说《在医院中》后，对她的非议和批评日甚益日。有的人甚至开始怀疑她参加革命的动机。平心而论，她的文章并非没有缺点，但当时对她的批评却过于苛刻了。[21]

特别是"工农兵方向"的创作理论和思想在贯彻执行中的偏颇对当时创作实践的影响，使丁玲敏感地意识到：她必须从政治角度去认识生活，反映生活。这就是说，当时的丁玲首先必须要政治化。这在当时以及以后相当长的时间内，对丁玲以及更多的现实主义作家，都有很大的难度。"然而，任何一个作家的创作道路都不可能是笔直的，曲折、失误是正常现象。丁玲创作转型的得失在左翼作家中有着一定的代表性，它反映了无产阶级革命文学成长发展的历史足迹。"[22]

如果说，《在医院中》是丁玲现实主义小说创作的"深化"，那么，在以后的一段日子里，丁玲在创作上的少作品的表现是她无法深入发展的具体表现。这在文学史上，迄今都是无可奈何的遗憾。有人说：丁玲由描写小资产阶级女性的苦闷和追求转向写工农群众的斗争，是"半路出家"[23]。但是，"半路出家"者，只要能苦苦"修炼"，也是可以得道升天的。那么，丁玲以后在工农兵火热的斗争生活中"修炼"得怎样了呢？我们来看她的长篇小说《太阳照在桑干河上》，就可以得出符合事实的论断。

本章推荐网址

爱迪科森网上报告厅　http://www.bjadks.com
天网　http://www.tianwang.com
中文雅虎　http://www.yahoo.com.cn
国家图书馆的网上读书　http://www.d－library.com.cn/
中国报刊目录　http://www.china－bk.com
全文网　http://www.quanwen.cn
山东大学图书馆　http://www.lib.sdu.edu.cn
中华人民共和国科学技术部

http://www.most.gov.cn
烟台大学图书馆　http://www.lib.ytu.edu.cn
清华大学图书馆　http://www.lib.tsinghua.edu.cn
西南政法大学　http://www.swupl.edu.cn
武汉大学图书馆　http://www.lib.whu.edu.cn
搜狐读书　http://book.sohu.com
北极星书库　http://www.help99.com
文史哲　http://www.lhp.sdu.edu.cn
国务院发展研究中心调查研究报告网络版
http://www.drcnet.com.cn
中国现代人物传记　http//www.cnread.net
思想的境界　http://www.sixiang.cnedu.org/
中国学术论坛　http://www.frchina.net
万方数据 iLib　http://www.ilib.cn
香港科技大学图书馆知识库
http://repository.ust.hk/dspace/
人民日报网络版数据库
http://search.people.com.cn/was40/people/GB/index.htm

注释：

[1] 白夜．当过记者的丁玲．新闻战线，1979，(2)

[2] 丁玲．"三八节"有感．新闻战线，1979，(2)

[3] 张艺芬．沉浮于文学与政治的夹缝之间——延安时期丁玲文学活动研究。http://www.wanfangdata.com.cn. 中国学位论文全文数据库

[4] 肖怿．性别与政治话语的交织与离散——以丁玲在左联、延安时期的文本为例．株洲师范高等专科学校学报，2007，(4)．http://www.cnki.net. 中国期刊全文数据库

[5] 丁玲．谈自己的创作．丁玲文集(第 5 卷)．长沙：湖南人民出版社，1984

[6] 丁玲．谈自己的创作．丁玲文集(第5卷)．长沙:湖南人民出版社,1984

[7] 丁玲．解答三个问题——在北京语言学院外国留学生座谈会上的讲话．北京文艺,1979,(10)

[8] 吴松青．论丁玲在延安时期的小说创作．厦门广播电视大学学报(综合版),2000,6(2). http://www.cnki.net. 中国期刊全文数据库

[9] 转引自白夜．当过记者的丁玲．新闻战线,1979,(2)

[10] 丁玲．写给香港的读者——写在为"时代文学"丛书而编的《丁玲自选集》的卷首

[11] 丁玲．写在《到前线去》的前边．汾水,1979,(11)

[12] 刘小飞．丁玲与延安文艺．延安大学学报(社会科学版．(http://www.cnki.net). 中国期刊全文数据库

[13] 丁玲．对于创作的几条具体意见．北斗,1932,2(1)

[14] 刘小飞．丁玲与延安文艺．延安大学学报(社会科学版 http://www.cnki.net). 中国期刊全文数据库

[15] 冬晓．走访丁玲．开卷,1979,(5)

[16] 吴松青．论丁玲在延安时期的小说创作．厦门广播电视大学学报(综合版),2000,6(1). http://www.cnki.net. 中国期刊全文数据库

[17] 张艺芬．沉浮于文学与政治的夹缝之间——延安时期丁玲文学活动研究．http://www.wanfangdata.com.cn,中国学位论文全文数据库

[18] 黄修己．中国现代文学简史．北京:中国青年出版社,1984

[19] 丁玲．生活,思想与人物．丁玲文选(6). 长沙:湖南文艺出版社,1984

[20] 胡国华整理．真诚坦白的心灵——陈企霞谈丁玲．嘹望,1986,(11)

[21] 邹午蓉．不可逆转的选择——丁玲创作的转型及其得失．南京大学学报(哲学·人文·社会科学),1994,(2). http://www.cnki.net. 中国期刊全文数据库

[22] 杨桂欣．论丁玲描写农民的小说创作．求索,1986,(1)

第八章　土地改革时期的创作

第一节　网络资源的使用过程

相关网络资源介绍见第四章。

一、登录万方数据标准镜像系统(wanfang. lib. sjtu. edu. cn)

选择中国学位论文全文数据库,中国学术会议论文全文数据库,跨库检索界面,在第一行检索框的检索项中选择“主题”,检索词输入“丁玲”,论文年度限定在1993—2007年,在全部分类中开始检索:本次检索结果142篇,点击按关键词不排序显示结果:结果页的检索项仍选择“主题”检索词,输入“创作”,对第一次检索的内容加以限制,缩小范围进行再次检索,本次检索结果为70条记录;再在第二次检索的基础上,输入检索词——太阳照在桑干河上,执行检索,结果为3条记录(检索时间2008年4月7日9时54分):

☑ 论文标题:丁玲小说创作研究
中国学位论文全文数据库【简单信息】【详细摘要信息】

☑ 论文标题:在低空里飞
中国学位论文全文数据库【简单信息】【详细摘要信息】

☑ 论文标题:沉浮于文学与政治的夹缝之间——延安时期丁玲文学活动研究
中国学位论文全文数据库【简单信息】【详细摘要信息】

回到检索界面，在检索项中在第一行检索框的检索项中选择“主题”，检索词输入“丁玲”，论文年度限定在1993—2007年，在全部分类中开始检索：本次检索结果142篇，点击按关键词不排序显示结果：结果页的检索项仍选择“主题”检索词，输入“研究”，对第一次检索的内容加以限制，缩小范围进行再次检索，本次检索结果为90条记录；再在第二次检索的基础上，输入检索词：太阳照在桑干河上。结果为6条记录（检索时间2008年4月7日9时59分）：

☑ 论文标题：徘徊在人与政治之间——论丁玲的精神历程
中国学位论文全文数据库【简单信息】【详细摘要信息】

☑ 论文标题：在低空里飞
中国学位论文全文数据库【简单信息】【详细摘要信息】

☑ 论文标题：试论丁玲小说中的女性形象
中国学位论文全文数据库【简单信息】【详细摘要信息】

☑ 论文标题：一个知识女性的心路历程——丁玲小说论
中国学位论文全文数据库【简单信息】【详细摘要信息】

☑ 论文标题：丁玲小说创作研究
中国学位论文全文数据库【简单信息】【详细摘要信息】

☑ 论文标题：沉浮于文学与政治的夹缝之间——延安时期丁玲文学活动研究
中国学位论文全文数据库【简单信息】【详细摘要信息】

查看每篇论文下方的“详细摘要信息”并将这9篇文章打包下载，作为研究资料。

二、登录中国知网(www. cnki. net)中国期刊全文数据库

获取本章内容研究资料，准备围绕主题，进行六次匹配检索，每次检索分为三个步骤，选用中国期刊全文数据库初级检索形式，步步缩小范围，以求查全查准，避免漏检，具体步骤如下：

第一次匹配检索(检索时间:2008 年 4 月 3 日 17 时 17 分)：

第一步：选用初级检索界面，在检索页面检索框中的下拉列表中选择"主题"，输入"丁玲"为检索词，时间区间 1986—2008，更新为"全部数据"，范围为"全部期刊"，模糊匹配，按相关度排序，执行检索。本次检索结果为 1 929 条记录。

第二步：在第一步的结果中，将检索词更换成"创作"，其余不变，执行检索，本次检索结果为 640 条记录。

第三步：在第二次的结果中，将检索词更换成"土地改革"，其余不变，执行检索，本次检索结果为 9 条记录。

[1] 邹永常．《太阳照在桑干河上》与《暴风骤雨》之比较[J]．湖南文理学院学报(社会科学版)，2007，(4).

[2] 聂国心．论丁玲创作的情感历程[J]．江西社会科学，1999，(2).

[3] 张玉贞．空间中的"政治"——"土改小说"再解读[J]．海南师范大学学报(社会科学版)，2007，(4).

[4] 刘安详．纤笔一枝描风情——作家丁玲和《果树园》[J]．教学与管理，1988，(3).

[5] 贺坚．试论丁玲三十年代农村题材小说[J]．中国现代文学研究丛刊，1986，(3).

[6] 李同路．丁玲的"太阳照在桑干河上"[J]．中文自修，1994，(2).

[7] 秦弓．丁玲后期的小说创作[J]．河北师范大学学报(哲学社会科学版),2001,(2).
[8] 刘德岗．奇葩两朵 各呈异彩——《太阳照在桑干河上》和《暴风骤雨》之比较[J]．安阳工学院学报,2005,(5).
[9] 钟友循．在革命现实主义道路上——周立波《暴风骤雨》、《山乡巨变》的创作追求及其历史地位[J]．怀化学院学报,1987,(2).

以下为原始检索历史：

1	数据库:中国期刊全文数据库 检索条件:(主题＝丁玲)(模糊匹配)并且(主题＝创作)(模糊匹配)并且(主题＝土地改革)(模糊匹配);相关度排序;单库检索(结果中检索)检索到:9 条记录
2	数据库:中国期刊全文数据库 检索条件:(主题＝丁玲)(模糊匹配)并且(主题＝创作)(模糊匹配);相关度排序;单库检索(结果中检索)检索到:640 条记录
3	数据库:中国期刊全文数据库 检索条件:(主题＝丁玲)(模糊匹配);1986－2008;全部期刊;相关度排序;单库检索 检索到:1 929 条记录

第二次匹配检索(检索时间:2008 年 4 月 16 日 10 时 04 分)：

第一步:选用初级检索界面,在检索页面检索框中的下拉列表中选择“主题”,输入“丁玲”为检索词,时间区间 1986—2008,更新为“全部数据”,范围为“全部期刊”,模糊匹配,按相关度排序,执行检索。本次检索结果为 1 937 条记录。

第二步:在第一步的结果中,将检索词更换成“创作”,其余不变,执行检索,本次检索结果为 641 条记录。

第三步:在第二次的结果中,将检索词更换成“土地革命”,其余不变，执行检索，本次检索结果为 3 条记录。

[1] 丁帆．“革命文学”旗帜下的乡土小说创作[J]．江苏大学学报(高教研究版)，1992，(1)．
[2] 钟友循．在革命现实主义道路上——周立波《暴风骤雨》、《山乡巨变》的创作追求及其历史地位[J]．怀化学院学报，1987，(2)．
[3] 刘安详．纤笔一枝描风情——作家丁玲和《果树园》[J]．教学与管理，1988，(3)．

以下为原始检索历史：

1	数据库：中国期刊全文数据库 检索条件：(主题＝丁玲)(模糊匹配)并且(主题＝创作)(模糊匹配)并且(主题＝土地革命)(模糊匹配)；相关度排序；单库检索(结果中检索) 检索到：3 条记录
2	数据库：中国期刊全文数据库 检索条件：(主题＝丁玲)(模糊匹配)并且(主题＝创作)(模糊匹配)；相关度排序；单库检索(结果中检索)检索到：641 条记录
3	数据库：中国期刊全文数据库 检索条件：(主题＝丁玲)(模糊匹配)；1986－2008；全部期刊；相关度排序；单库检索 检索到：1 937 条记录

第三次匹配检索(检索时间：2008 年 4 月 16 日 10 时 19 分)：

第一步：选用初级检索界面，在检索页面检索框中的下拉列表中选择“主题”，输入“丁玲”为检索词，时间区间 1986—2008，更新为“全部数据”，范围为“全部期刊”，模糊匹配，按相关度排序，执行检索。本次检索结果为 1 937 条记录。

第二步：在第一步的结果中，将检索词更换成“创作”，其余不变，执行检索，本次检索结果为 641 条记录。

第三步:在第二次的结果中,将检索词更换成“土改”,其余不变,执行检索,本次检索结果为6条记录。

[1] 丁燕. 论丁玲解放区的小说创作[J]. 南京理工大学学报(社会科学版),2001,(6).
[2] 秦弓. 丁玲后期的小说创作[J]. 河北师范大学学报(哲学社会科学版),2001,(2).
[3] 胡玉伟. “太阳”·“河”·“创世”史诗——《太阳照在桑干河上》的再解读[J]. 社会科学辑刊,2005,(3).
[4] 张玉贞. 空间中的“政治”——“土改小说”再解读[J]. 海南师范大学学报(社会科学版),2007,(4).
[5] 李同路. 丁玲的“太阳照在桑干河上”[J]. 中文自修,1994,(2).
[6] 王国柱.《太阳照在桑干河上》与《暴风骤雨》的比较[J]. 杭州大学学报(哲学社会科学版),1987,(2)

以下为原始检索历史:

1	数据库:中国期刊全文数据库 检索条件:(主题=丁玲)(模糊匹配)并且(主题=创作)(模糊匹配)并且(主题=土改)(模糊匹配);相关度排序;单库检索(结果中检索)检索到:6条记录
2	数据库:中国期刊全文数据库 检索条件:(主题=丁玲)(模糊匹配)并且(主题=创作)(模糊匹配);相关度排序;单库检索(结果中检索)检索到:641条记录

3	数据库:中国期刊全文数据库 检索条件:(主题＝丁玲)(模糊匹配);1986－2008;全部期刊;相关度排序;单库检索 检索到:1 937 条记录

第四次匹配检索(检索时间:2008 年 4 月 16 日 10 时 44 分):

第一步:选用初级检索界面,在检索页面检索框中的下拉列表中选择“主题”,输入“丁玲”为检索词,时间区间 1986—2008,更新为“全部数据”,范围为“全部期刊”,模糊匹配,按相关度排序,执行检索。本次检索结果为 1 937 条记录。

第二步:在第一步的结果中,在检索页面检索框中的下拉列表中选择“摘要”,输入“创作”为检索词,执行检索,本次检索结果为 485 条记录。

第三步:在第二次的结果中,检索页面检索框中的下拉列表中选择“摘要”,将检索词更换成“土地革命”,其余不变,执行检索,本次检索结果为 2 条记录。

[1] 钟友循.在革命现实主义道路上——周立波《暴风骤雨》、《山乡巨变》的创作追求及其历史地位[J].怀化学院学报,1987,(2).
[2] 刘安详.纤笔一枝描风情——作家丁玲和《果树园》[J].教学与管理,1988,(3).

以下为原始检索历史:

1	数据库:中国期刊全文数据库 检索条件:(主题＝丁玲)(模糊匹配)并且(摘要＝创作)(模糊匹配)并且(摘要＝土地革命)(模糊匹配);相关度排序;单库检索(结果中检索) 检索到:2 条记录

2	数据库:中国期刊全文数据库 检索条件:(主题=丁玲)(模糊匹配)并且(摘要=创作)(模糊匹配);相关度排序;单库检索(结果中检索)检索到:485条记录
3	数据库:中国期刊全文数据库 检索条件:(主题=丁玲)(模糊匹配);1986—2008;全部期刊;相关度排序;单库检索 检索到:1937条记录

第五次匹配检索(检索时间:2008年4月16日11时):

第一步:选用初级检索界面,在检索页面检索框中的下拉列表中选择"摘要",输入"丁玲"为检索词,时间区间1986—2008,更新为"全部数据",范围为"全部期刊",模糊匹配,按相关度排序,执行检索。本次检索结果为1 292条记录。

第二步:在第一步的结果中,在检索页面检索框中的下拉列表中选择"摘要",输入"研究"为检索词,执行检索,本次检索结果为130条记录。

第三步:在第二次的结果中,检索页面检索框中的下拉列表中选择"摘要",将检索词更换成"土改",其余不变,执行检索。本次检索结果为1条记录。

[1] 郑富成.《太阳照在桑干河上》、《暴风骤雨》与《江山村十日》比较论[J]. 河北师范大学学报(哲学社会科学版),1987,(4).

以下为原始检索历史:

1	数据库:中国期刊全文数据库 检索条件:(摘要=丁玲)(模糊匹配)并且(摘要=研究)(模糊匹配)并且(摘要=土改)(模糊匹配);相关度排序;单库检索(结果中检索) 检索到:1条记录

2	数据库:中国期刊全文数据库 检索条件:(摘要=丁玲)(模糊匹配)并且(摘要=研究)(模糊匹配);相关度排序;单库检索(结果中检索)检索到:130 条记录
3	数据库:中国期刊全文数据库 检索条件:(摘要=丁玲)(模糊匹配);1986—2008;全部期刊;相关度排序;单库检索 检索到:1 292 条记录

第六次匹配检索(检索时间:2008 年 4 月 16 日 11 时 10 分):

第一步:选用初级检索界面,在检索页面检索框中的下拉列表中选择"主题",输入"丁玲"为检索词,时间区间 1986—2008,更新为"全部数据",范围为"全部期刊",模糊匹配,按相关度排序,执行检索。本次检索结果为 1 937 条记录。

第二步:在第一步的结果中,在检索页面检索框中的下拉列表中选择"主题",输入"研究"为检索词,执行检索,本次检索结果为 256 条记录。

第三步:在第二次的结果中,检索页面检索框中的下拉列表中选择"主题",将检索词更换成"太阳照在桑干河上",其余不变,执行检索。本次检索结果为 36 条记录。

[1] 敬亚平.《太阳照在桑干河上》初版之谜——丁玲研究之一[J]. 重庆教育学院学报,2004,(2).
[2] 武新军. 重评《太阳照在桑干河上》[J]. 信阳师范学院学报(哲学社会科学版),2007,(4).
[3] 毕玲蔷. 从文学语言的角度看丁玲文学风格的形成与发展[J]. 福建论坛(社科教育版),2004,(10).

[4] 韩日新．半个世纪的脚印——1936 年至 1989 年国外丁玲研究巡礼[J]．中国现代文学研究丛刊,1993,(2).

[5] X·Y，丁玲创作六十年学术讨论会在湘举行[J]．中国现代文学研究丛刊,1986,(4).

[6] 孙肖平．你知道丁玲奶奶吗？[J]．孩子天地，2005，(1).

[7] 陈辽．丁玲创作历程的新探索——评《丁玲创作论》[J]．学海,1995,(1).

[8] 毕玲蔷．从文学语言的角度看丁玲文学风格的形成与发展[J]．福建论坛(人文社会科学版),2004,(10).

[9] 贺坚．试论丁玲三十年代农村题材小说[J]．中国现代文学研究丛刊,1986,(3).

[10] 陆文采,贾世传．丁玲研究 75 年(1930－2004)的沉思——纪念丁玲诞辰一百周年[J]．辽宁师范大学学报(社会科学版),2004,(4).

[11] 于河生．丁玲研究的一项新成果——读彭漱芬《丁玲小说的嬗变》[J]．文艺理论与批评,1993,(2).

[12] 罗宗义．丁玲研究管窥[J]．昭乌达蒙族师专学报,1986,(2).

[13] 龚明德．不见于报刊的一次论争——《太阳照在桑干河上》问世前后[J]．绥化师专学报,2001,(1).

[14] 覃道炳．丁玲小说嬗变的全景式观照——评彭漱芬《丁玲小说的嬗变》[J]．理论与创作,1991,(5).

[15] 唐瑾．我的"一本书主义"[J]．编辑学刊,2007,(5).

[16] 边冬梅．丁玲研究在日本[J]．美与时代,2004,(5).

[17] 宋绍香．丁玲文学在国外[J]．泰安教育学院学报岱宗学刊,1999,(3).

[18] 刘宗武. 第四届解放区文学研究学术讨论会述略[J]. 山东师范大学学报(人文社会科学版),1990,(2).

[19] 王艳芳. 丁玲研究述评(续)[J]. 徐州教育学院学报(哲学社会科学版),1998,(3).

[20] 宋绍香. 祝福与反省——日本学者中国解放区文学研究概观[J]. 文艺理论与批评,1998,(3).

[21] 朱旭晨. 不同版本丁玲传对传主认识的差异分析[J]. 荆门职业技术学院学报,2007,(2).

[22] 周巴沙. 从《莎菲女士的日记》到《太阳照在桑干河上》——一个创作主体自我呈现的曲折历程[J]. 中国文学研究,1987,(3).

[23] 袁良骏. 新时期丁玲小说研究漫评[J]. 中国现代文学研究丛刊,1989,(3).

[24] 胡国华. 陈企霞谈丁玲——真诚坦白的心灵[J]. 瞭望,1986,(11).

[25] 涂绍钧. 研究丁玲杂文 学习丁玲精神——丁玲杂文研讨会纪要[J]. 常德师范学院学报(社会科学版),2001,(5).

[26] 郑富成.《太阳照在桑干河上》、《暴风骤雨》与《江山村十日》比较论[J]. 河北师范大学学报(哲学社会科学版),1987,(4).

[27] 丁玲简介[J]. 山西教育(中考版),2006,(10).

[28] 潘旭澜.《丁玲和她的小说》序[J]. 西北师范大学学报(社会科学版),1989,(3).

[29] 张谦芬. 从互文性评张爱玲与丁玲的土改书写[J]. 理论与创作,2006,(1).

[30] 张志强. 两种汇评本的比较——《〈太阳照在桑干河上〉修改笺评》与《〈围城〉汇校本》[J]. 中国图书评论,2000,(4).

[31] 龚明德.《太阳照在桑干河上》早期研究的回顾[J]. 辽宁师范大学学报(社会科学版),1988,(1).
[32] 徐万斌. 我与丁玲的一段交往[J]. 文史月刊,2001,(7).
[33] 蒋祖林. 列宁格勒四日——回忆母亲丁玲[J]. 新文学史料,1996,(2).
[34] 宋绍香. 在异质文化中探寻"自我"——国外汉学家中国解放区文学译介、研究管窥[J]. 文艺理论与批评,2006,(2).
[35] 邢小群. 关于丁玲——张凤珠访谈录[J]. 文史精华,2001,(7).
[36] 苏春生. 从通俗化研究会到大众文艺创作研究会——兼及东西总布胡同之争[J]. 中国现代文学研究丛刊,2003,(2).

以下为原始检索历史:

1	数据库:中国期刊全文数据库 检索条件:(主题=丁玲)(模糊匹配)并且(主题=研究)(模糊匹配)并且(主题=太阳照在桑)(模糊匹配);相关度排序;单库检索(结果中检索) 检索到:36 条记录
2	数据库:中国期刊全文数据库 检索条件:(主题=丁玲)(模糊匹配)并且(主题=研究)(模糊匹配);相关度排序;单库检索(结果中检索)检索到:256 条记录
3	数据库:中国期刊全文数据库 检索条件:(主题=丁玲)(模糊匹配);1986—2008;全部期刊;相关度排序;单库检索 检索到:1 937 条记录

第二节 本章研究结果

1945 年 8 月 15 日,日寇无条件投降,中国人民经过八年的浴血奋战，终于赢得了抗战的胜利。经中共中央办公厅批准，丁玲与杨朔、陈明等同志组成延安文艺通讯团。1945 年初秋，丁玲等人在金色的收获季节，离开了延安。她对自己生活过八九年的延安、陕北农村，十分依恋，延河水和清凉山交相辉映，烘托出令人难忘的背景。她说："这些人真使我感动，我不能不深情地望着他们，心里拥抱着他们，而把眼泪洒在这乱石涧上，洒在这片土地上。"[1]她徒步向晋绥解放区进发，年底抵达晋察冀解放区张家口市。沿途写成《阎日合流种种》、《介绍俘虏学习队》、《躲飞机》等报告文学。到达张家口后，她写了杂文《窃国诛》，愤怒声讨蓄意悍然发动内战的蒋介石集团。由于国民党反动派封锁了通往东北的通道，丁玲只好暂留张家口工作。1945 年 2 月，她作杂文《自掘坟墓》，揭露国民党反动派悍然发动内战的罪行。她应《晋察冀日报》报社及邓拓同志之约，给该报编了几天副刊，并写了《创作漫笔》。随后，在六七月间，她除了写《海燕行》等散文、随笔外，还主编过华北文联综合性文艺刊物《长城》。她和肖三、成仿吾一起筹备成立华北文化艺术界联合会(文联)。

1946 年中共中央颁布了关于土地改革的"五四"指示，丁玲欣喜若狂，她立刻要求参加晋察冀中央局的土地改革工作队。7 月，她被批准参加晋察冀土地改革工作团，投入怀来、涿鹿一带土改工作。特别是在涿鹿县温泉屯的土改工作，给她的教育和收获很大。她在解放区战斗生活了八九年，可是土改工作对她来说，却是完全陌生的，所以她主动和贫下中农打成一片，虚心向他们学习。她说："今天和这个聊，明天又和那个聊，我在工作中虽然本领不大，却有一点能耐，无论什么人我都能和他聊天，好像都能说到一块儿。"[2]她在桑干河畔，走马观花地住过九个村子，最后在涿县温泉屯村里参加一个月的工作。她轮流着吃派饭，走家串户，访贫问苦，整天和男女老少在一起没完没了地聊天，不论对什么人，她都不嫌弃他们，不讨厌他们。她说："变革中的农村总是不那么卫生的。记得我在陕北下乡时，一回机关，首先就得洗头发，因为长虱子了。……对农民不要嫌他们脏，不要嫌他们没有文化、落后，农民的落后是几千年封建社会给造成的嘛。要同情他们保守落后，同情他们的脏（自然不要赞成这些），这样关系就搞好了。"[3]她到农民家，就像到了自己家一样，农民也把她看成自己人。土改中分浮财的时候，有些老太太挑花了眼，不知拿哪件东西好，她也帮着她们挑选。她不仅在土改中和这里的农民相处得非常好，就是她以后进了北京，也仍然和桑干河畔的农民保持亲密的关系。长期以来，她一直和桑干河畔的农民来来往往，彼此关心，她决心和农民融成一体了。农民对自己的作家，也是一片真心诚意。直到今天，桑干河畔 50 岁以上的农民，几乎都还记得并且挂记着"老丁"，而年青一代人，也几乎都还知道有一个姓丁的"姑妈"。

一个多月以后，丁玲在涿鹿县温泉屯的工作全部结束了，她获得了创作长篇小说《太阳照在桑干河上》的素材。这时候内战的形势也紧张起来了，她由温泉屯回到涿鹿县县政府后，抵达老解放区阜平。一路上，她惦记着桑干河畔的农民。当她想到刚解放了的温泉屯很快就又要遭到国民党反动派铁蹄的践踏，刚刚获得土地的农民，又要遭到地主老财的报复和蹂躏，她就挪不动脚步了。她曾想留下领导农民进行斗争，和人民一道打游击，但领导上没有批准她留下。她虽然人到了晋察冀根据地，可是她的心却永远忘不了那些朴实纯厚、真心实意的农民，她打心眼里爱上了桑干河畔的一草一木，爱上了那些朝夕相处的农民。她在思想感情上，对这段战斗生活非常留恋。她在延安时期，特别是 1942 年延安文艺座谈会以后，经常深入工农兵生活，但是却无法与这次投入火热的土改斗争相比。这使她心灵深处发生了巨大的变化，使她产生了强烈的创作冲动，她决心要把这段生活、这些人物写出来。"这年 11 月份，我就全力投入了创作。"[4]

晋察冀根据地生活、创作条件都比较差，而丁玲的腰又痛得比较厉害，但是，她以坚强的毅力，克服了困难，开始了《太阳照在桑干河上》的创作。

在写作过程中，她又两次参加土地改革工作。1947年，她随华北联大土改工作队去束鹿。1948年年初，她到石家庄近郊的宋村，参加了约四个月时间的土地平分工作。1948年4月，她由石家庄郊区农村返回华北联大（正定），修改《太阳照在桑干河上》并定稿，6月作序言《写在前面》，至此，她终于完成了长篇小说《太阳照在桑干河上》的创作。这部长篇小说，在胡乔木、艾思奇、肖三等同志的帮助审稿下，很快由新华书店东北总分店（大连）出版。这部长篇小说的出版，是丁玲创作生活中的一件大事，也是她自延安文艺座谈会以后准备了六年之久，第一次在小说创作上奉献给读者的精神鲜果。

《太阳照在桑干河上》，艺术地再现了从1946年中共中央"五四"指示下达到1947年7月全国土地会议以前，处于初期阶段的华北农村的土地改革斗争，小说以华北一个叫暖水屯的村庄为背景，反映了农村尖锐复杂的阶级斗争，并且展现了在中国共产党的领导下，中国农民已经逐步摆脱旧的桎梏，跨上了光明的征途。作者以较为深刻犀利的笔触，描绘了中央的"五四"指示给华北农村带来的急剧变化，描绘了党的领导，农民群众新的觉醒。毫无疑问，《桑干河上》是"一部艺术上具有创造性的作品，是一部相当辉煌地反映了土地改革的、带来了一定高度的真实性的、史诗似的作品。"冯雪峰于1952年写的《〈太阳照在桑干河上〉在我们文学发展上的意义》指出在我们文学发展上的意义是它显示了"我们社会主义现实主义最初的比较显著的一个胜利"。[5]这部长篇小说会给读者一个好的思想教育和艺术感受。

她说："卷入了复杂而又艰难的热潮"的"那些老年人，那些最苦的妇女们，那些积极分子，那些在斗争中走在最前面最勇敢的人们"，"他们带给了我兴奋、紧张、不安定，好像很不舒服，但我感到幸福。我在他们的宇宙里生活着,编织着想象的云彩……我的小说好像完成了,只需要写出来"。[6]

作者以农民与地主钱文贵之间矛盾斗争为全书主线,围绕这条主线又辅置了几条副线,力图在有限的篇幅里展开错综复杂的矛盾冲突,描写丰富多彩的现实生活。钱文贵是丁玲自 30 年代起,在小说创作中所刻画的地主形象中最成功的一个,特别是深刻地反映了他的"威势"在农民心里留下的阴影,给人以生动的教育。这说明丁玲到了陕北,特别是参加了土改运动以后,对农民和农村斗争的观察和分析,前进了一大步。并且在刻画这个地主性格时,既没夸大他的反动能性,也没低估他的淫威,而是尽力的以一种严肃的态度,认真遵守着现实主义的创作原则及写作手法。为了展开钱文贵的活动和性格,作家还特别创作了任国忠这个人物,他名为小学教员,实为地主阶级的走狗。这个人物虽然主要是为钱文贵、李子俊而存在的,但作为一个独立的人物,作者也将他写得很生动。同样的,作家塑造黑妮的形象,这个形象的存在固然为了展开程仁的性格,但不可否认,一部分也为了钱文贵。江世荣和白娘娘也因为和钱文贵联系而显得重要,江世荣凶险,与钱文贵相互勾结。白娘娘既与钱文贵有联系,又与农民有联系,在斗争中有她的多面性。李子俊被写得胆小绝望;李子俊女人在土改中的阴暗心理,被刻画得入木三分。这些既展开了农民阶级与地主阶级之间的主要矛盾,也展开了地主与地主之间的次要矛盾。顾涌是贯穿全书的一条副线人物,他是富裕中农。胡泰是富农兼小商人,轮廓也写得较清楚,他听到土改风声,把胶皮轮大车拉到顾涌家寄存,小说正是从这里开始的,这烘托出当时的政治环境和气氛——蒋介石反动派正要向解放区进犯,土改斗争是在十分复杂和紧迫的情况下进行的。读者通过这条副线,又感觉到地主、富农、中农、贫雇农各自对土地的深切关心和他们之间的矛盾斗争。……

《太阳照在桑干河上》通过一条主线、几条副线的交错发展,几十个人物的刻画，表现了当时农村错综复杂的阶级关系，反映了丰富的生活内容，体现出主题思想：土地改革是伟大的群众运动，它不但以强大的威力改变中国农村社会几千年的旧秩序，也深入人的内心世界，对他们思想性格的变化发生着直接的影响。特别是通过土改中尖锐复杂的阶级斗争的描述，充分地、深刻地揭示了党的领导作用。作家一方面强调指出，如果没有以章品为代表的党的领导，暖水屯的土改斗争不可能取得胜利；另一方面又深刻指出，党的正确领导只有通过农民内因起作用，才能发生伟大的力量。

《太阳照在桑干河上》以宏大的结构，描绘了丰富复杂的土改斗争生活，特别是把农民联合起来斗倒地主的过程，写得疏密相间，较有生气。故事线索虽然纷繁，但繁而不乱。作家还善于以情景交融的手法，渲染环境气氛。作品一开头写顾涌把胡泰的胶皮轮大车赶过桑干河，很自然地写出土改运动对各个阶级、各个阶层人们心理上产生的影响，烘托出"山雨欲来风满楼"的气氛。在人物描写上，作家运用了多种手法，如经常使用人物分析方法，又特别擅长深入细致地刻画剖析人物心理活动。另外，场面描写也比较成功。作家生动、有层次地描写了统治果树园和斗争钱文贵的场面，特别是"果树园闹腾起来了"一节写得静中有动，动中有静，情景交融，"农民采摘地主果园里的果子时的欢愉、戏谑，李子俊老婆看见自家果子被摘时的失落、屈辱与仇恨，都刻画得剔骨见髓，已经成为论者屡屡引证的经典片断"。[7]使人读来有声有色，富有生活气息。

《太阳照在桑干河上》不仅标志着丁玲创作跃上一个新水平，而且在中国现代文学史上占有重要的地位。因为它摄取了重大题材，表现了富有强烈现实意义的主题，"在土改这一解放战争初期才重新面对的新运动面前，丁玲采取的完全是从实际生活出发，不空手等待，不回避问题，尽可能努力探索一种对党、对革命、对农民群众最有利的道路和政策。她既不莽撞,也不教条,的的确确认真用脑子来思考。"[8]这部著作为我国农村题材小说创作的进一步发展,准备了条件;也起到了丰富世界无产阶级革命文学宝库的作用,所以在国际上也有一定影响。

1948年9月初版后,同年被译成俄文在苏联《旗》杂志上发表,立刻引起了苏联读者的注意。苏联《消息报》、《文艺与生活报》、《文学报》以及许多其他报纸,都先后连载这部作品,对这部作品思想和艺术上的成就给了高度的评价。

《太阳照在桑干河上》,荣获1951年斯大林文学艺术奖。苏联《真理报》在1952年3月15日,就外国作家荣获斯大林奖金发表评论,认为丁玲在《太阳照在桑干河上》这部小说里,忠实地描写了中国劳动人民的生活及其争取自由和幸福的斗争。苏联驻华大使馆代表斯大林奖金委员会于1952年6月7日举行授奖典礼,授予丁玲奖金。在颁发奖金时致词说:"授予中国作家以斯大林奖金,证明苏联人民由于伟大中国朋友的成绩而高兴。得奖的作品在苏联都很出名,苏联人民从这些作品中认识了中国历史上的进展。"[9]1952年6月8日,全国文联举行了丁玲等四同志(丁玲、周立波、贺敬之和丁毅)荣获斯大林奖金庆祝会。同年6月9日,《人民日报》报道认为:《太阳照在桑干河上》是一部优秀作品,不仅获得广大中国读者的欢迎,而且也受到国外读者普遍的赞扬。丁玲当时正在莫斯科访问,她就《太阳照在桑干河上》荣获斯大林奖金一事,对新华社记者发表谈话。她说:

我是一个很渺小的人,只做了很少很少的一点工作,从来不敢有什么幻想,我爱斯大林,我爱毛泽东,当我工作的时候我心里常常想到他们,好像他们站在我的面前一样。这样,我就尽力按照他们的思想,他们所喜欢、所憎恶的意思去工作,就怕把工作作坏。但是,我从来连做梦也不敢想到斯大林的名字、毛泽东名字能和我丁玲这两个字连在一起。而今天,我光荣地获得了文学方面的斯大林奖金二等奖。这个光荣是多么想不到的落在我的头上。这个意外的光荣是多么震动了我。我喜欢，却又夹杂着巨大的不安；我无法形容现在的复杂心情。我要重复这句话：我是一个很渺小的人，只是做了很少很少的一点工作，可是我却得到了无数次和无法计算的从人民那里来的报酬鼓励。尤其使我感动的，是苏联人民对于我的鼓励和帮助。我的书在苏联被译出后，印了五十万普及本，陆续得到各方面来的鼓励，现在更承苏联部长会议宣布授予斯大林奖金。这个光荣是中国所有作家的，是中国人民的。这是对全体中国人民和作家的鼓励。一切光荣归于中国人民，归于中国人民的伟大领袖毛泽东。我衷心感激苏联人民、苏联部长会议给我这个极大的荣誉和鼓励。我一定要更加努力，为中国人民的建设、为世界和平尽所有的力量，并提高工作效率，以无愧于斯大林奖金的获得，无愧于毛主席给我的教育。[10]

《太阳照在桑干河上》不仅使丁玲本人在中国和世界文坛上得到了较高的赞誉，也使中国文艺界和中国人民感到光荣。

中国人民的现实斗争生活，是极其丰富的，《太阳照在桑干河上》是丁玲在毛主席的文艺方针指引下，深入生活，艺术地再现了中国人民为自己的解放而进行斗争和胜利的结果。它鼓舞着中国人民满怀信心地建设自己的祖国，也鼓舞着那些受压迫的民族更勇敢地进行解放斗争运动。丁玲说："我想写一部关于中国变化的小说。要写中国的变化，写农民的变化与农村的变化，是很重要的一方面。在当时我就有这样一个明确的思想。"这表明作家不仅在写暖水屯这个小村庄的土改经历，或者是简单地向党的政策靠拢，作家有自己内在的追求，有着非常明确、自觉的叙事意识，即要通过写"农民的变化与农村的变化"而呈现"中国的变化"。换言之，《桑干河上》是一部关于"新中国"变化的小说。[11]截至1952年6月，它已被译成俄、德、日、波、捷、匈、罗、朝等十二国文字。

遗憾的是，由于大家都知道的原因，《太阳照在桑干河上》和它的作者一道，于1957年以后遭到了可悲的命运；但幸运的是，经受了动荡的二十多个春秋风风雨雨的考验以后，又和坚强的中国人民一样，以顽强的生命力复活了。

中国近几十年来，世事沧桑！往往随着政治风云突变，文坛上也风起云涌，一些文学评论文章的调子总是随着政治气候的变幻和作家的浮沉变换着。因而《太阳照在桑干河上》被肯定、否定、否定之否定，直到今天，文学评论界在解放思想的旗帜下，才能逐步实事求是地对它“重新认识”，特别是一些中青年文学评论者，提出了一些很好的新见解。我们同意这样一种新的看法：“无论初读，还是重读，以至多次翻阅，这部小说活跃在我的记忆中最深的形象，是文采、黑妮这样的人物。我决不认为这样说就减轻了作品的思想意义，贬抑了作品在形象创造方面的实际成就。”[12]我们从反复阅读《太阳照在桑干河上》的具体艺术感受中，总觉得一些评论文章过高地给予了赞扬。为什么会出现“过高地赞扬了这部长篇”呢？我们想，可能是《太阳照在桑干河上》获得斯大林文艺奖之故吧。本来，文学评论家们和广大读者对这部长篇的评价观点是不同的，这也是正常的；但由于它获得了斯大林文艺奖，立即身价百倍，本来持不同意见的人也沉默不语了，因为斯大林当时在苏联是至高无上的，在中华人民共和国刚刚建国后不久的中国人民的心目中，他就是一尊神。所以，《太阳照在桑干河上》得了他的文艺奖，丁玲在文坛的地位当然就直上云霄。可是，也正因为得了这个文艺奖，这部小说一直得不到公正的评鉴。

这部长篇，是描写我国土改斗争的第一部长篇小说，赢得文学史上较为重要的地位。当《太阳照在桑干河上》问世以后，人们做出这样的预料：丁玲将会沿着《太阳照在桑干河上》的创作道路，创作出更优秀的农村题材的作品来，她在小说创作上一定会“更上一层楼”。可是，连丁玲本人也没想到，她竟在人民当家作主的共和国里连遭厄运，长期被剥夺了写作权和发表权，待她重新获得创作权以后，她已是白发苍苍的老人了。秦弓在《丁玲后期的小说创作》一文中说："作为一个小说家，《太阳照在桑干河上》成为丁玲未能逾越的高峰。她晚年的出色创作，是回忆30年代幽禁生活的长篇回忆录《魍魉世界》，从中可以见出小说家出色的文笔，也能窥见这位一生追求理想世界的巾帼斗士丰富的内心世界。然而正如深知丁玲的瞿秋白所说，她是'飞蛾扑火，非死不止'。丁玲是从'芳草鲜美、落英缤纷'的武陵山走来，她的身上仿佛注入了五柳先生对理想境界的无限憧憬，她从追求女性解放到追求社会解放，'虽九死其犹未悔'，小说的辉煌铸成于此，未尽如愿的遗憾也关乎其中。"[13]

本章推荐网址

中国红色旅游网　http://www.crt.com.cn

中国高等教育文献保障系统　http://www.calis.edu.cn

北京地区高校信息用户教育与研究园地　http://edu.lib.tsinghua.edu.cn

中国国家图书馆　http://www.nlc.gov.cn

国研网　http://www.drcnet.com.cn

书屋　http://www.housebook.com.cn

学习导报　http://www.xxplzx.com

中文维基百科　http://zh.wikipedia.org

豆瓣网　http://www.douban.com

文史精华浏览网　http://www.gotoread.com

中国书网　http://www.chinabooks.net

福建论谈　http://bbs.66163.com

社会科学辑刊　http://shkk.chinajournal.net.cn

文艺理论与批评　http://www.ailong.com

学海 http://www.jsass.com.cn/jieshao/xuehai
新文学史料 http://xwxs.chinajournal.net.cn
龙易网 http://www.looyi.cn
教学与管理 http://jxygl.dooland.com
中国图书评论 http://www.cbr.org.cn

注释：

[1] 丁玲.《一二九师与晋察鲁豫边区》自序. 延安集. 北京:人民文学出版社,1954

[2] 丁玲. 谈自己的创作. 新苑,1980,(4)

[3] 丁玲. 谈自己的创作. 新苑,1980,(4)

[4] 丁玲. 太阳照在桑干河上·重印前言. 北京:人民文学出版社,1980

[5] 冯雪峰.《太阳照在桑干河上》在我们文学发展上的意义. 丁玲研究资料. 天津:天津人民出版社,1982

[6] 丁玲. 一点经验. 作家谈创作. 北京:中国青年出版社,1955

[7] 秦弓. 丁玲后期的小说创作. 河北师范大学学报(哲学社会科学版),2001,(4)

[8] 严家炎.《太阳照在桑干河上》与丁玲的创作个性. 北京大学学报(哲学社会科学版),2008,(3)

[9] 苏联大使馆代表斯大林奖金委员会授予丁玲等斯大林奖金. 文艺报,11－12

[10] 丁玲、周立波等荣获斯大林奖金. 文艺报,1952,(6)

[11] 袁红涛. 一部关于中国变化的小说——重评《太阳照在桑干河上》. 中国现代文学研究丛刊,2008,(2)

[12] 赵园. 也谈《太阳照在桑干河上》. 芙蓉,1980,(4)

[13] 秦弓. 丁玲后期的小说创作. 河北师范大学学报(哲学社会科学版),2001,(4)

第九章　丁玲湮没时期的研究

第一节　网络资源的使用过程

登录中国知网(www. cnki. net)中国期刊全文数据库。

本章资料的检索,准备以“建国初期”、“十七年”为中心词,使用中国期刊全文数据库提供的检索词的“扩展”功能,进行本章资料检索。选用中国期刊全文数据库初级检索形式,步步缩小范围,以求查全查准,避免漏检,具体步骤如下:

第一次匹配检索(检索时间:2008 年 5 月 20 日 16 时 35 分):

第一步:选用初级检索界面,在检索页面检索框中的下拉列表中选择“主题”,输入“丁玲”为检索词,时间区间 1986—2008,更新为“全部数据”,范围为“全部期刊”,模糊匹配,按相关度排序,执行检索。本次检索结果为 1966 条记录。

第二步:在第一步的结果中,将检索词更换成“创作”,其余不变,执行检索。本次检索结果为 649 条记录。

第三步:在第二次的结果中,将检索词更换成“建国初期 *(工农+五反+土地改革)”,其余不变,执行检索。本次检索结果为 9 条记录(附后)。

使用检索词的扩展功能,勾选:“工农”、“五反”:

检索表达式:建国初期 *(工农+五反+土地改革)

☑ 工农	☐ 旧中国	☐ 革命根据地
☐ 关系问题	☐ 社会主义经济建设	☐ 稳定物价

□ 全盘	□ 反腐蚀	□ 青年团
☑ 五反	□ 覆盖率	□ 知识分子政策
☑ 土地改革	□ 流沙	

点击“确定”后，执行检索，结果为以下9条记录：

[1] 秦林芳．政治化文学新体制的营构——建国初期丁玲的文学批评与创作[J]．武汉大学学报(人文科学版)，2005，(3).

[2] 秦林芳．政治视镜中的规范化“写作”——论建国初期丁玲的文学创作[J]．南京社会科学，2005，(4).

[3] 秦林芳．“文学不等于一般的宣传”——关于建国初期丁玲对教条主义的批判[J]．南京晓庄学院学报，2008，(1).

[4] 唐宁丽．丁玲、沈从文关系研究述评[J]．文教资料，1997，(4).

[5] 秦林芳．建国初期的丁玲与“五四”文学传统[J]．南京晓庄学院学报，2005，(4).

[6] 庄钟庆．毛泽东文艺思想的活力——丁玲创作在中国当代文学中的独特价值[J]．厦门大学学报(哲学社会科学版)，1992，(1).

[7] 万直纯．真实灵魂的独白——丁玲散文艺术论[J]．安徽教育学院学报(社会科学版)，1995，(1).

[8] 庄钟庆．毛泽东文艺思想的活力——丁玲创作在当代文学中的独特价值[J]．文艺理论与批评，1992，(2).

[9] 王琳．从1950年代初的《文艺报》看“英雄人物”创作模式的建立[J]．社会科学研究，2006，(2).

以下为原始检索历史：

1	数据库:中国期刊全文数据库 检索条件:(主题＝丁玲)(模糊匹配)并且(主题＝创作)(模糊匹配)并且(主题＝建国初期 *(工农＋五反＋土地改革))(模糊匹配);相关度排序;单库检索(结果中检索)检索到:9条记录
2	数据库:中国期刊全文数据库 检索条件:(主题＝丁玲)(模糊匹配)并且(主题＝创作)(模糊匹配);相关度排序;单库检索(结果中检索)检索到:649 条记录
3	数据库:中国期刊全文数据库 检索条件:(主题＝丁玲)(模糊匹配);1986－2008;全部期刊;相关度排序;单库检索 检索到:1 966 条记录

第二次匹配检索(检索时间:2008 年 5 月 20 日 16 时 40 分):

第一步:选用初级检索界面,在检索页面检索框中的下拉列表中选择“主题”,输入“丁玲”为检索词,时间区间 1986—2008,更新为“全部数据”,范围为“全部期刊”,模糊匹配,按相关度排序,执行检索。本次检索结果为 1 966 条记录。

第二步:在第一步的结果中,将检索词更换成“创作”,其余不变,执行检索。本次检索结果为 649 条记录。

第三步:在第二次的结果中,将检索词更换成“十七年 *(建国后＋文革)”,其余不变,执行检索。本次检索结果为“0”。

使用检索词的扩展功能,勾选:“建国后”、“文革”:

检索表达式:十七年 *(建国后＋文革)

☐ 公元	☑ 建国后	☐ 光绪
☐ 万历	☐ 顺治	☐ 博学鸿词
☐ 乾隆	☐ 民国	☐ 道光
☐ 进士	☑ 文革	☐ 诗歌创作

label 点击"确定"后,执行检索,结果为"0"条记录。

以下为原始检索历史:

1	数据库:中国期刊全文数据库 检索条件:(主题=丁玲)(模糊匹配)并且(主题=研究)(模糊匹配)并且(主题=十七年 *(建国后+文革))(模糊匹配);相关度排序; 单库检索(结果中检索)检索到:0 条记录
2	数据库:中国期刊全文数据库 检索条件:(主题=丁玲)(模糊匹配)并且(主题=创作)(模糊匹配);相关度排序; 单库检索(结果中检索)检索到:649 条记录
3	数据库:中国期刊全文数据库 检索条件:(主题=丁玲)(模糊匹配);1986-2008;全部期刊;相关度排序; 单库检索 检索到:1 966 条记录

第三次匹配检索(检索时间:2008 年 5 月 20 日 16 时 58 分):

第一步:选用初级检索界面,在检索页面检索框中的下拉列表中选择"主题",输入"丁玲"为检索词,时间区间 1986—2008,更新为"全部数据",范围为"全部期刊",模糊匹配,按相关度排序,执行检索。本次检索结果为 1 966 条记录。

第二步:在第一步的结果中,将检索词更换成"研究",其余不变,执行检索。本次检索结果为 261 条记录。

第三步:在第二次的结果中,将检索词更换成"文革 *(浩劫+1966 年+期间中+十七年)",其余不变,执行检索。本次检索结果为"0"。

使用检索词的扩展功能,勾选:"浩劫"、"1966 年"、"期间中"、"十七年":

检索表达式:文革 *(浩劫+1966 年+期间中+十七年)

☑ 浩劫　　☑ 1966 年　　☐ 被迫
☑ 期间中　　☐ 中国队　　☐ 高考制度
☑ 十七年　　☐ 严重破坏

点击“确定”后，执行检索。结果为“0”条记录。

以下为原始检索历史：

1	数据库：中国期刊全文数据库 检索条件：(主题＝丁玲)(模糊匹配)并且(主题＝研究)(模糊匹配)并且(主题＝文革 *(浩劫＋1966 年＋期间中＋十七年))(模糊匹配)；相关度排序；单库检索(结果中检索)检索到：0 条记录
2	数据库：中国期刊全文数据库 检索条件：(主题＝丁玲)(模糊匹配)并且(主题＝研究)(模糊匹配)；相关度排序；单库检索(结果中检索)检索到：261 条记录
3	数据库：中国期刊全文数据库 检索条件：(主题＝丁玲)(模糊匹配)；1986—2008；全部期刊；相关度排序；单库检索 检索到：1966 条记录

本章资料从检索的结果来看相对较少，甚至出现“0”记录，原因不是检索方法不正确，而是由于作家丁玲在这一段时间被打成“右派”、“反党集团”的成员，落入命运的谷底，她的作品成了毒草，反党文章，因此，丁玲这一时期的研究出现断层。

第二节　本章研究结果

1949 年春天，是个不平常的春天，因为中国社会发生了翻天覆地变化，“中国人民站起来了”！这年四月，丁玲参加中国和平代表团赴捷克首都布拉格参加保卫世界和平大会；28 日，离捷赴苏访问。这年七月，她随着革命大军凯旋来到阔别二十多年的北京城。古老的北京城，迎接她的是响彻宇宙的鞭炮和飘扬碧空的五彩红云。

丁玲从十五岁离家步入社会，经历了苦闷，彷徨，生死离别，监禁南京，奔赴延安，直到1949年全国大陆解放，几十年的探索、苦斗，终于和所有的革命者一道迎来了曙光。丁玲这时才45岁，年富力强，不仅在国内外享有很高的声望，而且精力充沛，干劲百倍。她不仅继续发挥她那支"笔"的战斗作用，而且还担任大量的行政领导工作，参与国际事务活动。

新中国成立后，丁玲除担任中华全国文联常委、全国文学工作者协会常务副主席，还担任作家协会党组书记，和陈企霞、冯雪峰等筹办《文艺报》并担任《文艺报》和《人民文学》主编，主持日常工作。在主编《文艺报》和《人民文学》中，她注意加强刊物的政治性、思想性和战斗性。1950年春天，她筹备成立中央文学研究所(后改称为中国作家协会"文学讲习所")，并任所长，为国家培养出一大批青年作家。另外，她还先后担任过全国妇女联合会常委、全国政协委员、全国人民代表大会代表等职务。在这期间，由于国内外形势的需要，为了反对侵略战争、保卫世界和平，她多次出国访问。

解放初期，由于国内外环境的变化，也由于丁玲工作岗位的关系，她这时期为了工作和斗争的需要，写了较多的散文和杂文、评论及讲演稿，多收在《欧行散记》(人民文学出版社，1951年出版)、《跨到新的时代来》(人民文学出版社，1951年出版)、《延安集》(人民文学出版社1954出版)、《到群众中去落户》(作家出版社，1954年出版)、《在前进的道路上》(中国青年出版社，1955年出版)等。这里要特别提到的是她于1951年年底辞去了"文协"工作。去大连疗养的时候，开始构思《太阳照在桑干河上》的姊妹篇《在严寒的日子里》。她于1953年年底去桑干河一带参观访问，第二年夏天，她又去涿鹿县农村作短期参观访问；同年，她到安徽黄山疗养，并且开始创作《在严寒的日子里》。1956年10月，《人民文学》发表了《在严寒的日子里》的前八章。我们完全可以这样料想，如果不是作家政治上遭遇不幸，《在严寒的日子里》早已问世，这不管是对丁玲个人或革命事业来说，都是一个损失。1953 年她创作了短篇小说《粮秣主任》。

在作品《粮秣主任》中，作者以丰富的激情塑造了李洛英这个形象，是作家带着"歌颂英雄和新生活"的主题思想到官厅水库体验生活的产物。"要没有一个主题作为创作的指导和范围的话，那么宽广的生活，你到底要写什么呢？"[1]"……这篇文章里，丁玲没有写工人，而选择一个看水位的老粮秣主任李洛英为主人公，以他的眼睛及其生活变化为视点'从农村看中国的变化'[2]。因为作家参加过桑干河的土改斗争，对老粮秣主任这样的在土改中成长起来的'英雄'相对熟悉，所以，她写起这类人物来倒也驾轻就熟。"[3]

这篇文章写出了新中国日新月异的变化，歌颂了党的领导和人民的忘我劳动精神，作品内容充实，人物真切，感情浓烈，显示出丁玲创作的艺术技巧达到了炉火纯青的程度。

从《粮秣主任》中，我们深切地感受到老作家丁玲，虽然身居首都北京，但是那颗赤诚纯善的心却深深地怀念和景仰革命战争年代的老同志，表现出她对年轻的共和国由衷的热爱和赞美。所以，她的创作也以一种崭新的面貌出现在广大读者面前：从描写战争岁月里的刀光剑影和土改斗争，到反映和平环境里的社会主义建设；文笔从饱含着泪水和愤怒，到满蘸着欢欣的激情和喜悦。她的《粮秣主任》虽然只是个短篇，但却生动地表现出历史的巨变引起她思想感情的激荡以及由此而产生的一种朝气蓬勃的精神，这里表露出的，难道仅仅是作品中人物的政治激情吗？不！这是作家政治激情的表现。作家丁玲，不正是"从那个世界，旧的世界到了现在，眼看着变"的吗？她面对着"移山倒海"的社会主义建设，怎能抑制住感情的激荡？怎能不歌颂那些忘我的祖国建设者们呢？怎能不讴歌我们伟大的社会主义祖国呢？

社会主义新时代，给像丁玲这样的革命作家，开创了一个自由飞翔的新时代。丁玲经过几十年的追求和奋斗，终于迎来了阳光明媚的春天。这正是她大显身手的好时机，正是她那支磨难多年的“笔”充分发挥作用的时候。但是，谁能想到丁玲却在春天的寒流漩涡中被打沉了。

新中国成立后，我们祖国发展的道路并不是笔直的，而是在艰苦斗争中迂回向前发展的。在历史的艰难曲折中，人民遭受磨难、受尽颠簸，有良心的作家丁玲，也和人民一道历经了千辛万苦……

1954 年，文联内部开始批判她和陈企霞，说她和陈企霞是一个小集团，并说这个小集团早在延安就形成了；到了 1955 年，我们国内开展轰轰烈烈的肃反运动，同年秋天，丁玲在作家协会理事会上遭到了十余次批判，说她和陈企霞是个“反党小集团”；接着，丁玲就被错定为“反党集团”的成员，暴风雨般地被加上了许多罪名。更让她感到悲伤和痛苦的是 20 世纪 30 年代遭到国民党特务的绑架，坐过反动派的监狱，现在新中国成立了，人民当家作主的今天，她却变成了“反党集团”的成员！从此，她的日子就在严寒里了。

在 1957 年的 6 月到 9 月里，丁玲又被批判、斗争三十余次，错定为“丁玲、冯雪峰反党集团”主要成员，被开除党籍，撤销一切职务，取消原级别。丁玲的爱人陈明，也因此受到株连。陈企霞说：“不久，中宣部召开了会议，陆定一同志在会上特地说，丁陈反党集团是不存在的。问题本已趋于解决，可到了 1957 年，一场更大的政治风暴袭来，不由分说，我和丁玲便成了右派，落入命运的谷底。”[4]

1942 年延安文艺座谈会期间，她的《我在霞村的时候》、《在医院中》和《“三八节”有感》等作品，仅是“批评”而已。但是到了 1958 年春天，不仅她在延安时期写的《“三八节”有感》、《在医院中》等作品遭到“再批判”，1955 年以后，她在政治上接二连三地受到打击，因此对她的一些而且由于作品也由“批评”到“批判”进而发展到“指责”和“贬毁”。1957年、1958年两年间,她的这些作品又被升级为“毒草”,遭到再批判。而且她的初作《莎菲女士的日记》以及建国之后写的《粮秣主任》、《记游桃花坪》等,都被打成“毒草”、“反党文章”。从此,她被剥夺了创作的权力,这位闻名中外文坛的“名将”,一下就变成了中国文坛上恶名昭著的“罪人”,“丁玲”这个名字就这样从文坛上销声匿迹了。丁玲到哪里去了呢?

1958年7月,丁玲夫妇下放到黑龙江省北大荒汤原农场“劳动改造”。她坚信自己的理想和信念,深信历史是一个公正无私的审判官,总有一天会给她的问题做出正确结论的。所以,她在等待,等待着历史的公正,“丁玲以54岁的年纪,毅然选择了到北大荒去的道路,就是去寻找大地的爱,人民的爱,爱人的爱”。[5]患难中的作家带着迷惘和痛苦,再次走到人民中间,在那块粗犷的土地上,丁玲感受到了人民中间永存的爱的温暖。1965年,丁玲从汤原农场转移到萝北宝泉岭农场。

十年动乱,民族蒙难,人民遭殃,一个普通的中国人尚难幸免,更何况大“右派”丁玲呢?她的遭遇如同我们一代作家的命运,令人愤恨。她由于遭到多次折磨,不见阳光,患了夜盲症。她虽然受尽了非人的凌辱,可是希望的火花却支持她反抗、飞腾、摔打,在死亡线上挣扎、求生。她像北国严寒里一株顶天立地的劲松,迎风傲雪。在那“史无前例”的岁月里,丁玲受尽了折磨和凌辱之后,于1971年4月,又被投进了北京附近的一个监狱。当她戴着手铐被解到北京的时候,她的心里是什么滋味啊!她进过反动派的监狱,可是再也没有想到,在人民赢得天下,当家作主的今天,她又被铐着手关进监狱。在这里她和陈明熬过了漫长的五年铁窗生活。1975年5月,丁玲和陈明一道被释放出狱,但是,接着又被遣送到山西省长治市郊区老顶山滴谷寺下的嶂头村“安家落户”。这里纯朴的农民给了她生活的信心,滋养着她的艺术生命。她在人民的怀抱中,重新开始写她的长篇《在严寒的日子里》。

1984 年在厦门大学召开的"丁玲创作研究会"上,朱水涌作文道:"1957 年,丁玲被错划为右派分子。从这个时候开始,丁玲的研究成了空白,代之而起的是大批判文章。丁玲的小说,成了'宣传她反党、反人民的'、'狂热的资产阶级个人主义的真理'的作品:一、莎菲是众矢之的,被斥之为'当今的资产阶级人物的一种';二、陆萍更是反党的罪魁,她'在医院中展开了一系列的反党活动';三、文艺批评成了政治批判,成了打人的棍子,以人废文、反过来又以文废人,在作家的政治身份和作品的主题、人物间画等号,造成了文学批评中'左'的倾向恶性发展,致使丁玲创作研究走了一段很大的弯路,给现代文学研究带来了莫大的损失"[6]。"文革"十年,丁玲被关进"牛棚",投入监狱,当时在中国现代文学研究一片空白,更不用说是沦为阶下囚的丁玲及其创作研究了。粉碎"四人帮"以后,丁玲的问题得以平反昭雪,她的创作研究才繁荣起来。

本章推荐网址

中国百科网	http://www.chinabaike.com
龙源期刊网	http://www.qikan.com
左岸文化网	http://www.eduww.com
卓越亚马逊网	http://www.amazon.cn
时代网	http://www.vsvt.com
临澧县档案局	http://lldaj.linli.gov.cn
飞龙读书网	http://book.94888.net
亦凡公益图书馆	http://www.shuku.net
文教资料	http://www.wjzl.org
中文社会科学研究网	http://www.chinassrn.com
凤凰网	http://news.ifeng.com
月光书屋	http://www.wzwx.com
中华文化信息网	http://www.ccnt.com.cn

乌有之乡	http://www.wyzxsx.com
韶山毛泽东纪念馆	http://www.mzdlib.com
小说论谈	http://bbs.readnovel.com
万方数据 iLib	http://www.ilib.cn

注释：

[1] 丁玲．生活、思想与人物．《丁玲全集》第 6 卷．长沙：湖南人民出版社，1984

[2] 丁玲．创作要有雄厚的生活资本．《丁玲全集》第 7 卷．长沙：湖南人民出版社，1984

[3] 秦林芳．政治视镜中的规范化"写作"——论建国初期丁玲的文学创作．南京社会科学，2005，(4)

[4] 胡国华．真诚坦白的心灵——陈企霞谈丁玲．瞭望，1986，(11)

[5] 陈福郎．《风雪人间》的美感效应．丁玲与中国新文学．厦门：厦门大学出版社，1988

[6] 朱水涌．丁玲创作研究的今昔．丁玲创作独特性面面观．长沙：湖南人民出版社，1984

第十章　新时期丁玲研究

第一节　网络资源的使用过程

相关网络资源介绍见第四章。

一、登录万方数据标准镜像系统(wanfang. lib. sjtu. edu. cn)

选择中国学位论文全文数据库,中国学术会议论文全文数据库,跨库检索界面,在检索项中选择“主题”,检索词输入“丁玲”,论文年度限定在1993—2007年,在全部分类中开始检索:本次检索结果167篇,点击按关键词不排序显示结果:结果页的检索项仍选择“主题”检索,词输入“研究”,对第一次检索的内容加以限制,缩小范围进再次检索,本次检索结果为91条记录;再在第二次检索的基础上,输入检索词——新时期,执行检索,结果为4条记录(检索时间2008年4月20日16时7分):

本次检索表达式: (("丁玲") and ("研究")) and ("新时期")　用时: 5.05　每页显示 10

全部选中　全部清除　导出到Note Express　导出

○ 以下是1–4 按 关键词 不排序

□ 论文标题: 二十世纪女性作家笔下的母女关系研究
中国学位论文全文数据库【简单信息】【详细摘要信息】

□ 论文标题: 20世纪中国女性文学的精神分析话语剖析
中国学位论文全文数据库【简单信息】【详细摘要信息】

☐ 论文标题：二十世纪中国女性剧作论
中国学位论文全文数据库【简单信息】【详细摘要信息】

☐ 论文标题：历史漩涡中的身份嬗变——丁玲小说创作研究
中国学位论文全文数据库【简单信息】【详细摘要信息】

回到检索界面，在检索项中仍选择“主题”，检索词输入“丁玲”，论文年度限定在 1993—2007 年，在“全部分类”中开始检索：本次检索结果 167 篇，点击按关键词不排序显示结果：结果页的检索项仍选择“主题”检索词，输入“研究”，对第一次检索的内容加以限制，缩小范围进再次检索，本次检索结果为 91 条记录。再在第二次检索的基础上，输入检索词—“身份”，执行检索，结果为 6 条记录(检索时间 2008 年 4 月 20 日 16 时 12 分)：

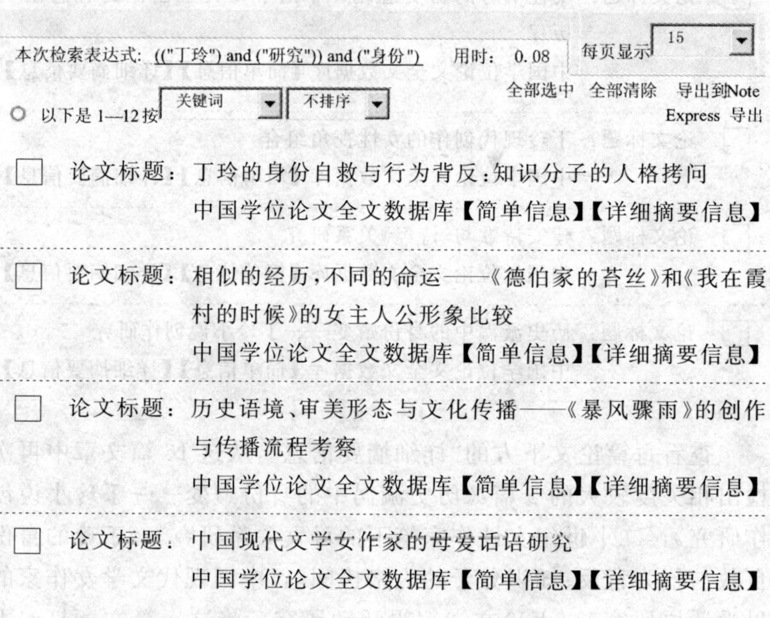

本次检索表达式：(("丁玲") and ("研究")) and ("身份")　用时：0.08　每页显示 15

全部选中　全部清除　导出到Note Express 导出

○ 以下是 1—12 按 关键词 不排序

☐ 论文标题：丁玲的身份自救与行为背反：知识分子的人格拷问
中国学位论文全文数据库【简单信息】【详细摘要信息】

☐ 论文标题：相似的经历，不同的命运——《德伯家的苔丝》和《我在霞村的时候》的女主人公形象比较
中国学位论文全文数据库【简单信息】【详细摘要信息】

☐ 论文标题：历史语境、审美形态与文化传播——《暴风骤雨》的创作与传播流程考察
中国学位论文全文数据库【简单信息】【详细摘要信息】

☐ 论文标题：中国现代文学女作家的母爱话语研究
中国学位论文全文数据库【简单信息】【详细摘要信息】

□　论文标题：身份认同与话语重构——丁玲解放区时期思想与文学研究
中国学位论文全文数据库【简单信息】【详细摘要信息】

□　论文标题：丁玲延安时期文学创作的转向——兼议毛文体对作家的影响
中国学位论文全文数据库【简单信息】【详细摘要信息】

□　论文标题：丁玲创作的主体性话语的嬗变
中国学位论文全文数据库【简单信息】【详细摘要信息】

□　论文标题：丁玲文学编辑活动研究
中国学位论文全文数据库【简单信息】【详细摘要信息】

□　论文标题：女性书写的历史悲剧——论丁玲文学创作的思想演变历程
中国学位论文全文数据库【简单信息】【详细摘要信息】

□　论文标题：丁玲现代创作的女性视角组合
中国学位论文全文数据库【简单信息】【详细摘要信息】

□　论文标题：建安诗歌与《诗经》关系研究
中国学位论文全文数据库【简单信息】【详细摘要信息】

□　论文标题：历史漩涡中的身份嬗变——丁玲小说创作研究
中国学位论文全文数据库【简单信息】【详细摘要信息】

查看每篇论文下方的“详细摘要信息”，从这 16 篇文章中再次检出相关度较大的 5 篇：《历史漩涡中的身份嬗变——丁玲小说创作研究》，《二十世纪女性作家笔下的母女关系研究》，《丁玲的身份自救与行为背反：知识分子的人格拷问》，《中国现代文学女作家的母爱话语研究》，《丁玲文学编辑活动研究》，将这 5 篇文章打包下载,作为研究资料。

二、登录中国知网(www. cnki. net)中国期刊全文数据库

获取本章内容研究资料,准备围绕主题,进行六次匹配检索,每次检索分为三个步骤,选用中国期刊全文数据库初级检索形式,步步缩小范围,以求查全查准,避免漏检,具体步骤如下:

第一次匹配检索(检索时间:2008 年 4 月 20 日 16 时 01 分):

第一步:选用初级检索界面,在检索页面检索框中的下拉列表中选择“主题”,输入“丁玲”为检索词,时间区间 1986—2008,更新为“全部数据”,范围为“全部期刊”,模糊匹配,按相关度排序,执行检索。本次检索结果为 1 938 条记录。

第二步:在第一步的结果中,在检索页面检索框中的下拉列表中选择“主题”,输入“研究”为检索词,执行检索。本次检索结果为 256 条记录。

第三步:在第二次的结果中,检索页面检索框中的下拉列表中选择“主题”,将检索词更换成“新时期”,其余不变,执行检索。本次检索结果为 18 条记录。

[1] 陆文采 . 新时期丁玲研究的回顾与展望——站在历史和现实的交点上去研究丁玲的创作[J]. 柳州师专学报,1994,(4).
[2] 陆文采 . 新时期丁玲研究的回顾与展望[J]. 文史哲,1995,(5).
[3] 陆文采 . 丁玲研究述评[J]. 中国现代文学研究丛刊,1995,(2).
[4] 陆文采,徐雁 . 论新时期(1979－1999)丁玲研究的困惑与突破[J]. 辽宁师范大学学报(社会科学版),2001,(1).
[5] 陆文采,贾世传 . 丁玲研究 75 年(1930－2004)的沉思——纪念丁玲诞辰一百周年[J]. 辽宁师范大学学报(社会科学版),2004,(4).
[6] 王艳芳 . 丁玲研究述评(续)[J]. 徐州教育学院学报(哲学社会科学版),1998,(3).

[7] 袁良骏．新时期丁玲小说研究漫评[J]．中国现代文学研究丛刊，1989，(3).

[8] 陈惠芬．体制建构与性别政治——丁玲研究的"盲点"和新视角[J]．湖南文理学院学报(社会科学版)，2004，(3).

[9] 云冬．沈从文湘西题材散文研究述评[J]．南京大学学报(哲学社会科学版)，1995，(4).

[10] 朱郭．沈祖棻论[J]．湖州师范学院学报，1988，(1).

[11] 曾冬水．对新时期的《在医院中》研究的思考[J]．常德师范学院学报(社会科学版)，1996，(1).

[12] 王建湘．另眼看丁玲——评石潇纯《缘定今生辙》[J]．云梦学刊，2006，(5).

[13] 陈智慧．前人的路 后人的书——读石潇纯的《缘定今生辙——丁玲与她的编辑生涯》[J]．湛江师范学院学报，2006，(1).

[14] 钱丹辉，张学新，刘宗武，王维国，杨立民，张如法，冷柯，张福民，王忠仁．笔谈《中国解放区文学史》[J]．河南大学学报(社会科学版)，1989，(2).

[15] 刘宗武．第四届解放区文学研究学术讨论会述略[J]．山东师范大学学报(人文社会科学版)，1990，(2).

[16] 张华．现代杂文研究的回顾与展望[J]．中国现代文学研究丛刊，1995，(1).

[17] 王晓峰．新女性的抒情赞美诗——评《中国现代文学女性形象初探》[J]．辽宁师范大学学报(社会科学版)，1988，(6).

[18] 陈一辉．"海的渴慕者"——湖南作家群研究之一[J]．杭州大学学报(哲学社会科学版)，1991，(4).

以下为原始检索历史：

1	数据库:中国期刊全文数据库 检索条件:(主题=丁玲)(模糊匹配)并且(主题=研究)(模糊匹配)并且(主题=新时期)(模糊匹配);相关度排序;单库检索(结果中检索)检索到:18 条记录
2	数据库:中国期刊全文数据库 检索条件:(主题=丁玲)(模糊匹配)并且(主题=研究)(模糊匹配);相关度排序;单库检索(结果中检索)检索到:256 条记录
3	数据库:中国期刊全文数据库 检索条件:(主题=丁玲)(模糊匹配);1986—2008;全部期刊;相关度排序;单库检索 检索到:1 938 条记录

第二次匹配检索(检索时间:2008 年 4 月 20 日 17 时 15 分):

第一步:选用初级检索界面,在检索页面检索框中的下拉列表中选择“主题”,输入“丁玲”为检索词,时间区间 1986—2008,更新为全部数据,范围为全部期刊,模糊匹配,按相关度排序,执行检索。本次检索结果为 1 938 条记录。

第二步:在第一步的结果中,在检索页面检索框中的下拉列表中选择“主题”,输入“创作”为检索词,执行检索。本次检索结果为 624 条记录。

第三步:在第二次的结果中,检索页面检索框中的下拉列表中选择“主题”将检索词更换成“新时期”,其余不变,执行检索。本次检索结果为 27 条记录。

[1] 曲玉境. 把人间的冷暖说与人间丁玲新时期文学创作的特色与文学史意义[J]. 丹东师专学报,1995,(2).
[2] 王姝. 论丁玲新时期的散文创作[J]. 牡丹江师范学院学报(哲学社会科学版),2001,(5).
[3] 洛文. 重试锋芒:《杜晚香》与《“牛棚”小品》——丁玲的创作心态之二[J]. 昭乌达蒙族师专学报,1995,(3).

[4] 陆文采．新时期丁玲研究的回顾与展望——站在历史和现实的交点上去研究丁玲的创作[J]．柳州师专学报,1994,(4).

[5] 陆文采．丁玲研究述评[J]．中国现代文学研究丛刊,1995,(2).

[6] 陆文采,徐雁．论新时期(1979－1999)丁玲研究的困惑与突破[J]．辽宁师范大学学报(社会科学版),2001,(1).

[7] 陆文采．新时期丁玲研究的回顾与展望[J]．文史哲,1995,(5).

[8] 周可．试论丁玲新时期散文创作的风格特征[J]．文艺理论与批评,1996,(2).

[9] 陆文采,贾世传．丁玲研究 75 年(1930－2004)的沉思——纪念丁玲诞辰一百周年[J]．辽宁师范大学学报(社会科学版),2004,(4).

[10] 洛文．抚今追昔:《歌德之歌》和“怀人之什”——丁玲的创作心态之四[J]．昭乌达蒙族师专学报,1998,(2).

[11] 王蕾．漂过岁月溪流的不谢玫瑰——论丁玲作品中女性自我意识的发展轨迹[J]．西南交通大学学报(社会科学版),2006,(5).

[12] 王艳芳．丁玲研究述评(续)[J]．徐州教育学院学报(哲学社会科学版),1998,(3).

[13] 周可．丁玲新时期散文在当代中国文学中的独特价值初探[J]．文艺理论与批评,1993,(4).

[14] 陆文采,王建中．论丁玲与 20 世纪中国女性文学——纪念丁玲诞辰一百周年[J]．湖南文理学院学报(社会科学版),2004,(6).

[15] 袁良骏．新时期丁玲小说研究漫评[J]．中国现代文学研究丛刊,1989,(3).

[16] 云冬．沈从文湘西题材散文研究述评[J]．南京大学学报(哲学社会科学版),1995,(4).

[17] 罗守让．关于当代散文的审视、评估和反思[J]．琼州大学学报,1994,(1).

[18] 罗守让．丁玲在当代文坛的寂寞和孤独[J]．韩山师范学院学报，1998,(1).
[19] 丁晓原．论新时期女作家的报告文学[J]．赣南师范学院学报，1990,(1).
[20] 曾冬水．对新时期的《在医院中》研究的思考[J]．常德师范学院学报(社会科学版),1996,(1).
[21] 逄锦波．"少女时代"的远逝——铁凝女性审美意识流变论略[J]．青岛大学师范学院学报,2001,(4).
[22] 吕若涵．新时期女性散文的丰碑——老一代女作家散文审美特质论[J]．福建论坛(人文社会科学版),1999,(2).
[23] 田金霞．论丁玲的孤独[J]．理论与创作,1995,(6).
[24] 赵福生．现代知识女性的心理踪迹——丁玲和张洁的小说比较[J]．中国现代文学研究丛刊,1990,(3).
[25] 冯望岳．题材相同 层面有别的"双璧"——《太阳照在桑干河上》《暴风骤雨》新论[J]．渭南师范学院学报,1991,(Z2).
[26] 铁凝,王尧,栾梅健．"关系"一词在小说中——在苏州大学"小说家讲坛"上的讲演[J]．当代作家评论,2003,(6).
[27] 牛汉,何启治,李晋西．文坛师友录[J]．新文学史料,2007,(4).

以下为原始检索历史：

1	数据库:中国期刊全文数据库 检索条件:(主题=丁玲)(模糊匹配)并且(主题=创作)(模糊匹配)并且(主题=新时期)(模糊匹配);相关度排序;单库检索(结果中检索)检索到:27 条记录
2	数据库:中国期刊全文数据库 检索条件:(主题=丁玲)(模糊匹配)并且(主题=创作)(模糊匹配);相关度排序;单库检索(结果中检索)检索到:642 条记录

3	数据库:中国期刊全文数据库 检索条件:(主题=丁玲)(模糊匹配);1986—2008;全部期刊;相关度排序;单库检索检索到:1 938 条记录

回到检索页面,在检索项中选择"主题",检索词输入"丁玲",时间区间 1986—2008,更新为全部数据,范围为全部期刊,模糊匹配,按相关度排序,执行检索。本次检索结果为 1946 条记录,在一次检索的结果中进行二次检索,将检索项选择为"作者",分别与"陆文采"、"张永泉"、"袁良骏"、"彭漱芬"、"秦林芳"、"杨桂欣"、"秦弓"检索词一一匹配检索,结果为 63 条记录。

[1] 陆文采,贾世传. 丁玲研究 75 年(1930—2004)的沉思——纪念丁玲诞辰一百周年[J]. 辽宁师范大学学报(社会科学版),2004,(4).
[2] 陆文采,徐雁. 论新时期(1979—1999)丁玲研究的困惑与突破[J]. 辽宁师范大学学报(社会科学版),2001,(1).
[3] 陆文采,马殿超. 论丁玲创作的性爱描写特色及其女性观[J]. 辽宁税务高等专科学校学报,1997,(3).
[4] 陆文采,王建中. 论丁玲与 20 世纪中国女性文学——纪念丁玲诞辰一百周年[J]. 湖南文理学院学报(社会科学版),2004,(6).
[5] 陆文采. 新时期丁玲研究的回顾与展望——站在历史和现实的交点上去研究丁玲的创作[J]. 柳州师专学报,1994,(4).
[6] 陆文采. 丁玲创作研究座谈会在大连召开[J]. 社会科学辑刊,1986,(1).
[7] 陆文采. 探索"莎菲型"女性美的丁玲——读《魍魉世界·风雪人间》有感[J]. 辽宁教育行政学院学报,1991,(1).
[8] 陆文采. 新时期丁玲研究的回顾与展望[J]. 文史哲,1995,(5).
[9] 陆文采. 丁玲研究述评[J]. 中国现代文学研究丛刊,1995,(2).

[10] 陆文采．大连丁玲创作研究座谈会简讯[J]．中国现代文学研究丛刊,1986,(1).

[11] 陆文采．冰心、丁玲、萧红与女性文学[J]．辽宁师范大学学报(社会科学版),1991,(4).

[12] 陆文采．男女作家塑造女性形象的比较研究[J]．辽宁师范大学学报(社会科学版),1994,(2).

[13] 陆文采．论茅盾与女性文学[J]．沈阳师范学院学报(社会科学版),1994,(2).

[14] 陆文采,裴振勋．沉思在女性形象美的园地里——浅论男女作家塑造女性形象的比较研究[J]．唐山师范学院学报,1994,(1).

[15] 陆文采．浅谈“莎菲型”女性和“时代女性”的美学价值[J]．辽宁教育行政学院学报,1988,(1).

[16] 陆文采．曹禺剧作中的女性美与悲剧美[J]．甘肃社会科学,1987,(2).

[17] 陆文采．评茅盾30年代前后的作家作品论[J]．辽宁师范大学学报(社会科学版),1989,(2).

[18] 张永泉．走不出的怪圈——丁玲晚年心态探析[J]．华北水利水电学院学报(社会科学版),1999,(1).

[19] 张永泉．解放区文学的开拓者与超越者——丁玲与解放区文学[J]．华北水利水电学院学报(社会科学版),2000,(2).

[20] 张永泉．个性主义的松动与式微——论丁玲的精神悲剧[J]．江汉论坛,2005,(6).

[21] 张永泉．丁玲研究的意义[J]．社会科学论坛,2005,(9).

[22] 张永泉．莎菲形象系列与丁玲的人生悲剧[J]．河北学刊,1994,(5).

[23] 张永泉．莎菲与丁玲的悲剧[J]．中国现代文学研究丛刊,1994,(4).

[24] 张永泉.《在医院中》:革命知识分子走向成熟的艰苦历程[J]. 中国现代文学研究丛刊,1987,(4).

[25] 张永泉. 丁玲侧论[J]. 晋阳学刊,1989,(4).

[26] 张永泉. 丁玲与四十年代民族形式论争[J]. 河北学刊,1990,(6).

[27] 张永泉. 莎菲——执著的理想主义者[J]. 徐州师范大学学报(哲学社会科学版),1993,(4).

[28] 袁良骏. 丁、沈失和之我知我见[J]. 中国文化研究,1993,(2).

[29] 袁良骏. 我所认识的丁玲[J]. 重庆三峡学院学报,2001,(1).

[30] 袁良骏. 丁玲:不解的恩怨和谜团[J]. 粤海风,2001,(3).

[31] 袁良骏. 新时期丁玲小说研究漫评[J]. 中国现代文学研究丛刊,1989,(3).

[32] 袁良骏.《恩怨沧桑——现代文坛恩怨一瞥》序[J]. 鲁迅研究月刊,2005,(5).

[33] 彭漱芬. 论"丁玲现象"[J]. 湖南师范大学教育科学学报,1999,(6).

[34] 彭漱芬. 咬牙励志 韧性战斗——论丁玲的文化人格及其意志[J]. 云梦学刊,2001,(5).

[35] 彭漱芬."辣"、"倔"、"蛮"——丁玲个性气质的文化基因及其丰富、发展[J]. 湖南教育学院学报,2000,(4).

[36] 彭漱芬. 论丁玲的文化人格及意志[J]. 常德师范学院学报(社会科学版),2001,(6).

[37] 彭漱芬,王增明. 丁玲笔下女性形象的独特价值与审美特质[J]. 常德师范学院学报(社会科学版),1996,(5).

[38] 彭漱芬. 才气横溢的潇湘女——著名文学家丁玲[J]. 湘潮,1990,(8).

[39] 彭漱芬. 丁玲家世[J]. 文史博览,2001,(2).

[40] 秦林芳．丁玲创作中的两种思想基因——以 1931 年创作为例[J]．江苏社会科学，2007，(6)．

[41] 秦林芳．政治视镜中的规范化“写作”——论建国初期丁玲的文学创作[J]．南京社会科学，2005，(4)．

[42] 秦林芳．政治化文学新体制的营构——建国初期丁玲的文学批评与创作[J]．武汉大学学报(人文科学版)，2005，(3)．

[43] 秦林芳．“自由”的诱惑与眷恋——陕北时期丁玲的个性思想[J]．河北师范大学学报(哲学社会科学版)，2005，(5)．

[44] 秦林芳．建国初期的丁玲与“五四”文学传统[J]．南京晓庄学院学报，2005，(4)．

[45] 秦林芳．丁玲《杜晚香》：政治功利与道德诉求的聚合[J]．文教资料，2007，(36)．

[46] 秦林芳．政治视镜与国粹心态——从访美之行看晚年丁玲文化心理的保守性[J]．江苏教育学院学报(社会科学版)，2007，(6)．

[47] 秦林芳．新时期丁玲文艺思想的一个重要侧面[J]．南通大学学报(社会科学版)，2005，(2)．

[48] 秦林芳．丁玲与周扬[J]．书屋，2005，(6)．

[49] 秦林芳．“土地”与“女人”：丁玲小说《夜》的人性视点——兼谈《夜》的文学史价值[J]．名作欣赏，2007，(7)．

[50] 杨桂欣．永远的丁玲——纪念她的百年诞辰[J]．云梦学刊，2006，(1)．

[51] 杨桂欣．丁玲怎样主编《北斗》[J]．娄底师专学报，2004，(1)．

[52] 杨桂欣．丁玲，不泄私愤不报复[J]．中华魂，2005，(8)．

[53] 杨桂欣．丁玲研究应当进入新阶段[J]．求索，1987，(1)．

[54] 杨桂欣．“我丁玲就是丁玲！”[J]．炎黄春秋，1993(7)．

[55] 杨桂欣．丁玲与胡风[J]．新文学史料，2007，(1).

[56] 杨桂欣．论丁玲的杂文[J]．文艺理论与批评，2000，(6).

[57] 杨桂欣．丁玲和文学的工农兵方向[J]．黄河，2002，(4).

[58] 杨桂欣．丁玲怎样对待生和死？[J]．文艺理论与批评，2004，(6).

[59] 杨桂欣．丁玲的作家意识[J]．理论与创作，2006，(4).

[60] 杨桂欣．为去疑窦致黎之[J]．新文学史料，1998，(3).

[61] 秦弓．追求光明的代价——"左联"时期丁玲的创作[J]．湘潭大学社会科学学报，2000，(5).

[62] 秦弓．丁玲后期的小说创作[J]．河北师范大学学报(哲学社会科学版)，2001，(2).

[63] 秦弓．丁玲前期创作的女性主义阐释[J]．中国文化研究，1997，(3).

下载阅读以上资料，进行归纳分析，得出结论。

第二节　本章研究结果

历史总是永远按照它自己的法则前进的，中国人民的意志也是永远摧不毁的。伟大的"四五运动"震撼了天安门。北京充满了朝气，四处欢腾。历史再一次证明：人民是历史的创造者。历尽千难万苦的丁玲，也从焦虑中振作起来了。1978 年，根据中央文件精神，老顶山公社党委通知她摘去她"右派"帽子。1979 年 2 月，经中央组织部批准，她由陈明伴随，回到了北京。她怀着满腔的喜悦和一身的干劲回到了北京。

"千秋功罪，自有人民评论。"无情的历史，就在 1979 年终于推倒了压在丁玲头上的全部错误结论，恢复了她的党籍和名誉。丁玲，一个享有盛名的作家，就因为讲了几句真话，在我们这个社会主义国度里，竟被迫离开文坛多年，戴着“右派”帽子去当一个不能乱说乱动的囚犯。这真是中外罕见的触目惊心的文坛奇事！是谁造成了丁玲的悲剧呢？丁玲复出文坛后说：“这里没有什么个人恩怨，我们的遭遇是社会问题，不是哪一个人把我打倒的。”重现文坛的丁玲，没有眼泪和悲伤，也没有叹息和抱怨。[1]

丁玲总结了几十年的经验，特别是总结了十年动乱的教训以后，沉痛地告别了过去，勇敢地面对未来，她复出后，重现文坛，既不顾“古稀”之年，也不顾病痛的身体，而是日夜挥笔，除了继续写《在严寒的日子里》以外，还写了大量的回忆录、讲演稿、杂文和文学评论，总共约三十万字左右，这些文章已分别收入《丁玲近作》（四川人民出版社 1980 年版）、《生活 创作 时代 灵魂》（湖南人民出版社 1981 年版）和《我的生平和创作》（四川人民出版社 1982 年版）等文集中。

丁玲阔别文坛 20 年后公开发表的第一篇作品，是 1979 年写的《“牛棚”小品（三章）》，刊于同年第二期《十月》文学杂志上。

丁玲从延安文艺座谈会以后，有意识地更多地尝试写散文。进入新时期以后，丁玲的散文创作风格更见洒脱雄健、明快清澈，人物形象更具鲜明生动、个性突出，语言艺术更是质朴情真、凝练深达。周可在《试论丁玲新时期散文创作的风格特征》中说道：“进入新时期以后，丁玲在散文领域内的辛勤耕耘的不懈探索，则更是充分显示出了她作为一个早已定型的小说家多方面的创作才能，而她在将近十年的时间里为我们留下的那些内容丰富、数量可观、形式多样的且富于独创的散文作品，无疑也使她理所当然跻身于中国现当代散文大家的行列之中。”[2] 1979 年，当她历尽艰难曲折，重返文坛之后，表现出散文创作的好势头，先后发表了数十篇散文作品，而《“牛棚”小品（三章）》可以说是其中的优秀之作。它情景交融，凝聚着作家的爱憎感情，在这篇散文里，丁玲生动地写出自己一段艰难曲折的生活，表现她“相信党、相信群众、相信自己、相信时间”的坚定信念，洋溢着她对党、对人民、对社会主义的无比热爱之情。

丁玲再现文坛之后，夜以继日地努力写她的《在严寒的日子里》。1979年，安徽出版的大型文学刊物《清明》的创刊号上，发表了《在严寒的日子里》前二十四章。

《杜晚香》是丁玲再现文坛后所写的又一篇优秀之作。最初发表在1979年7月号《人民文学》上。杜晚香的原型，是“东北垦区一位标兵”。小说写她从陕北高原荒冷山沟里的弱女子，成为一个令人仰慕的生产标兵的生活历程。杜晚香有爱北大荒的朴素感情，做了许许多多好事。丁玲在北大荒度过了漫长的垦区生活，结识了这个纯朴的女农工。丁玲最了解她，熟悉她，两人是好朋友。她曾因为和丁玲的关系受牵连，被打下去好多年。丁玲最了解杜晚香的思想感情，在心目中最喜爱、最尊敬杜晚香了。她俩朝夕相处两年多，感情相通，患难与共。丁玲从杜晚香身上得到许多教益，每当她遇到困难或不称心的事时，就想起杜晚香那种默默无闻的工作态度和勤勤恳恳的工作作风。作者正是怀着真挚和崇敬的感情，描写了这个普通的山村妇女成长为东北垦区的女标兵的过程；描写了她在平凡的工作岗位上，做出了不平凡的事；描写出她一心为公，一心为人民的崇高品质。这就是杜晚香的形象。她是从平凡生活中成长起来的实干家，是新中国劳动妇女的光辉典型，是丁玲小说中所创造的一系列妇女形象中最新最美的一个妇女形象。读者从杜晚香这个艺术形象中，可以获得深刻的美的感受和意义，她给人奋发向上的启示和激励。

《杜晚香》的艺术性是很强的。作家没有着意去安排故事，而是在平凡的记叙中展示了人物崇高的行为和品质。语言热情奔放，叙述朴实动人而融合着深邃的生活哲理。作品自始至终，倾注着作者炽热的感情和浓烈的诗意，尤其是开头和结尾两部分，既像两首诗，又像两幅画，作者把景物、环境、人物都加以诗化，做到了抒情和叙事有机的结合。“在杜晚香这一女性形象身上寄托了丁玲晚年的美学思想和人格理想,反映了作家精神特征的蜕变和女性意识的滞后。”[3]

是的,丁玲在她的半个多世纪的文学生涯中,用她那颗火热的心始终不渝地去爱人民、爱祖国,用她那犀利的笔锋,猛烈地抨击了封建主义和宗法制度,鞭挞了黑暗的社会,为人民,尤其是为中国妇女的解放而呐喊!在扭曲了的社会生活中,她对人民和祖国的爱更深、更广了。她凭着这种爱,处逆境而求生,临危难而不屈,在那使人窒息的环境中她仍然用她那支蕴含着“爱”的笔,抒发了她对人民的由衷的挚爱之情,写下了歌颂新时代妇女的新篇章《杜晚香》。

丁玲老骥伏枥,壮志不已。她 1979 年春天回到北京以后,拖着病体,整天不停地工作和学习,孜孜不倦地写作。她除了继续写她的《在严寒的日子里》之外,还写了两部长篇文学回忆录,《魍魉世界》和《风雪人间》。丁玲谈起往事时总是含笑说:“风雪虽大,到底是人间。”曲玉境在《把人间的冷暖说与人间——丁玲新时期文学创作的特色与文学史意义》一文中说道:“总之,丁玲新时期文学创作是作家本人风雨人生的形象记录,其中贯穿着作家对世态炎凉的切身体验,表现出作家率真、敢为的性格魄力,她把人间的冷暖说与人间——曾经给予她无数的褒贬毁誉的人间,它是丁玲创作最后阶段的成果,反映了作家晚年的精神特征,为中国现代文学留下了一份珍贵的思想资料,启发后人们对作家与时代的关系问题做更加深入的思考。”[4]到 1986 年 2 月,她已处在生命的最后日子里,还记挂着她的“三本书”(《在严寒的日子里》、《魍魉世界》和《风雪人间》),她对她的秘书王增如和陈明的五妹说:“我不行了,‘三本书’写不完了。”[5]现在这三本书都已面世,可以告慰丁玲在天之灵了。

丁玲年届 80 岁高龄的时候,仍胸怀大志,为文学的昌盛而辛勤地耕耘着。这年,她雄心勃勃地创办并主编文学刊物《中国》。

丁玲在她生命的最后日子里,以一种积极乐观的顽强精神和病魔作斗争。她多么企望早日出院,恢复写作啊!她曾说:"我现在是满腹文章,但没有时间了,若是能再给我15年就好了。"时间对她来说比什么都宝贵。延安、桑干河、北大荒……那么多的生活宝藏等待着她去开掘;还有那么多文学新人,期待着她提携和教诲;我们多么希望一生历经磨难的丁玲,能在垂老的岁月中多过几年宽慰的幸福的日子,给中国文学多留些传世之作啊!可是命运之神竟是这么吝啬,我们的希望终成梦幻,丁玲这颗文坛巨星,终于在走完了她82年的道路之后,于1986年3月4日陨落在中国的大地上!丁玲是享有国际盛誉的现实主义作家。在革命文学运动中,她是鲁迅旗帜下的一位具有重大影响的左翼作家;抗日战争和解放战争时期,她是解放区文学当之无愧的开拓者之一;她重返文坛后,又以极大热情为新时期文学的昌盛和繁荣而四处奔波、辛勤耕耘、培养出许许多多的文学新人。她坚守文学岗位直到逝世。

人们认为20世纪50年代中期以后,把丁玲的一些作品打成毒草,是一种极不正常的历史现象。我们经历了几十年的风风雨雨,今天在解放思想的旗帜下,完全有条件对丁玲作品作出比较符合客观实际的论断。新时期以来,丁玲研究成了研究者的热点。从总体上看,从1979年到1986年丁玲研究者们"破除22年来对丁玲形象的歪曲与亵渎,把对丁玲的理解和认识,回归到'反右'和30年代以前丁玲研究的正确结论上来,为重新认识丁玲、理解丁玲、研究丁玲,寻找到大家能接受的新的认识的衔接点。"[6] 1986年6月,丁玲研究会在长沙正式成立,不久《丁玲文集》八卷问世,使丁玲研究者能从容地阅读丁玲整个一生的创作。

1980年,袁良骏《褒贬毁誉之间——谈谈<莎菲女士的日记>》一文的发表,标志着为丁玲创作拨乱反正的开始,1984年6月,徐霞村《关于莎菲的原型问题》的论文发表，为深入地研究丁玲提供了有价值的资料。同时对50年代中期被打成毒草的丁玲作品进行了客观的实事求是的评价，涌现出一批以严家炎的《现代文学史上的一桩旧案——重评丁玲＜在医院中＞》为代表的具有科学论据的价值很高的文献。1985年袁良骏发表了《论丁玲的小说》，他认为丁玲的小说在中国现代文坛上，取得了别人无可代替的成就。这篇文章标志着丁玲研究拨乱反正的阶段到了深入研究的时期。严家炎1987年发表了《开拓者的艰难跋涉——论丁玲小说的历史贡献》，是对丁玲创作研究的力作，是站在历史和现实的交合点上对丁玲早期创作的最高评价。袁良骏评价："这是一篇立论新颖，文笔精练而又活泼、论证又很严谨的佳作，它标志着丁玲研究已达到了一种新的高度的时期。"同时研究者们用比较研究的方法把丁玲的小说与同时代的女作家冰心、庐隐等女性作家的作品作比较，来进一步探讨丁玲与中国现当代文学的关系。随着丁玲研究的不断深入，研究成果形式从论文向论著转变，自王中忱与尚侠的《丁玲的生活与文学的道路》至周良沛的《丁玲传》，前后有30余种专著出版，并且还在不断地涌现，无论从数量还是质量来看，对丁玲的研究，都达到了空前的繁荣。

严家炎的《谈丁玲小说的贡献》一文发表后，丁玲的创作研究进一步得到发展，学者们的学术观点取得了相对的认同。1988年5月《上海文论》刊发了王雪瑛的《论丁玲的小说创作》一文，其中的观点在当时的丁玲研究界引起了不小的震动。王雪瑛认为："对于一个作家来说，创作无疑应该是一种个性的扩张，一种感情的释放……是作家的一种自我保护……丁玲所以会走上文学创作的道路，似乎就正是出于这种自我保护的本能……但是，现实世界的黑暗一次又一次地撞坍她的心理城墙，她的每一次个性扩张都遭到严重的打击……到最后，在似乎不可抵抗的环境压力面前，丁玲还是认输了，她终于吸取了教训，由个性扩张转变为个性收缩，由自我抒遣转变为自我封闭，由倾听自己的心声转变为图解现成的公式。她的创作变了质，由先前那种积极的自我超越和自我保护，变成了自我丧失，变成了一种消极的自我保护……”[7]张永泉发表了《丁玲侧记》一文，对王雪瑛文章持支持态度。而这种学术观点与严家炎的学术观点有着严重的分歧。新时期以来，研究者们对丁玲的艺术个性进行了再探讨。1987 年，林唯民的《莎菲……美琳……贞贞……陆萍……黑妮》一文，把对丁玲创作道路成败的争论展现在读者的面前，也引起学术界的关注。接下来罗守让发文《丁玲在新文学史上的意义和地位》，针对王雪瑛的观点提出不同看法。这篇文章的发表对新时期的丁玲研究起到了推动作用。1993 年，袁良骏对丁玲的其人其文发出质疑，他的观点遭到了杨桂欣的反对，这种不同观点的争鸣，“将给日后丁玲研究开辟一条更为广阔的道路”。[8]丁玲研究中的争鸣性文章，使丁玲研究从困惑中有了突破，并使丁玲研究从沉闷中得到了发展。1998 年 3 月，罗守让发文探讨“丁玲孤独”这一新时期文学现象，指出“复出后的丁玲的处境很有些独特和微妙。她不顾 73 岁的高龄和健康受到严重损害的多病的身体，几乎以一种年轻人才有的热情和活力，积极投身新时期的文学运动……然而，当代文坛对于丁玲的态度却微妙而复杂。”在她赢得掌声和鲜花的同时，“非议、责难、排拒的声浪随之而起，她显得有些不合时宜……丁玲的心境不无委屈和愤懑，丁玲的处境很有几分寂寞和孤独。丁玲的理想和信念是十分坚定的，丁玲的品质和个性甚至不无几分倔强和孤傲，这样，新时期的丁玲整个就给人一种在暮年苍茫中独步原野的孤独感和悲壮感”。[9]1999 年，张永泉发文尖锐地指出造成丁玲晚年走不出怪圈的原因：“晚年的丁玲仍然没有摆脱周扬的阴影。不论是出于自我保护的某种策略性需要，还是由于对对方无理压迫的一种带有某种情绪性的反驳，丁玲一些给人留下‘左’的印象的言论和做法，都与周扬直接有关。正是周扬的继续围剿，把她逼进了一个走不出的怪圈。"[10]新时期丁玲创作研究比过去任何时期都要全面。发表在报纸杂志上的研究丁玲创作的文章就有近百篇,研究角度之多样,涉及面之广,数量之多,都是前所未有的。研究不再局限于丁玲的小说创作,开始出现了研究丁玲的剧作、散文、报告文学的文章,填补了丁玲研究的空白。

人们不难看出,伴随着作家坎坷不平的人生道路和文学生涯,丁玲的创作研究,也经历了一个相当曲折的过程:它有过高潮的出现,也有过低潮的时期,甚至有过空白时期,终于又恢复了勃勃生机。对于丁玲创作,褒贬毁誉,截然相反,评价之差异,观点之对立,在现当代文学史上,是很突出的。总结这样一段历史,对于丁玲创作,甚至对于现代文学乃至整个文学研究工作,都是极有意义的。

最后,我们用王蒙在《我心目中的丁玲》结尾处一段话作为本章的结尾:"我愿愚蠢地和冒昧地以一个后辈作家和曾经是丁玲忠实读者的身份,怀着对天人相隔的一个大作家的难以释然的怀念和敬意,为丁玲长歌当哭。"[11]

在王蒙"长歌当哭"声中,丁玲研究者们能领悟到更多的人生真谛。

本章推荐网址

中国知网	http://www.cnki.com.cn
中国现代文学研究丛刊	http://www.wxg.org.cn
中国书网	http://copies.sinoshu.com
中国文化研究所	http://www.chineseculture.com.cn
中国文化研究	http://www.gotoread.com
求索网	http://qiusuo.nyist.net
中国青少年新世纪读书网	http://www.cnread.net
理论与创作	http://llycz.periodicals.net.cn

文史哲	http://www.lhp.sdu.edu.cn
中华网	http://www.china.com
炎黄春秋	http://yhcq.chinajournal.net.cn
云梦学刊	http://www.cnki.com.cn
名作欣赏	http://www.qikan.com
辽宁师范大学学报	http://www.gotoread.com
南京社科网	http://www.njass.org.cn
理论与创作	http://www.lunwentianxia.com
教育理论与实践	http://www.yuwensen.cersp.net
粤海风	http://www.magshow.com
鲁迅研究月刊	http://www.lunwentianxia.com
中国作家网	http://www.chinawriter.com.cn
论文天下网	http://www.lunwentianxia.com
十月	http://www.eduww.com
文艺理论与批评	http://www.ailong.com
万方数据 iLib	http://www.ilib.cn

注释:

[1] 丁玲．讲一点心里话．丁玲文集．第四卷．长沙:湖南人民出版社,1984

[2] 周可．试论丁玲新时期散文创作的风格特征．文艺理论与批评,1996,(2)

[3][4] 曲玉境．把人间的冷暖说与人间——丁玲新时期文学创作的特色与文学史意义．丹东师专学报,1995,(2)

[5] 王增如．丁玲在最后的日子里．新文学史料,1986,(4)

[6] 陆文采．丁玲研究述评．中国现代文学研究丛刊,1995,(2)

[7] 王雪瑛．论丁玲的小说创作．上海文论,1988,(5)

[8] 丁玲文学创作国际研讨会文集编选小组．丁玲文学创作国际研讨会文集．长沙:湖南文艺出版社,1994

[9] 罗守让．丁玲在当代文坛的寂寞和孤独．韩山师范学院学报，1998,(1)

[10] 张永泉．走不出的怪圈——丁玲晚年心态探析．华北水利水电学院学报(社会科学版),1999,(1)

[11] 王蒙．我心目中的丁玲．中华文学选刊．1997,(3)

第十一章 有关数据库的功能及使用技巧

第一节 超星数字图书馆

读秀学术搜索

读秀是一个由 6 亿页资料组成的超大型数据库，为教师、学生、科研人员及其他人员免费提供论文等文献资源的电子原文，为读者在阅读过程中遇到的问题进行答疑解惑。

一、读秀的全文搜索

打开读秀学术搜索页面，选择“全文检索”，输入检索词：“丁玲研究”

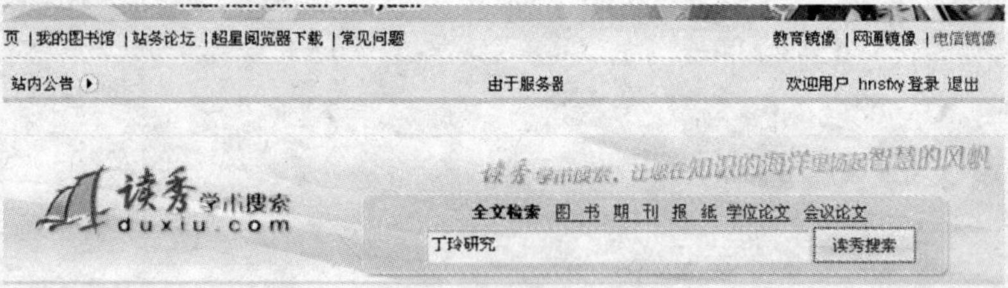

点击搜索，结果：

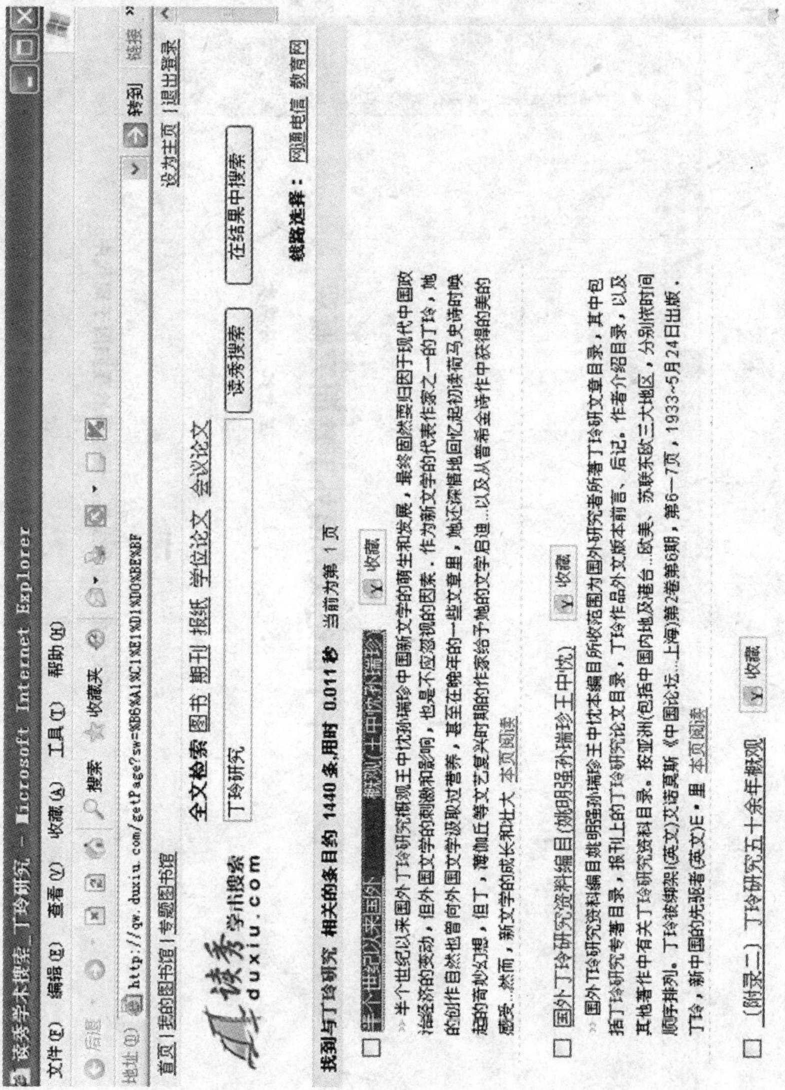

读秀学术搜索_丁玲研究 - Microsoft Internet Explorer

文件(F)　编辑(E)　查看(V)　收藏(A)　工具(T)　帮助(H)

后退　搜索　收藏夹

地址(D) http://qw.duxiu.com/getPage?sw=%B6%A1%C1%E1%D1%D0%BE%BF　转到　链接

首页 | 我的图书馆 | 专题图书馆　设为主页 | 退出登录

读秀学术搜索 duxiu.com

全文检索 图书 期刊 报纸 学位论文 会议论文

丁玲研究　读秀搜索　在结果中搜索

线路选择： 网通电信 教育网

找到与丁玲研究 相关的条目约 1440 条,用时 0.011 秒 当前为第 1 页

□ 半个世纪以来国外　　概观(王中忱孙瑞珍)　收藏

» 半个世纪以来国外丁玲研究概观王中忱孙瑞珍中国新文学的萌生和发展，最终固然要归因于现代中国政治经济的变动，但外国文学的刺激和影响，也是不应忽视的因素．作为新文学的代表作家之一的丁玲，她的创作自然也曾向外国文学汲取过营养，甚至在晚年的一些文章里，她还深情地回忆起初读荷马史诗时唤起的奇妙幻想，但丁，薄伽丘等文艺复兴时期的作家给予她的文学启迪...以及从普希金诗作中获得的美的感受...然而，新文学的成长和壮大　本页阅读

□ 国外丁玲研究资料编目(姚明强孙瑞珍王中忱)　收藏

» 国外丁玲研究资料编目姚明强孙瑞珍王中忱本编目所收范围为国外研究者所著丁玲研文章目录，其中包括丁玲研究专著目录，报刊上的丁玲研究论文目录，丁玲作品外文版本前言、后记。作者介绍目录，以及其他著作中有关丁玲研究资料目录。按亚洲(包括中国内地及港台...欧美、苏联东欧三大地区，分别依时间顺序排列。丁玲被绑架!(英文)艾诺莫斯《中国论坛...上海)第2卷第6期，第6—7页，1933~5月24日出版．丁玲，新中国的先驱者(英文)E·里　本页阅读

□ （附录二）丁玲研究五十余年概观　收藏

点击书名：

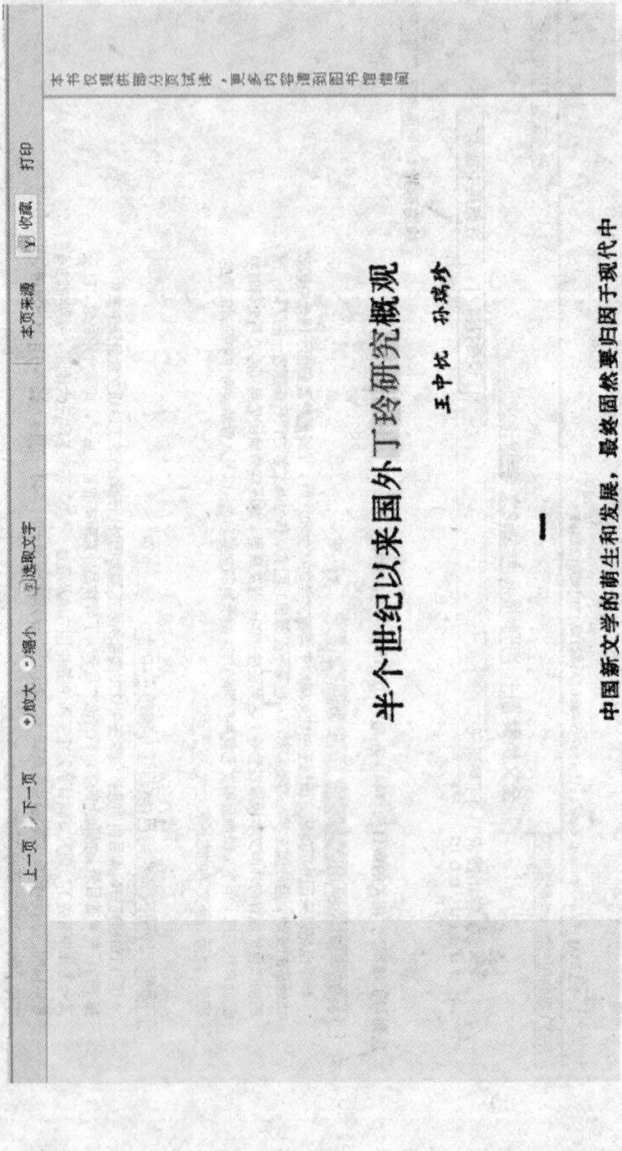

上一页　下一页　放大　缩小　选取文字　本页来源　收藏　打印

本书仅提供部分页试读，更多内容请到图书馆借阅

半个世纪以来国外丁玲研究概观

王中忱　孙瑞珍

一

中国新文学的萌生和发展，最终固然要归因于现代中

点击右上方“本页来源”出现书名、作者等信息：

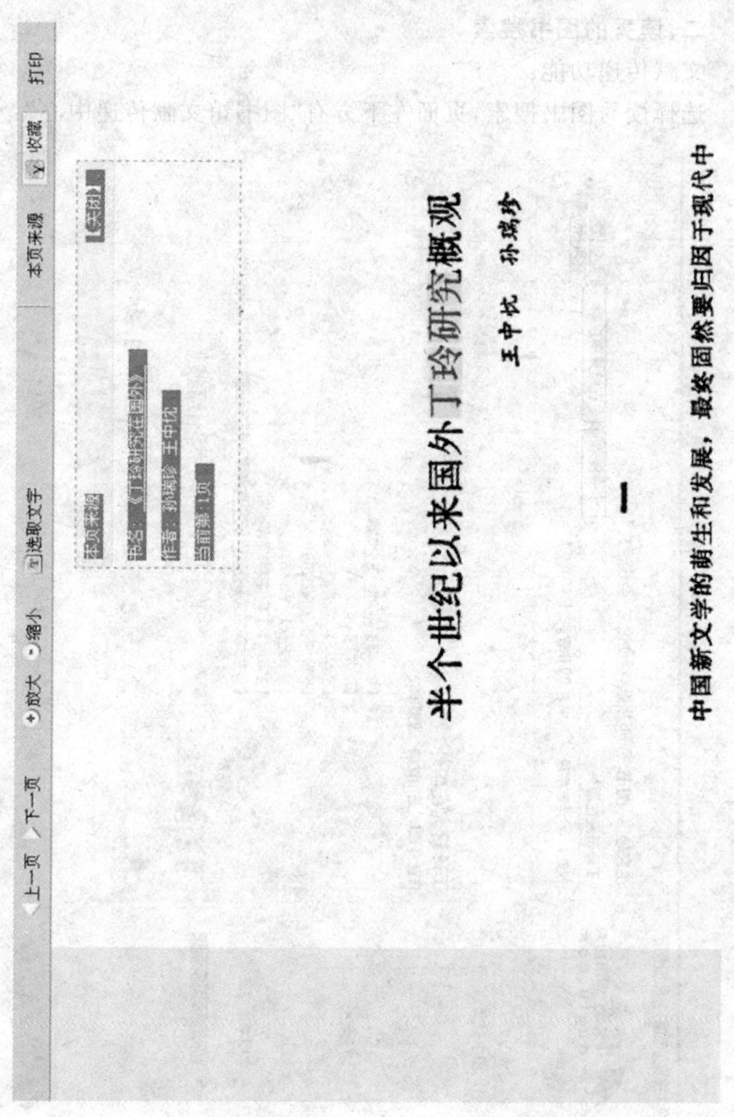

二、读秀的图书搜索

文献传递功能：

选择读秀图书搜索，页面左下方有“图书馆文献传递中心”：

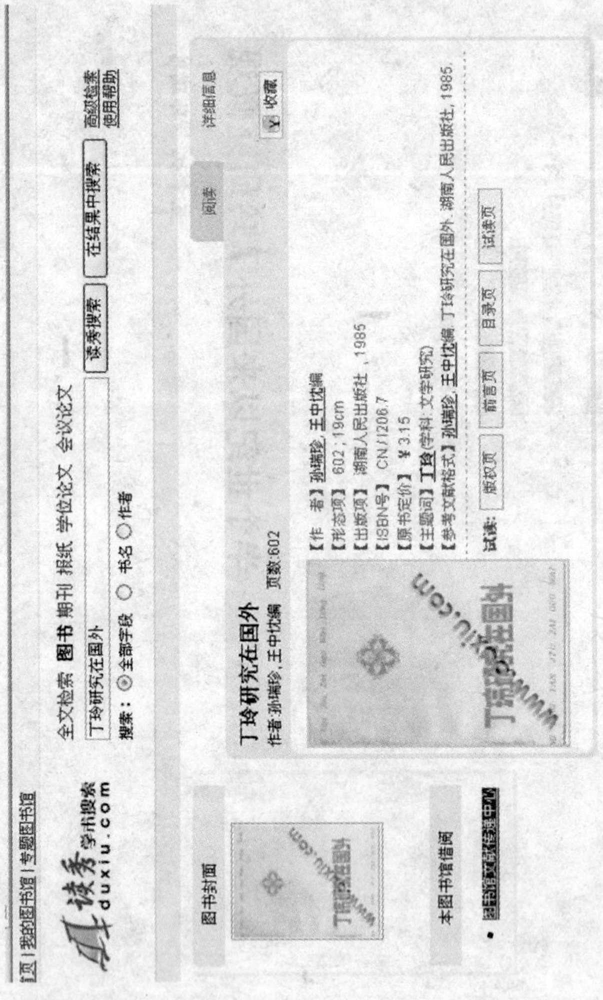

操作步骤：

(1)点击“图书馆文献传递中心”，登录咨询中心

(2)填写咨询表单

在表单“咨询标题”中填写咨询的主题，并在“详细描述”栏中仔细地描述所需咨询问题的内容，这将有利于咨询工作人员作出快速正确的回复。最后填写 E-mail 地址和确认码，确认提交，完成咨询。

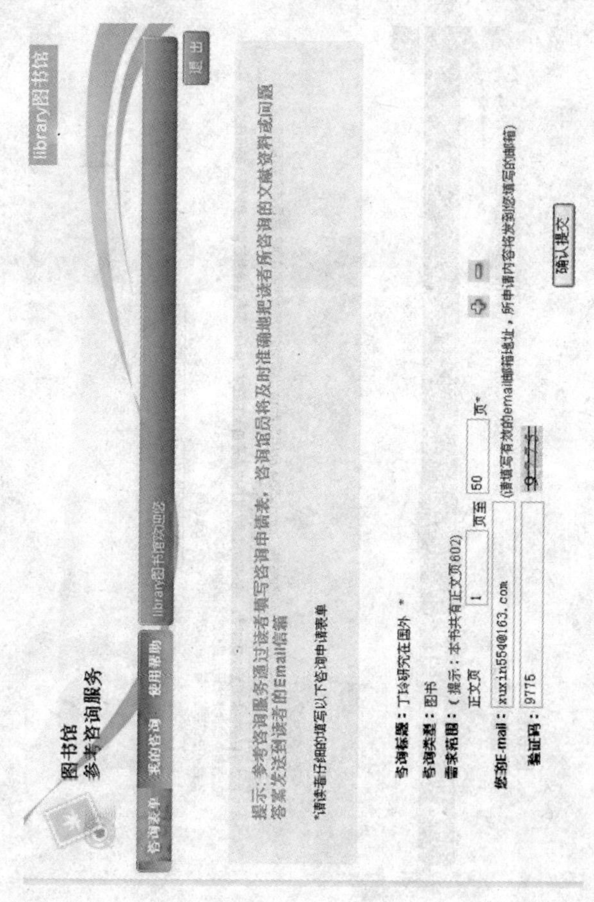

(3)提交咨询表单

咨询表单填写完成后,输入验证码,点击“确认提交”按钮,完成咨询。

(4)页面显示:“咨询提交成功”

(5)打开邮箱查看咨询结果

咨询馆员收到参考咨询申请表单后,进行处理,将读者咨询的问题答案或所需资料传到读者的 E-mail 地址。

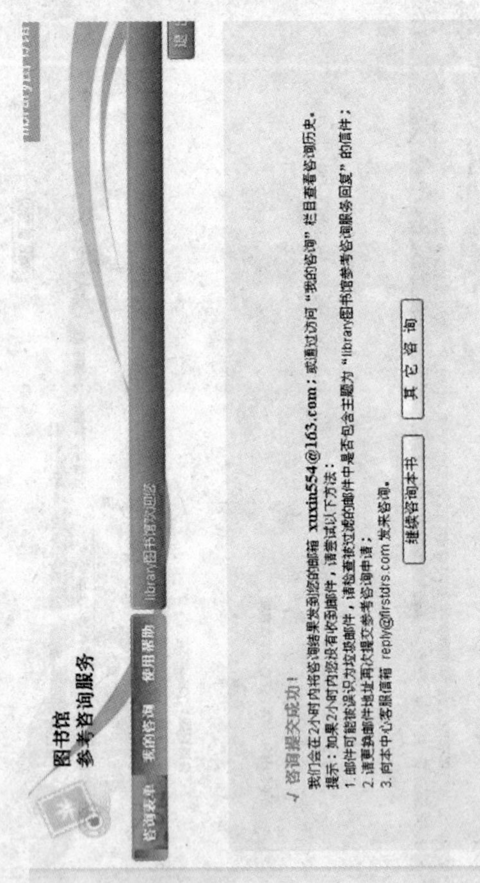

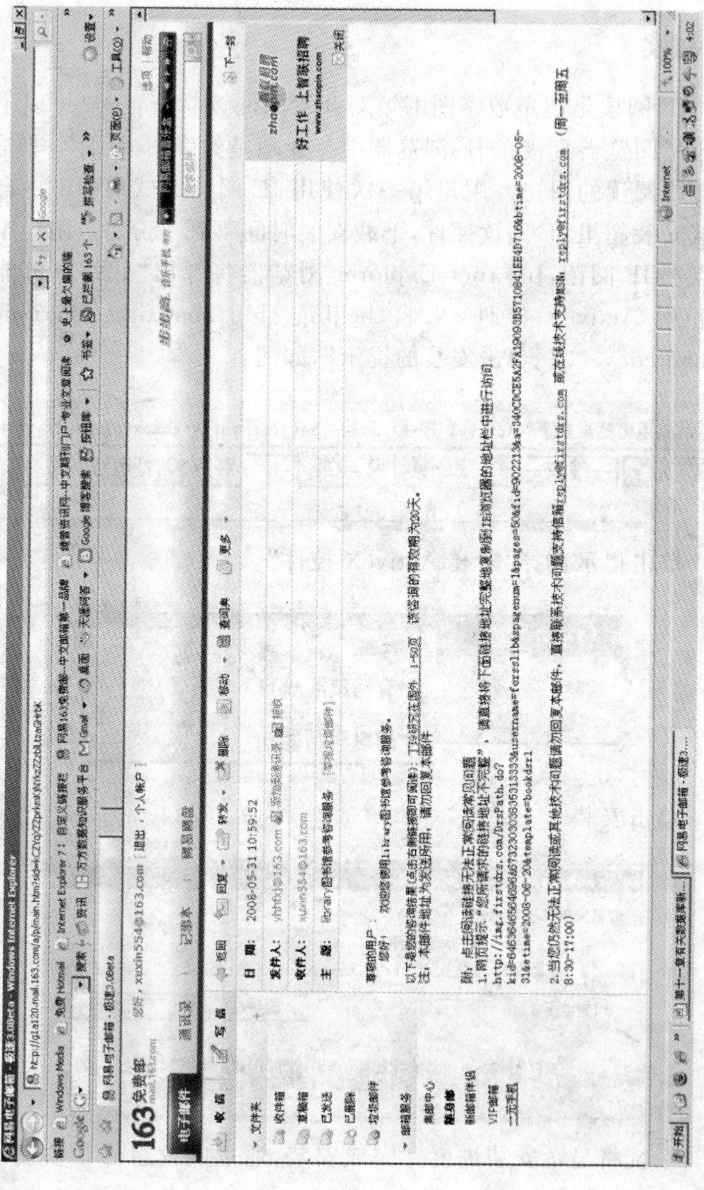

IE 阅读

IE 阅读是超星数字图书馆新开发的阅读功能,用户可以不安装超星阅览器直接在 IE 浏览器中打开超星数字图书阅读,非常适合在线阅读的用户。用户第一次使用 IE 阅读方式时,IE 将自动下载安装超星 IE 阅读插件,下载安装时间不到一分钟。用户第一次点击 IE 阅读,Internet Explorer 浏览器将弹出"此站点可能需要下列 ActiveX 控件:来自′beijing shiji chaoxing xinxi jishu fazhan co. ,... 。单击安装的提示",如图:

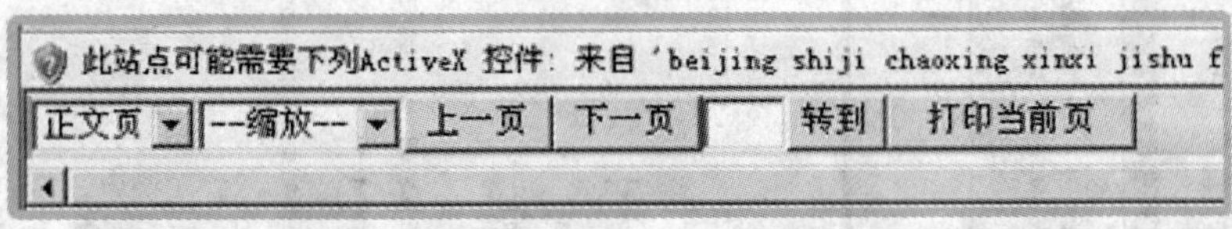

单击提示选择"安装 ActiveX 控件"

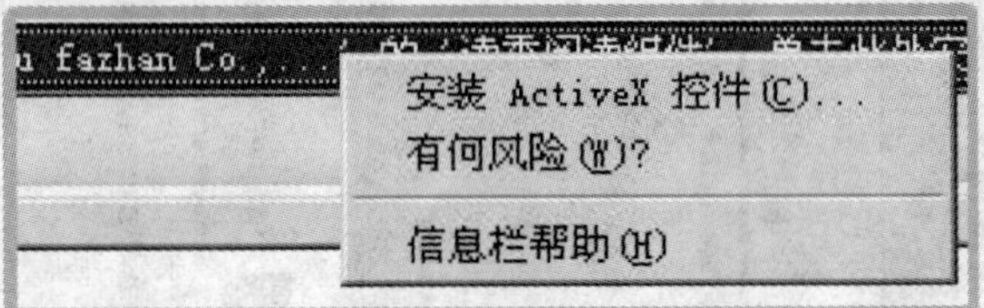

单击安装

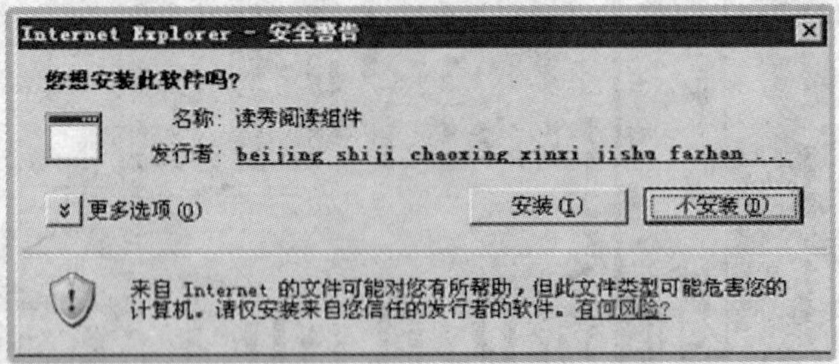

系统将显示安装进度并完成安装,通过阅读组件很快捷地阅

读到图书。

阅读、下载图书

1．在首页的“图书分类”中选择分类，或在图书检索框内输入关键字进行图书搜索；

2．进入图书显示页面；

3．点击书名即可阅读图书；

4．阅读时在图书阅读页面上点击鼠标右键选择“下载”菜单，下载图书；

5．自定义下载路径的方法：

(1)在设置菜单中自定义下载图书的存放路径；

(2)在下载图书时选择图书存放路径。

标注

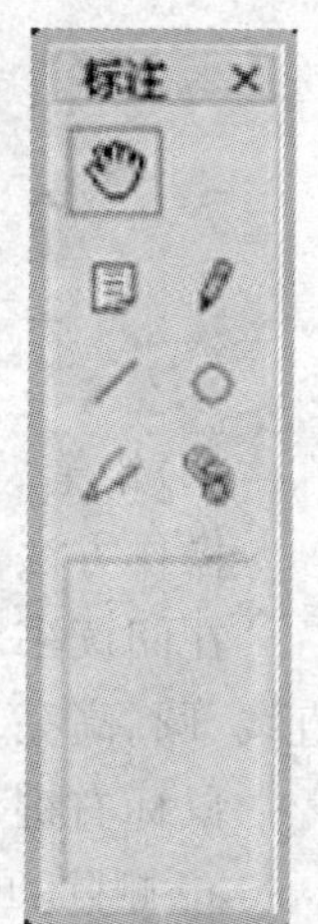

在阅读图书时，对需要重点标示的内容做标记(目前该功能只对下载到本地的图书起作用)。

选择使用标注的两种方法：

(1)阅读图书时，点击工具栏中的标注，将会弹出标注工具栏；

(2)阅读图书时，通过鼠标右键菜单选择标注工具。

标注有 6 种工具

批注、铅笔、直线、圈、高亮、超链接。

(1)批注

操作方法：

在阅读图书时，点击浮动工具栏中的批注工具，然后在页面中按住鼠标左键，任意拖动一个矩形(想要做批注的地方)，在弹出的面板中填写批注内容，点击“确定”即可。如下图：

a. 删除：在要删除的批注图标上点击鼠标右键，选择“删除”；

b. 显示内容：在批注上单击鼠标右键选择“显示内容”，可以在页面中显示批注的内容。显示内容和隐藏内容可以通过双击批注图标来快速切换；

c. 属性：编辑批注内容、修改颜色。

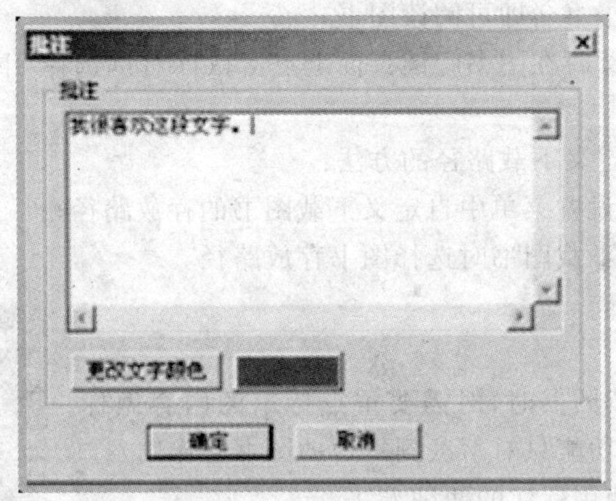

(2)铅笔、直线、圈和高亮

操作方法：

在阅读书籍时，点击工具栏中的相应工具。按住鼠标左键画直线、圆、高亮。例如：

鼠标右键：

a. 删除：可以删除铅笔、直线、圈或高亮；

b. 属性：修改颜色和线宽。

(3)超链接

操作方法：

在阅读书籍时，点击工具栏中的超链接工具；使用鼠标左键在书籍阅读页面画框，在弹出的窗口中填写链接地址。

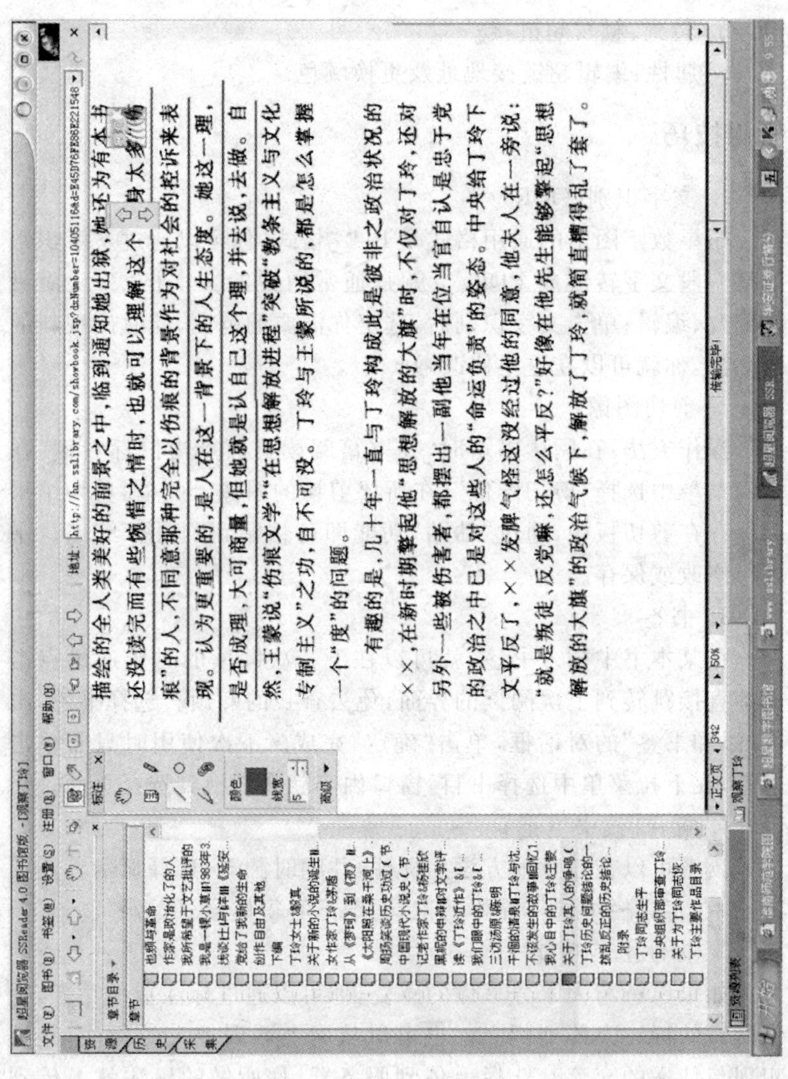
描绘的全人类美好的前景之中，临到通知她出狱，她还为有本书还没读完而有些惋惜之情时，也就可以理解这个身太多"伤痕"的人，不同意那种完全以伤痕的背景作为对社会的控诉来表现。认为更重要的，是人在这一背景下的人生态度。她这一理，是否成理，大可商量，但她就是认自己这个理，并去说，去做。自然，王蒙说"伤痕文学""在思想解放进程"突破"教条主义与文化专制主义"之功，自不可没。丁玲与王蒙所说的，都是怎么掌握一个"度"的问题。

有趣的是，几十年一直与丁玲构成此是彼非之政治状况的××，在新时期擎起他"思想解放的大旗"时，不仅对丁玲，还对另外一些被伤害者，都摆出一副他当年在位当官自认是忠于党的政治之中已是对这些人的"命运负责"的姿态。中央给丁玲下文平反了，××发脾气怪这没经过他的同意，他夫人在一旁说："就是叛徒，反党嘛，还怎么平反？"好像在他先生能够擎起"思想解放的大旗"的政治气候下，解放了丁玲，就简直糟得乱了套了。

鼠标右键：

a. 删除：删除超链接；

b. 转到:触发超链接;

c. 属性:编辑超链接地址及更换颜色。

使用技巧

1. 文字识别(OCR)

超星数字图书的通用格式是PDG格式,你可以通过文字识别把某一段文字转换成PDF,也就是通常所说的文本格式,从而进行修改、编辑;单击文字识别后,选定你需要的范围,此时出现新的对话框,你就可以在这里修改啦!

2. 剪切图像

操作方法:在阅读书籍时,在书籍阅读页面点击鼠标右键,在右键菜单中选择"剪切图像",在所要剪切的图像上画框,剪切结果会保存在剪切板中,通过"粘贴"功能即可粘贴到"画图"等工具中进行修改或保存。

3. 书签

在某本书中插入书签,就可以在下一次阅读的时候通过点击书签直接跳转到上次阅读的界面,免去查找的麻烦。选择书签,出现"添加书签"的对话框,单击"确定"完成。下次使用时只需单击书签,在下拉菜单中选择书目,窗口内容就会切换到选择页面。

4. 标注[读书笔记]

读者可以在任意地方添加标注,并随时翻看,选择显示标注工具栏,在工具栏中选择你要的工具,记下心得体会。

5. 标注上传功能

如果愿意与大家分享你的感受,你可以通过标注上传功能,把你所做的标注上传到网上。也可以从网上看到他人的标注,轻松实现与他人的交流。选择上传到服务器,你所做的标注就上传到网上了。

6. 采集功能

采集功能，使用户轻松实现现有文本 WORD、WPS 等文件格式转换成超星 PDG 格式，并可实现全文检索功能。制作方法如下：打开阅览器或双击采集图标，将你需要制作的文件粘在制作窗口，制作完成以后点击“保存”按钮。

以上文字资料来自超星数字图书馆首页中的使用帮助项。

第二节　中国期刊全文数据库

一、检索功能

1. 在检索结果中检索（二次检索）

在结果中检索又称为二次检索，是在当前检索结果中进行的检索，主要作用是进一步缩小范围，精选文献。当检索结果太多，想从中精选出一部分时，可使用二次检索。

二次检索这一功能设在实施检索后的检索结果页面。

2. 题录保存

“题录”是指文献的基本信息，也称为目录。包括题名、作者、关键词、作者机构、文献来源、摘要等。选择保存题录是指当获得检索结果后，如需要将检索结果的目录保存以供他用时，可在检索结果的简单页面上选择条目进行保存。有简单格式、详细格式、引文格式、自定义格式四种保存格式。题录保存操作全过程在检索结果简单页面完成。每一个题录文件可以保存 50 条题录。

选择题录分为“全选”和“单选”。“全选”只要点击右页面的“全选”按钮，即可将当前页面的题录全部勾选；单选则是一一勾选所要保存的题录。一次勾选不得超过 50 条题录。

保存题录操作步骤：选择题录，然后存盘，再选择存盘格式（简单、详细、引文、自定义）预览或打印（或复制保存）。

操作过程：

(1)全选：点击 全选 ，将当前页面上显示的文献记录全部选中，点击 清除 ，将取消前次所选文献记录；

单选：在当前页分别勾选所要保存的文献记录，点击题名前的□。

(2)存盘：点击 存盘 ，系统弹出一个窗口将选中的文献记录以默认格式显示，并提供四种格式供选择：简单、详细、引文格式、自定义。当选择"自定义"时，则系统提供以下信息项供选择：题名、作者、关键词、单位、摘要、基金、刊名、ISSN、年、期、第一责任人。在预览窗口下，可确定想要的格式，点击 打印 将所选中的题录保存格式输出到纸载体上；也可复制保存。点击 清除设定 将清除原先所选择的题录信息保存项，可重新勾选自定义信息项。

3. 知网节功能

在检索结果页面上点击每一文献题名，即进入知网节，可获得文献的详细内容和相关文献的信息链接。

提供单篇文献的详细信息和扩展信息浏览的页面被称为"知网节"。它不仅包含了单篇文献的详细信息，如题名、作者、机构、来源、时间、摘要等，还是各种扩展信息的入口汇集点。这些扩展信息通过概念相关、事实相关等方法提示知识之间的关联关系，达到知识扩展的目的，有助于新知识的学习和发现，帮助实现知识获取、知识发现。见如下页面：

4. 全文下载及浏览

用户下载保存和浏览文献全文。系统提供两种途径下载浏览全文：一是从检索结果页面（概览页），点击题名前的下载浏览CAJ格式全文；二是从知网节（细览页），点击 CAJ下载， PDF下载，可分别下载浏览CAJ格式、PDF格式全文。

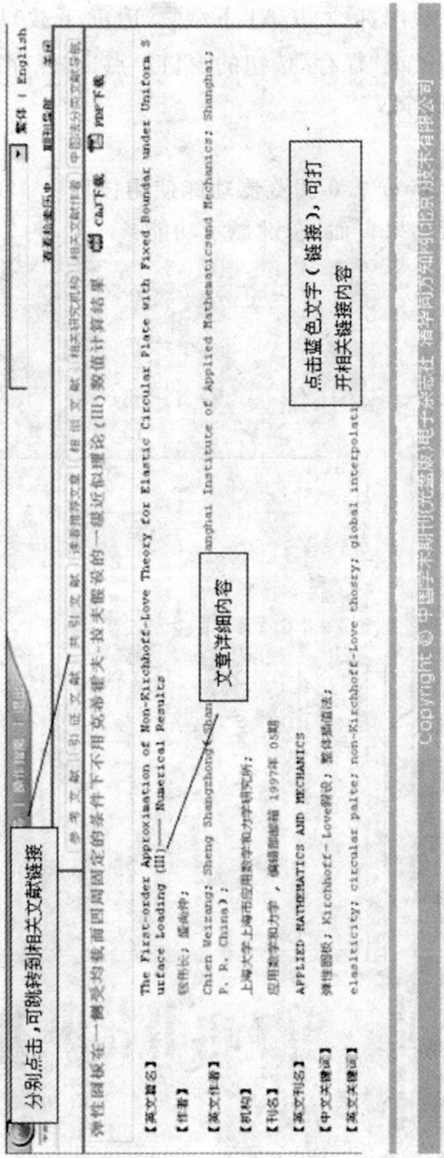

繁体 | English

查看检索历史 | 期刊导航 | 关闭

参考文献 | 引证文献 | 共引文献 | 读者推荐文章 | 相似文献 | 相关研究机构 | 相关文献作者 | 中图法分类文献导航

分别点击，可跳转到相关文献链接

弹性圆板在一侧受均载而四周固定的条件下不用克希霍夫-拉夫假设的一级近似理论(III)数值计算结果　CAJ下载　PDF下载

【英文篇名】 The First-order Approximation of Non-Kirchhoff-Love Theory for Elastic Circular Plate with Fixed Boundar under Uniform Surface Loading (III)—— Numerical Results

【作者】 钱伟长；盛尚仲；

【英文作者】 Chien Weizang; Sheng Shangzhong(Shan…anghai Institute of Applied Mathematicsand Mechanics; Shanghai; P. R. China)；

文章详细内容

【机构】 上海大学上海市应用数学和力学研究所；

【刊名】 应用数学和力学，编辑部邮箱 1997年 05期

【英文刊名】 APPLIED MATHEMATICS AND MECHANICS

【中文关键词】 弹性圆板；Kirchhoff-Love假设；整体插值法；

【英文关键词】 elasticity; circular palte; non-Kirchhoff-Love thoery; global interpolati

点击蓝色文字（链接），可打开相关链接内容

Copyright © 中国学术期刊(光盘版)电子杂志社 清华同方知网(北京)技术有限公司

在点击下载图标（CAJ 下载 PDF 下载）后，系统将出现一个提供“打开”或“保存”按钮的窗口。点击“保存”，保存全文，点击“打开”，浏览全文。

二、CAJViewer 7.0 阅览器功能使用技巧

进入检索结果页面，右键显示功能：

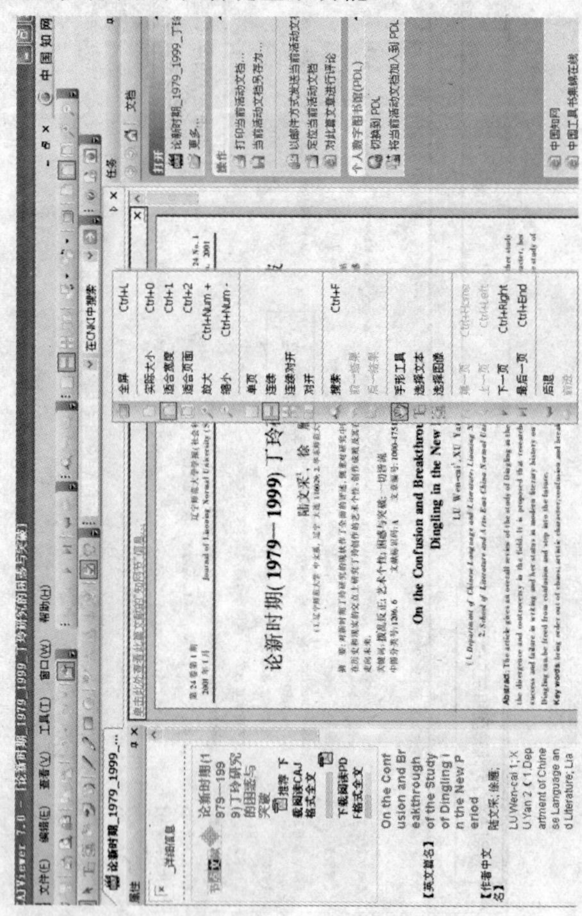

点击右上角“更多按钮键”中“文件”菜单显示更多基本功能。

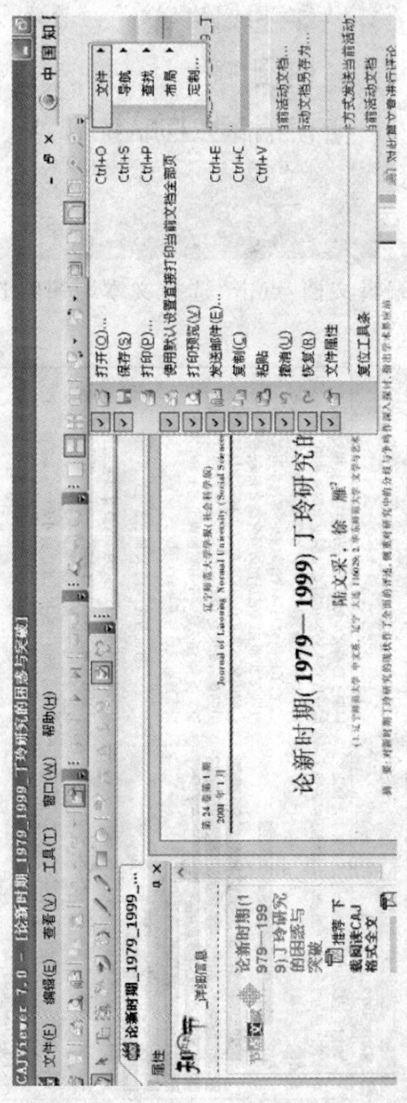

点击页面右侧的个人图书馆，将当前活动的文档加入到 PDL：

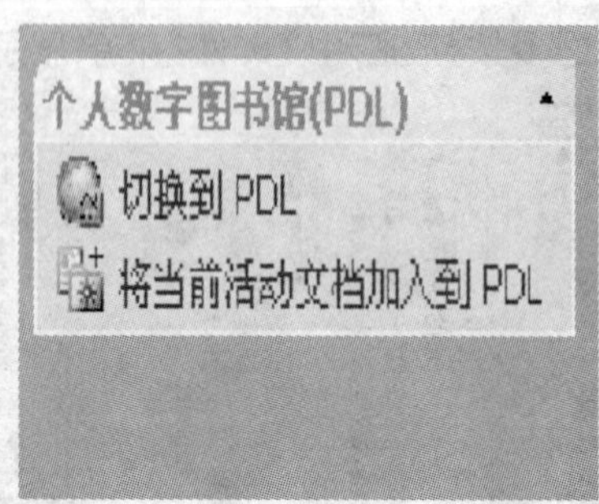

在 PDL 中编辑文档：点击“选择文本”按钮，选取文本后击右键，出现功能框：

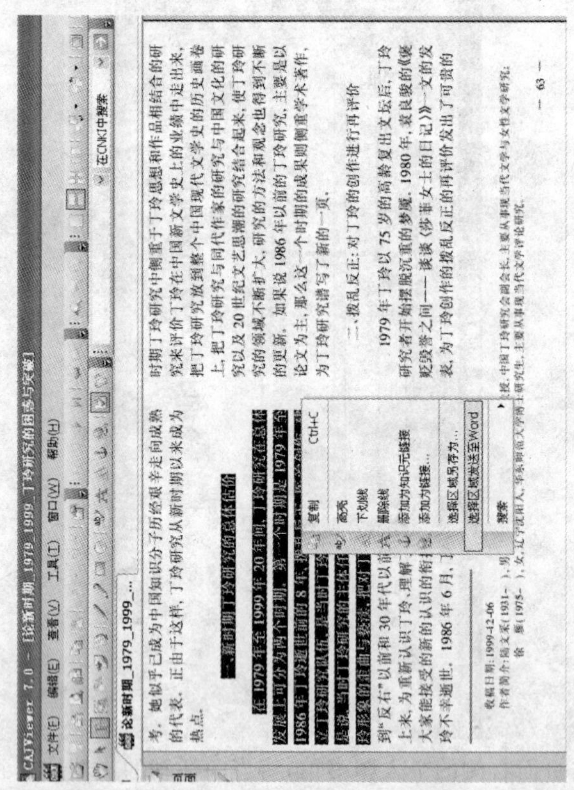

按提示点击“选择区域发送至 Word”，出现以下对话框，点击“确定”：

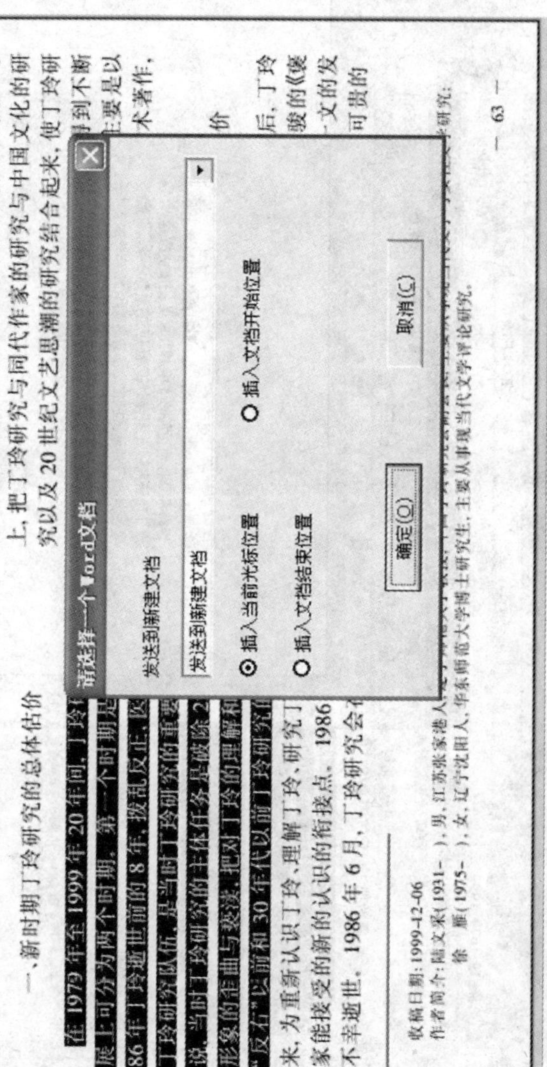

所选文本出现在一个新文档中，进入随意编辑状态。

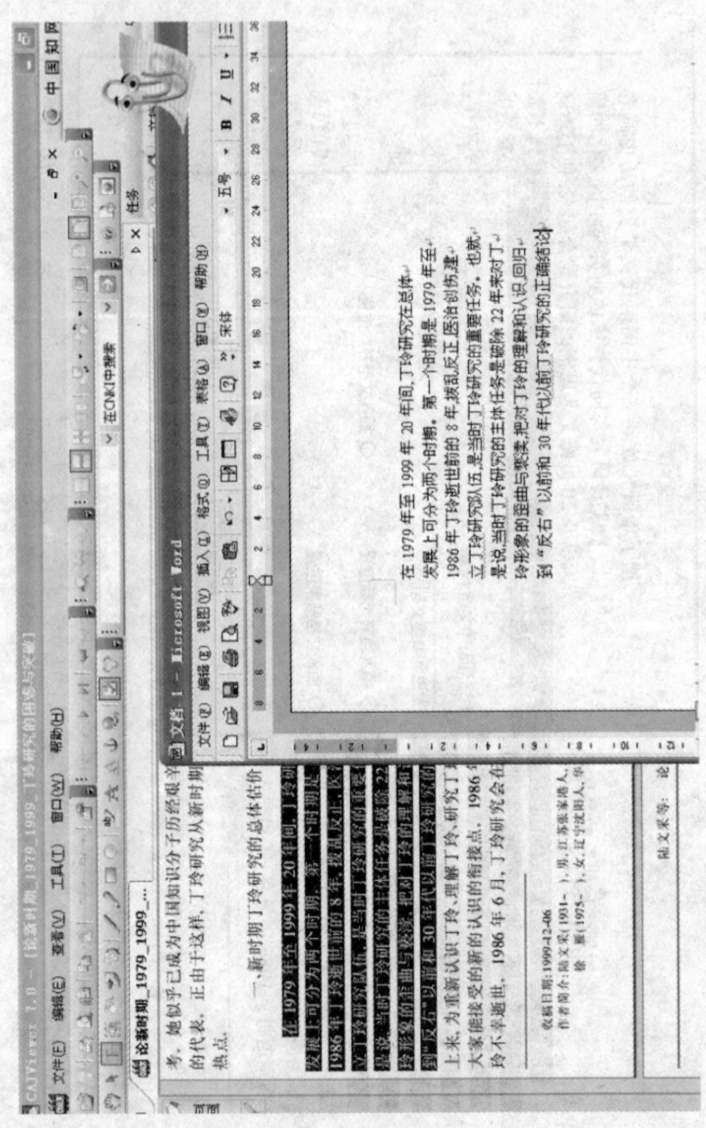

CAJViewer7.0 阅览器除以上所介绍的功能外，还有增加文献页面旋转功能；增加两种页面显示方式；增加了屏幕取词软件的支持，可以使用第三方翻译软件进行即时翻译；增加了用户自定义搜索引擎功能；增加了图像工具，可以快速保存文件中的原始图片；增强了图像处理引擎，提高了图像处理速度，减少了内存占用；更广的缩放范围等功能。

以上文字资料来自中国期刊全文数据库首页中的操作指南项。

第三节　中国学位论文全文数据库

中国学位论文全文数据库、中国会议论文全文数据库检索功能：输入检索词“丁玲”

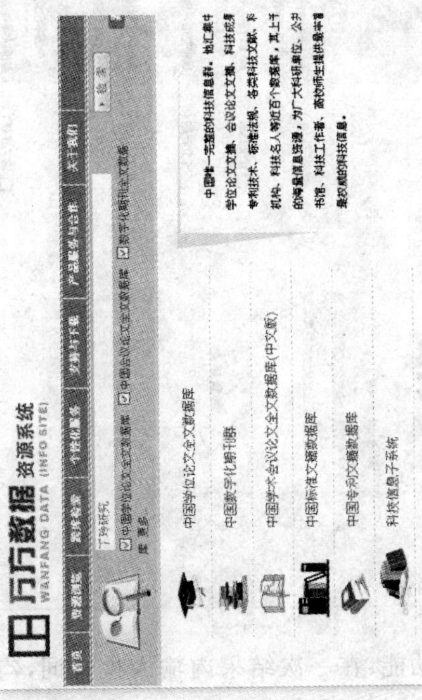

执行检索：左侧框中显示检索结果的总记录数。

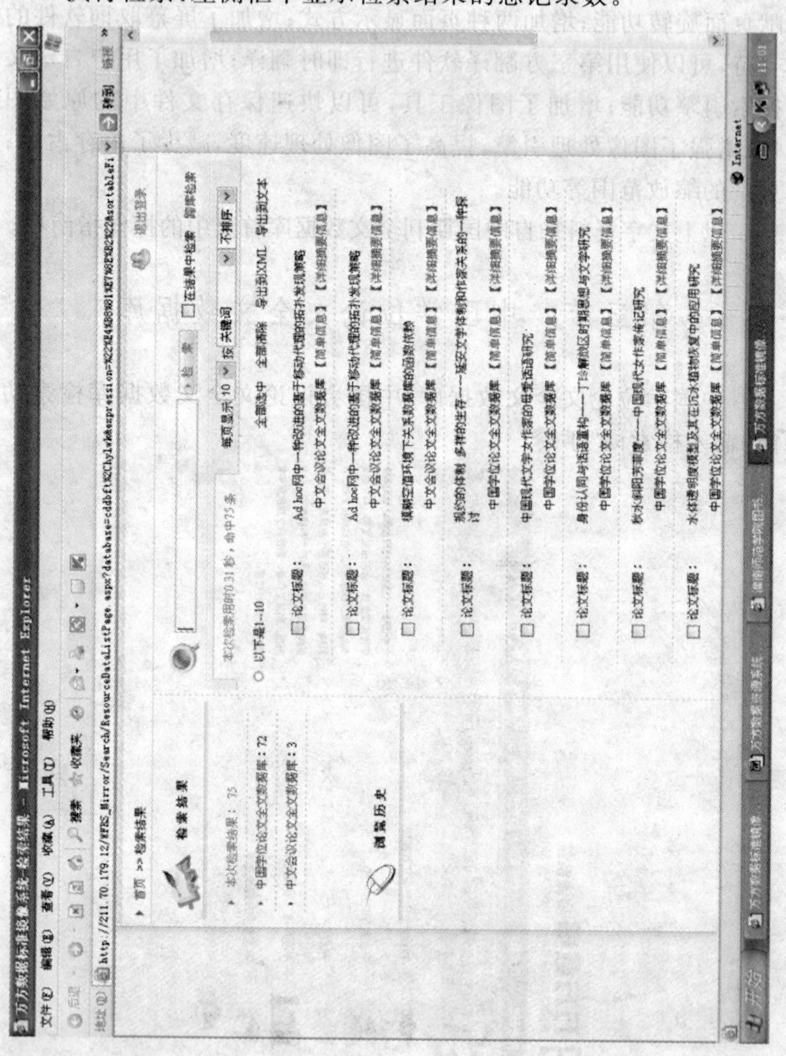

二次检索功能：在一次结果内输入检索词，勾选“在结果中检

索”:检索结果缩小到 41 条记录。

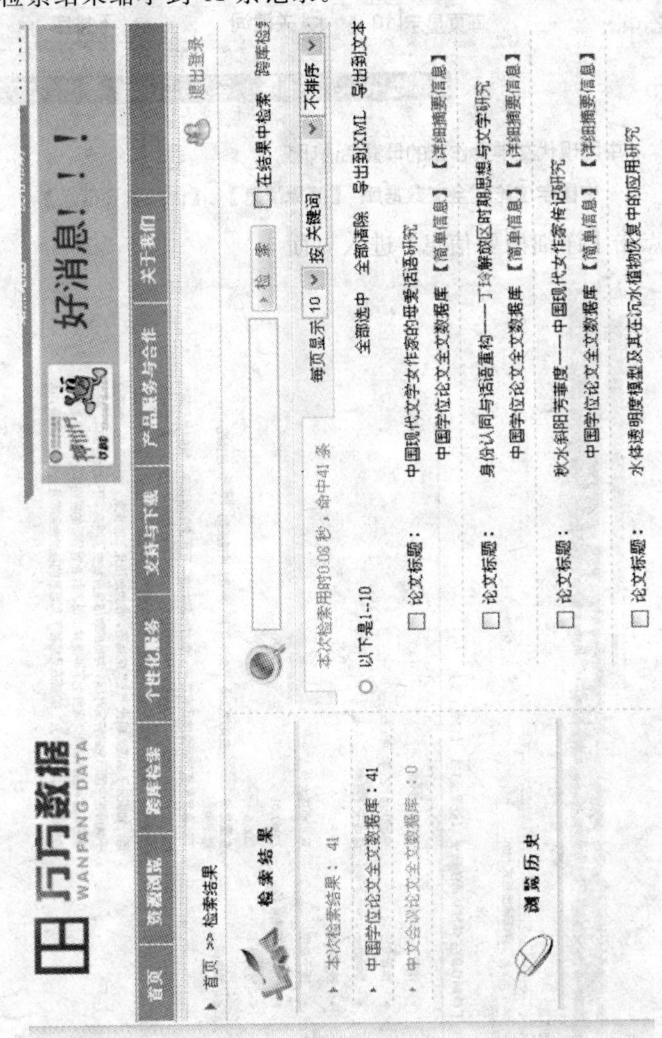

在页面的右上方显示操作文本的系列功能：全部选中、全部清除、导出到 XML、导出到文本。

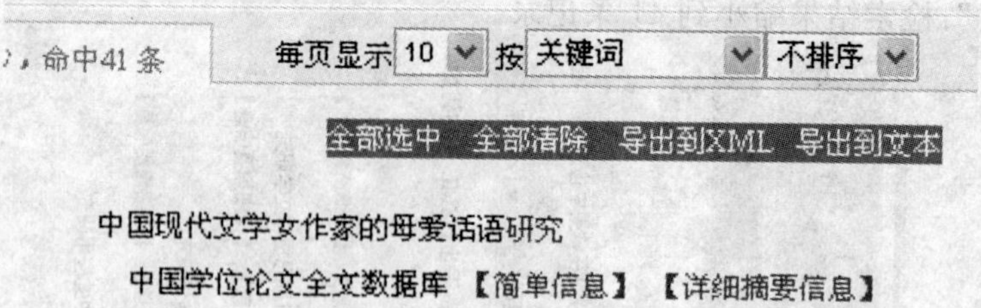

），命中41 条　　每页显示 10 按 关键词 不排序

全部选中　全部清除　导出到XML　导出到文本

中国现代文学女作家的母爱话语研究

中国学位论文全文数据库 【简单信息】 【详细摘要信息】

点击【详细摘要信息】进入界面：

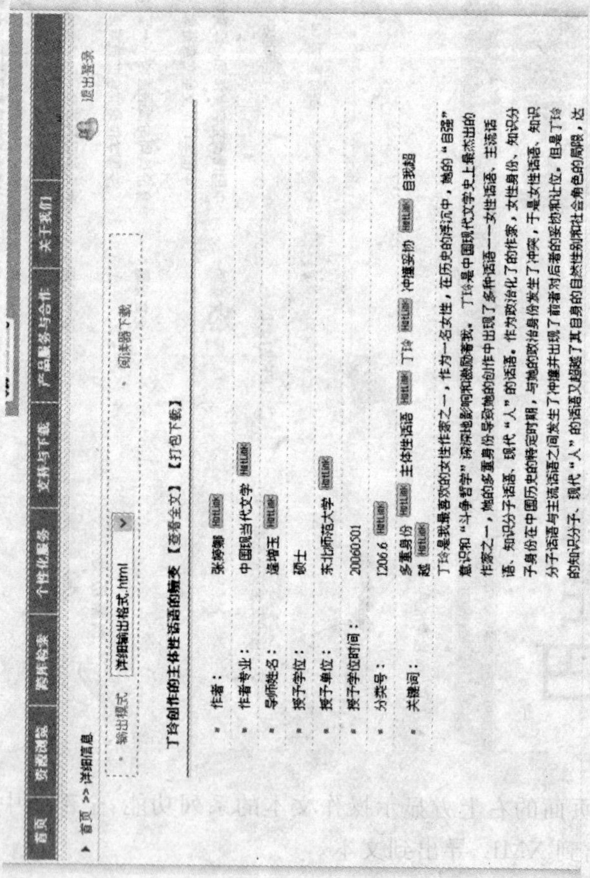

首页　资源浏览　跨库检索　个性化服务　支持与下载　产品服务与合作　关于我们

首页 >> 详细信息　　退出登录

输出模式　详细输出格式.html　　阅读器下载

丁玲创作的主体性话语的嬗变 【查看全文】 【打包下载】

- 作者：张婷婷 HotLink
- 作者专业：中国现当代文学 HotLink
- 导师姓名：逄增玉 HotLink
- 授予学位：硕士
- 授予单位：东北师范大学 HotLink
- 授予学位时间：20060501
- 分类号：I206.6 HotLink
- 关键词：多重身份 HotLink 主体性话语 HotLink 丁玲 HotLink 冲撞妥协 HotLink 自我超越 HotLink

丁玲是我最喜欢的女性作家之一，作为一名女性，在历史的浮沉中，她的“自强”意识和“斗争哲学”深深地影响和激励着我。丁玲是中国现代文学史上最杰出的作家之一，她的多重身份导致她的创作中出现了多种话语——女性话语、主流话语、知识分子话语、现代“人”的话语。作为政治化了的作家，女性身份、知识分子身份在中国历史的特定时期，与她的政治身份发生了冲突，于是女性话语、知识分子话语与主流话语之间发生了冲撞并出现了前者对后者的妥协和让位。但是丁玲的知识分子、现代“人”的话语又超越了其自身的自然性别和社会角色的局限，达

在论文题目上方有输出模式选择：

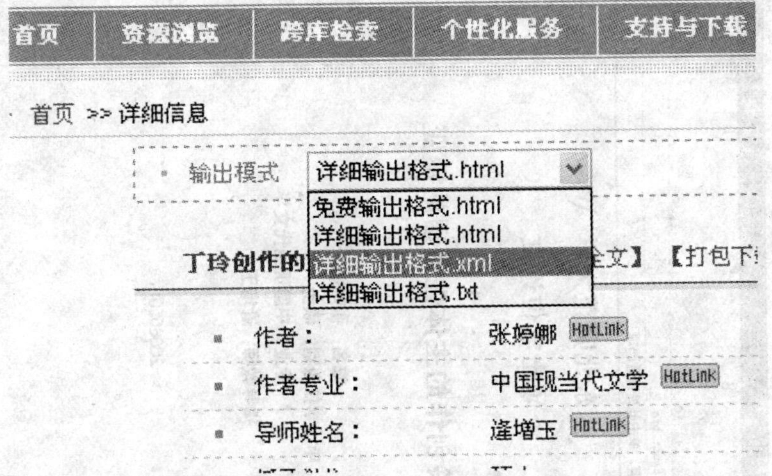

在论文题目的后面，点击【打包下载】，然后将打包下载的文件解压：

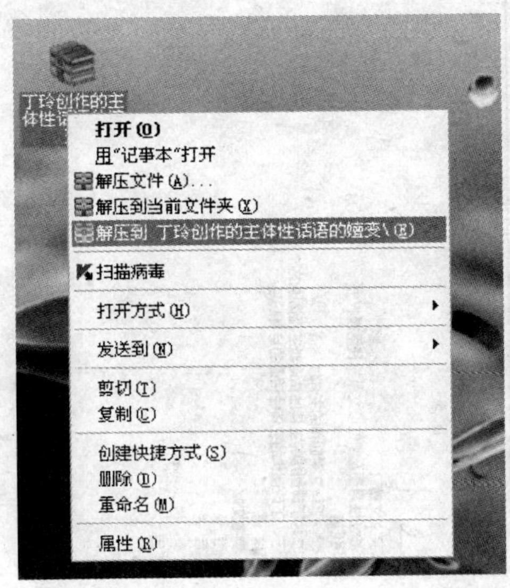

这样便可以阅览和保存全文了。

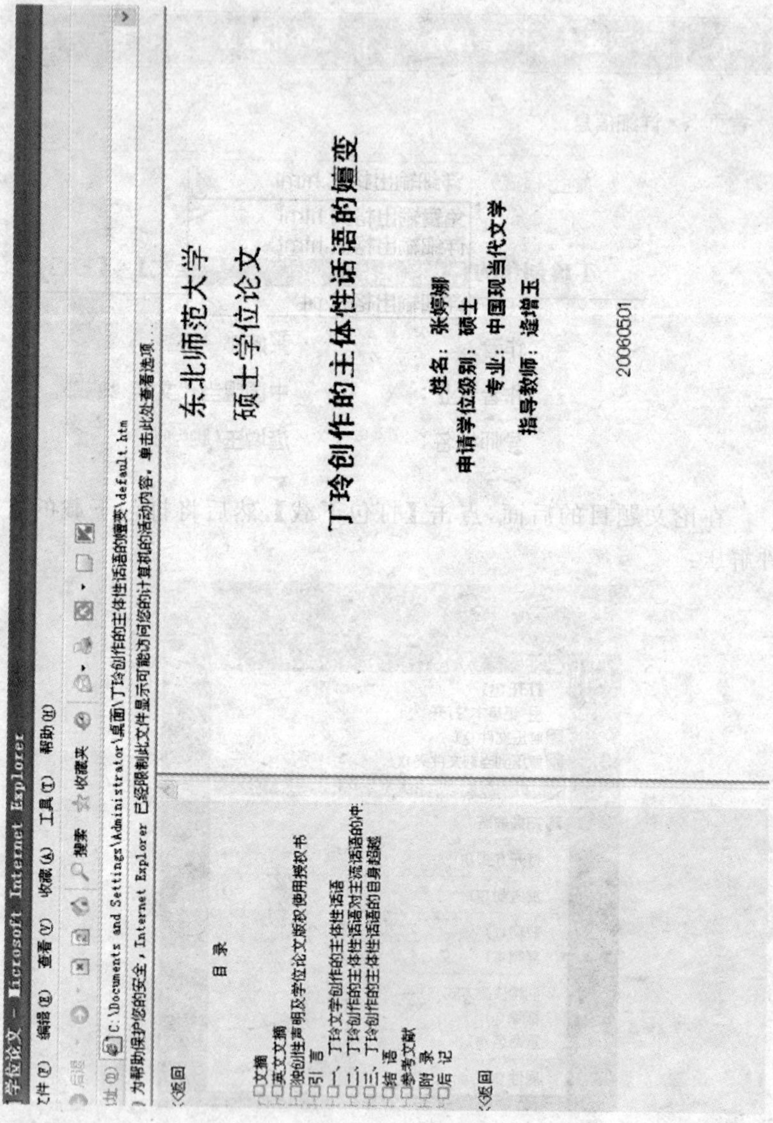

万方数据资源除以上介绍的功能外，还有个性化服务等功能，因书中内容涉及不多，这里不再介绍。

以上文字资料来自万方数据资源系统首页中的使用帮助项。

参考文献

1. 王树亮，武群辉编．现代信息检索教程．北京：中央编译出版社，2006

2. 陶颖主编．现代信息检索与利用．哈尔滨：黑龙江教育出版社，2006

3. 袁学松，宋雯斐主编．现代信息检索．北京：中国水利水电出版社，2007

4. 袁豪杰，颜先卓编著．现代信息检索与利用．北京：北京邮电大学出版社，2004

5. 郑美玉编著．现代信息检索与应用．福州：福建科学技术出版社，2006

6. 中国丁玲研究会编．丁玲研究．长沙：湖南师范大学出版社，1992

7. 袁良骏编．丁玲研究资料．天津：天津人民出版社，1982

8. 孙瑞珍，王中忱编．丁玲研究在国外．长沙：湖南人民出版社，1985

9. 丁淑芳著．丁玲和她的母亲．范宝慈译．厦门：厦门大学出版社，2006

10. 中国丁玲研究会编．丁玲纪念集．长沙：湖南文艺出版社，2004

11. 袁良骏著．丁玲研究五十年．天津：天津教育出版社，1990

12. 王瑶等著．中国现代文学研究历史与现状．北京：中国社会科学出版社，1989

13. 丁玲著，张炯，王淑秧主编．丁玲名作欣赏．北京：中国和平出版社，1996

14. 彭漱芬著．丁玲与湖湘文化．广州：南方出版社，2000

15. 钱理群，温儒敏，吴福辉著．中国现代文学三十年（修订本）．北京：北京大学出版社，1998

16. 张炯，王淑秧著．朴素·真诚·美丁玲创作论．北京：人民文学出版社，1988

17. 丁玲主编．北斗杂志创刊号．湖风书局发行，1931

18. 李岫，秦林芳主编．二十世纪中外文学交流史．石家庄：河北教育

出版社,2001

19.(美)梅仪慈著.丁玲的小说.沈昭铿,严锵译.厦门:厦门大学出版社,1992

20. 中国社会科学院科研局编.中国社会科学院学术论著提要 1991 年.北京:社会科学文献出版社,1993

21. 丁玲著,杨桂欣编.丁玲.香港:三联书店香港分店,北京:人民文学出版社,1985

22. 刘瑜著.丁玲小说女性意识解读:1927—1948 年间丁玲小说中心话语走向论析.成都:四川文艺出版社,2006

23. 张永泉著.沉思集.石家庄:花山文艺出版社,1991

24. 丁玲著.作家谈创作.北京:中国青年出版社,1955

25. 李向东,王增如编著.丁玲年谱长编 1904—1986. 天津:天津人民出版社,2006

26. 秦林芳著.丁玲的最后 37 年.北京:中国文史出版社,2005

27. 丁玲著.生活·创作·修养.北京:人民文学出版社,1981

28. 汪洪编.左右说丁玲.北京:中国工人出版社,2001

29. 李达轩著.丁玲与莎菲系列形象.长沙:湖南文艺出版社,1991

30. 许华斌著.丁玲小说研究.上海:复旦大学出版社,1990

31. 郜元宝,孙洁编.三八节有感 关于丁玲.北京:北京广播学院出版社,2000

32. 王中枕,尚侠著.丁玲生活与文学的道路.长春:吉林人民出版社,1982

33. 丁玲著.江苏文艺出版社,1996

34. 石潇纯著.缘定今生辙——丁玲与她的编辑生涯.长沙:湖南人民出版社,2005

35. 丁玲著.魍魉世界;风雪人间;丁玲的回忆.北京:人民文学出版社,1989

36. 中国文联出版公司编.丁玲作品评论集.北京:中国文联出版公司,1984

37. 每日译报社编辑部编译.女战士丁玲.每日译报社,1938

38. 郭谦著.走进世纪文化名门 三 震撼百年中国的文化伴侣.海口:

海南出版社,2006

39. 茅盾著．女作家丁玲．丁玲研究资料．天津:天津人民出版社,1982

40.(日本)中岛碧著．丁玲论．丁玲研究资料．天津:天津人民出版社,1982

41. 钱理群等著．中国现代文学三十年(修订本)．北京:北京大学出版社,1998

42. 冯雪峰著．从《梦珂》到《夜》——丁玲文集·后记．丁究资料．天津:天津人民出版社,1982

43. 丁玲著．母亲．上海良友图书印刷公司印行,1933年6月初版

44. 中国丁玲研究会编．二十世纪中国社会变革的多彩画卷——丁玲百年诞辰国际学术研讨会论文集．长沙:湖南文艺出版社,2006

45. 董炳月．男权与丁玲早期小说创作[J]．中国现代文学研究丛刊,1993,(4)

46. 姚文元．莎菲女士们的自由王国[J]．收获,1958,(2)

47. 叶奕翔．革命立场与女性意识的较量——读《一九三〇年春上海》之二:《夜》[J]西北师范大学学报(哲社版)2003,(6)

48. 游友基．从莎菲到杜晚香——女性文学视界中的丁玲小说．宁德师专学报(哲学社会科学版),1994,(3)

49. 黎辛．丁玲和延安《解放日报》文艺栏．新文学史料,1994,(4)

50. 丁玲．丁玲未发表的一份书面检查

http://www.news365.com.cn/wxpd/ds/sz/200711/ t 20071109_1644133.htm [2007－4－23]

51. 陈兰杰,王爽,平常运,王欢欢,齐会贞,侯鹤娟．网络环境下高校教师信息素质调查分析[J]．情报科学,2005,(3)

52. 王琼．网络环境下高校教师信息素质调查与分析[J]．中国图书馆学报(双月刊),2002,(5)

53. 钟希明．身份认同与话语重构——丁玲解放区时期思想与文学研究．2006年万方数据学术论文全文数据库

54. 黄玉蓉．丁玲女性意识的演变轨迹．2000年万方数据学术论文全文数据库

55. 郭军．在政治文化侵袭下的艺术嬗变——论丁玲三、四十年代的小

说创作.2005年万方数据学术论文全文数据库

56. 魏颖.历史漩涡中的身份嬗变——丁玲小说创作研究.2006年万方数据学术论文全文数据库

57. 李军.解放区文艺转折的历史见证——延安《解放日报·文艺》研究.2006年万方数据学术论文全文数据库

58. 周铭文.一个知识女性的心路历程——丁玲小说论.2003年万方数据学术论文全文数据库

59. 赵培霞.试论丁玲.2002年万方数据学术论文全文数据库

60. 马静.成长中的夏娃——新时期女性写作少女形象解析.2007年万方数据学术论文全文数据库

61. 魏巧荣.从《太阳照在桑干河上》到《古船》——论阶级解放与人的解放的统一.2007年万方数据学术论文全文数据库

62. 王建中,李满红.承前启后 继往开来——论丁玲在上海时期的思想与创作[J]. 湖南文理学院学报(社会科学版),2007,(3)

63. 聂国心.论丁玲创作的情感历程[J]. 江西社会科学,1999,(2)

64. 杨桂欣.丁玲怎样主编《北斗》[J]. 娄底师专学报,2004,(1)

65. 丁燕.论丁玲"左联"时期的小说创作[J]. 南京理工大学学报(社会科学版),1999,(5)

66. 秦弓.追求光明的代价——"左联"时期丁玲的创作[J]. 湘潭大学社会科学学报,2000,(5)

67. 蒋明玳.略论丁玲"左联"时期的小说创作[J]. 扬州大学学报(人文社会科学版),1993,(3)

68. 万直纯.丁玲在左翼革命文学运动中的贡献[J]. 合肥教育学院学报,2000,(3)

69. 常彬.虚写革命,实写爱情——左联初期丁玲对"革命加恋爱"模式的不自觉背离[J]. 中国现代文学研究丛刊,2006,(1)

70. 高少锋.胡也频遇害前后[J]. 福建党史月刊,2001,(3)

71. 颜璐.书写编辑人生 凸现编辑业绩——评《缘定今生辙——丁玲与她的编辑生涯》[J]. 湖南文理学院学报(社会科学版),2005,(6)

72. 梁明.迷惘中的探索——论丁玲早期创作中的追求与困顿[J]. 红河学院学报,1986,(3)

73. 田金霞．论丁玲早期创作中对生与死主题的诠释[J]. 常德师范学院学报(社会科学版),2000,(3)

74. 许华斌．丁玲早期小说创作论[J]. 淮南师范学院学报,1997,(1)

75. 黄科安．从"性别"到"政治"——论丁玲早期小说创作思维的起点[J]. 湖南科技大学学报(社会科学版),2004,(4)

76. 赵淑平．丁玲早期小说中悲剧女性综论[J]. 社会科学辑刊,1999,(1)

77. 丁智才．革命话语遮蔽下的不同节烈观——《我在霞村的时候》与《荷花淀》的比较阅读[J]. 广西师范学院学报(哲学社会科学版),2007,(1)

78. 宋毅,宁殿弼．时代的影痕 历史的足音——论丁玲的戏剧创作[J]. 齐鲁艺苑,2007,(4)

79. 徐光耀．昨夜西风凋碧树——忆一段"头朝下脚朝上"的历史(上)[J]. 炎黄春秋,2000,(4)

80. 董炳月．贞贞是个"慰安妇"——丁玲《我在霞村的时候》解析[J]. 中国现代文学研究丛刊,2005,(2)

81. 李灵源．我怀念她——纪念丁玲诞生九十周年[J]. 新文学史料,1994,(4)

82. 卢云峰．延安时期的丁玲及其创作[J]. 辽宁教育行政学院学报,2005,(11)

83. 万莲子．现代女性意识的倾斜与补偿——概论战时背景下的中国现代女性文学[J]. 湘潭大学社会科学学报,1994,(1)

84. 蓝棣之．女性的愤懑和挣扎——丁玲《莎菲女士的日记》、《我在霞村的时候》解读[J]. 贵州社会科学,1998,(4)

85. 庄钟庆．毛泽东文艺思想的活力——丁玲创作在中国当代文学中的独特价值[J]. 厦门大学学报(哲学社会科学版),1992,(1)

86. 鲁玮．丁玲在延安时期的女性意识——读《三八节有感》[J]. 长春师范学院学报,2005,(8)

87. 舒其惠,李仕中．论丁玲的文化选择[J]. 湖南师范大学社会科学学报,1995,(4)

88. 杨桂欣．丁玲和文学的工农兵方向[J]. 黄河,2002,(4)

89. 秦弓．丁玲后期的小说创作[J]. 河北师范大学学报(哲学社会科学版),2001,(2)

90. 秦林芳．政治化文学新体制的营构——建国初期丁玲的文学批评与创作[J]．武汉大学学报(人文科学版)，2005，(3)

91. 陆文采，贾世传．丁玲研究75年(1930－2004)的沉思——纪念丁玲诞辰一百周年[J]．辽宁师范大学学报(社会科学版)，2004，(4)

92. 陆文采．丁玲研究述评[J]．中国现代文学研究丛刊，1995，(2)

93. 罗守让．丁玲在当代文坛的寂寞和孤独[J]．韩山师范学院学报，1998，(1)

94. 张永泉．《在医院中》：革命知识分子走向成熟的艰苦历程[J]．中国现代文学研究丛刊，1987，(4)

95. 袁良骏．新时期丁玲小说研究漫评[J]．中国现代文学研究丛刊，1989，(3)

96. 彭漱芬．论"丁玲现象"[J]．湖南师范大学教育科学学报，1999，(6)

97. 秦林芳．政治视镜与国粹心态——从访美之行看晚年丁玲文化心理的保守性[J]．江苏教育学院学报(社会科学版)，2007，(6)

99. 杨桂欣．丁玲的作家意识[J]．理论与创作，2006，(4)

图书在版编目(CIP)数据

网络资源下的学术研究——以丁玲研究为例/许馨著.—合肥:合肥工业大学出版社,2008.8

ISBN 978-7-81093-784-9

Ⅰ.网… Ⅱ.许… Ⅲ.丁玲(1904～1986)—文学研究 Ⅳ.I206.6

中国版本图书馆 CIP 数据核字(2008)第 105661 号

网络资源下的学术研究

——以丁玲研究为例

许 馨 著 责任编辑 陆向军

出版	合肥工业大学出版社	**版次**	2008 年 8 月第 1 版
地址	合肥市屯溪路 193 号	**印次**	2008 年 8 月第 1 次印刷
邮编	230009	**开本**	880 毫米×1230 毫米 1/32
电话	总编室:0551—2903038	**印张**	7.5 **字数** 185 千字
	发行部:0551—2903198	**发行**	全国新华书店
网址	www.hfutpress.com.cn	**印刷**	安徽辉隆农资集团
E-mail	press@hfutpress.com.cn		瑞隆印务有限公司

ISBN 978-7-81093-784-9 定价:18.00 元

如果有影响阅读的印装质量问题,请与出版社发行部联系调换